燃ゆるとき

高杉 良

角川文庫
13937

燃ゆるとき

目次

第一章　マイナスからの出発

1

「そろそろ底だと思います。必ず回復するはずです。買い入れる好機と思いますので、思い切って買いに出たいのです。ご援助をお願いできませんでしょうか。極東食品さんに迷惑をかけるようなことはないと思います」

とつとつとした語り口で、言葉数は少ない。

だが、訴えかける力は強く、胸にひびいてくる。

眼鏡の奥から注いでくる澄んだ眼差《まなざ》しのせいだろうか――。

「わかりました。なんとかしましょう」

佐藤は言ってしまって、少しく後悔した。

森の熱意にほだされて、思わず胸をたたいてしまったが、役員会を説得できるかどうか心配になったのだ。

森の反応が遅れたのは、にわかには信じられなかったからである。

四方八方当たってみたが、誰にも相手にされなかったのに、初対面の森に資金の面倒をみようというのだから話がうますぎる。

「社内の根回しにちょっと時間をください。お力になれるとよろしいんですが」

ニュアンスが後退したぶんだけ現実味を帯びて、森の胸に迫ってきた。

森は、固唾《かたず》を呑《の》みながら起立して、佐藤に向かって最敬礼した。

「ありがとうございます。助かります。ご恩は忘れません」

「いやいや、まだそうと決まったわけではないんですよ」

森を見上げる佐藤の整った顔に苦笑が滲《にじ》んだ。

「はい。よく存じてます。断られなかっただけでも感謝しなければなりません」

「そう言っていただければ、わたしも気が楽です。しかし、全力を尽くしますよ」

「…………」

「まあ、お坐《すわ》りください」

森は、坐るのが申し訳ないような気持ちだったが、ずっと立っているわけにもいかないので、ソファに腰をおろした。

森和夫は、株式会社横須賀冷蔵庫常務取締役東京支店長である。肩書は立派だが、社員十人足らずの零細企業だ。

東京支店は開設したばかりである。築地《つきじ》魚市場からの買付けのために、市場の片隅に六坪の事務所を買い入れたが、机が二つあるだけで、所員は支店長の森と部下の関谷の二人きりだ。電話機一つなく、呼び出し電話だった。

窮屈そうによれよれのネクタイだけは締めているが、ナッパ服にゴム長ぐつのいでたちからして、魚屋のおやじとしか言いようがなかった。

いや、実際、魚臭い臭気を漂わせていたかもしれない。

佐藤は、部下の服部《はっとり》進から「ぜひ森さんに会ってやってください」と頼まれて、時間をあけたのだが、応接室のドアをあけて森の風体に接したとき、部屋を間違えたかと思った。いくらそこら中に焼跡が残骸《ざんがい》を晒《さら》している昭和二十六年当時とはいえ、ここは日比谷《ひびや》の交差点に近いオフィス街である。

はにかんだような微笑を浮かべて、申し訳なさそうに名刺を差し出すごつい無骨な手が強く印象に残った。やさしい顔に似合わず、柄もでかい。上背は、百七十五センチはあろうか。

佐藤達郎は極東食品の食品部長である。旧財閥系総合商社の第一物産は、昭和二十二年七月に占領軍総司令部の命令によって解体されたが、食品部門を引き継いだのが極東食品で、日比谷の内外ビルに本社があった。総司令部の命令で、旧第一物産の元社員が会社を設立する場合は、役員、社員の総数を百人以下としなければならなかった関係で、極東食品も中小企業の域を出なかったが、それでも旧第一物産の信用力は、それなりに温存されていた。

「服部はよんどころない用件が出来《しゅったい》しまして外出してますが、森さんのことをくれぐれもよろしくと言ってました。森さんは水産講習所で服部の二年先輩ですってねえ」

「はい」

服部は、食品部の課長で佐藤の直属の部下である。「難しいとは思うが、ダメモトのつもりで直接佐藤にぶつかってみたらどうか」と言って、佐藤のアポイントメントを取ってくれたのである。

横須賀冷蔵庫は、極東食品と冷凍マグロの対米輸出で小規模ながら取引関係を持っていた。

しかし、森が部長の佐藤とつきあえるほどの関係ではない。

この年、四月ごろからビンナガマグロの豊漁つづきで、マグロの価格が大暴落したが、森は事業を拡大する好機とみて、マグロの大量仕入れを思い立った。

だが、手元不如意で先立つものがない。森は、資金繰りに奔走したが、「売れる当てもないマグロを買う馬鹿がどこにいる」と、銀行も取引先の商社も一顧だにしてくれなかった。

運がないと諦《あきら》めるしかない、と思ったとき、ふと服部の顔が瞼《まぶた》に浮かんだ。

服部に融資話を持ちかけたとき、森は極東食品にとっても外貨獲得のチャンスであることを婉曲《えんきょく》に言い添えた。

たしかに安いマグロを仕入れ、市況の回復を待って米国へ輸出することができれば、ドルを稼げる。外貨が極端に不足していた当時の日本では、マグロは貴重な外貨獲得の原資であった。問題は、マグロの価格がいつ反騰に転じるかである。仮に半年も低迷がつづくようだと、到底採算がとれない。

服部からその点を質《ただ》された森は「二倍になるのにふた月とはかからないだろう」と答えた。

服部は、森の見通しを誇張して佐藤に伝えた。

「ひと月ほど経てば三倍になると森さんは読んでます。極東食品にとってもいい商売になりますよ。多少リスクはあるにせよ森さんに賭《か》けてみる価値はあると思います。それに森さんは、信頼できる男です」

佐藤と森の話し合いに服部は同席しなかったが、佐藤は、森が恩着せがましいせりふなどひと言も口にしなかった点にも好感を覚えた。

野暮ったいほど純朴で、誠実な男——というのが森に対する佐藤の初印象である。

「一両日中に服部から連絡させますが、いちどゆっくりお目にかかりましょう」

「ありがとうございます。今後ともよろしくお願いします」

森は、上気した顔で、佐藤の手を握り返した。

2

たとえ佐藤の返事がノーであったとしても、それはそれで仕方がないが、七割、いや八割がたイエスの返事がもらえるような予感がしてならない。この商談が成立したら、横須賀冷蔵庫の信用力は、多少高まるだろう。上昇気流に乗れる好機とも考えられる。

この一年、走り詰めに走ってきた。まだまだ走りつづけなければならない。さいわい体力には自信がある。丈夫な躰《からだ》でこの世に産み出してくれた両親と、両親の死後、引き取って育ててくれた姉のちかに感謝しなければならない、と森は思う。

森は、豆陽《とうよう》中学（現下田北高校）の五年生のとき、陸上競技の県大会で走り高跳びに出場し一メートル七十を跳んで二位に入賞、周囲をアッと言わせた。練習不熱心な森が、豆陽中学では何年ぶりかの得点者になったからだ。

農林省水産講習所（現東京水産大学）に進んでからは、剣道部に入部した。剣道も稽古《けいこ》熱心とは言えなかったが試合にはめっぽう強くて、卒業時には三段の段位を取っていた。優れた体力と運動神経は血筋であろう。

森は、大正五年四月一日に静岡県賀茂《かも》郡田子《たご》村で、森和平、やすの三男として出生した。姉が六人いたので九人兄弟の末っ子である。

森が生まれた日は恰《あたか》も誕生を祝うかのようにカツオの大漁であった。森家の持ち船が大漁旗をひるがえしながら帰港し、和平をいたく喜ばせた。カツオにあやかり、和平の一字を当てて、和夫と命名したところに、和平の気持ちが出ている。

和平は、隣村の安良里《あらり》村の高木家から、代々田子でカツオ節製造業を手広く営んでいた森家に婿《むこ》入りした。やすは一人娘であった。

和平が冷蔵製氷業に乗り出し、田子製氷株式会社を設立したのは大正八年十一月、森が三歳のときである。

当時の田子は辺鄙《へんぴ》な寒村だったが、和平は村の発展を期して、田子製氷の設立に心血を注いだ。すでに妻良《めら》や子《こ》浦《うら》港が漁業基地として栄えており、大日本製氷（現日本冷蔵）もいずれかに冷蔵庫を建設する計画で準備を進めていたが、和平の人望と熱意に動かされて、田子港での冷蔵庫建設に同意するとともに田子製氷に資本参加することになる。この結果、製氷十トン、冷蔵二百トンという全国でも有数の冷蔵庫が田子に建設された。

和平は五十八歳で他界した。森が十二歳のときである。森は四歳で母を亡くしていた。両親を失った森は、二十歳年長の二番目の姉ちかに引き取られることになる。ちか夫妻は実子がいなかったので、森をわが子のように可愛がった。

田子の森家は長兄の重衛（のち和平を継ぐ）が継いだが、森にとって実家はちか夫妻の家であった。社会人になってからも、物心両面でどれほど世話になったかわからない。

一年ほど前の昭和二十五年五月にも、ちかに大金を無心し、受け容《い》れてもらった。

ことの経緯はこうだ。

四月中旬に、駒込《こまごめ》の森の家に、杉野次郎がひょっこり訪ねてきた。杉野は、水産講習所時代のクラスメートである。

「横須賀に冷蔵庫の売り物が出てるが、二人で一緒に経営しようや。横須賀冷蔵庫という会社だが、冷凍能力十トン、冷蔵能力三百トンの冷蔵庫を持ってて、公認の魚市場の経営権も付いてるんだ。四十万円でどうかっていうんだが、絶対に買い物だと思うなあ。横須賀市内の五十人区の魚屋相手に近海魚を販売するのが主要な業務だが、いろいろ発展の余地はあるんじゃないかな」

杉野は立板に水である。口の重い森とは対照的だが、学生時代から不思議にウマが合いよく遊んだ仲だ。

「もちろんその冷蔵庫は見てきたんだろう」

「ああ。おまえも見てこいよ。悪い話じゃないと思うねえ。問題はカネだが、俺の調達能力は十万円までだなあ。森のほうはどうかねえ」

森は、杉野とならパートナーを組めると思い、さっそくちかいに相談した。

ちかいは二つ返事で森の申し出に応じてくれた。二十万円をちかいが出し、十万円は従兄《いとこ》の鈴木治之助が出世払いで貸してくれることになった。

横須賀冷蔵庫の全株式を額面で森と杉野は二十万円ずつ折半で買い取ることにし、代表取締役専務に杉野が就任し、森は代表取締役常務になった。

実質的には四分の三の資金を捻出《ねんしゅつ》した森が社長になるべきだったかもしれないが、「おまえが見つけてきた話だし、おまえは俺と違って弁舌さわやかだから」と、森が杉野に花を持たせたのである。

杉野は、半年ほど経ってから社長になった。

売り上げを伸ばすためには、東京の中央市場からも魚を買い付ける必要がある――。そう思った森は、率先して築地通いを始めた。そのために駒込から横須賀に引っ越した。

毎日、午前二時から三時の間にトラックで横須賀を出発する。仲買人が到着する前に品物をトラックに載せて、築地を六時に出発しなければ、横須賀の朝市に間に合わなかったからだ。ときには、トラックを送り出したあと、森だけ一人午前十一時ごろまで残って、〝河岸《かし》引き〟と称する売れ残り品を値切って買い取り、横須賀へ移送したこともある。

森が、水講の先輩で竹芝冷蔵社長の白井春雄から「冷凍魚の輸出をやったらどうか」とすすめられたのは、二十六年に入って間もないころだ。白井は、輸出業務について手とり足とりいろはから手ほどきしてくれた。

白井の慫慂《しょうよう》に従っていなかったら、極東食品との取引関係はあり得ないから、佐藤を知り得る機会にも恵まれなかったことになる。せっかくの商機をも逸していたに違いない。

森は、極東食品からの融資が決定しているわけでもないのに、そんなふうに思いをめぐらせる弾んだ気持ちが、われながらおかしくて、歩きながら頬をゆるめていた。

初夏の日射しを浴びながら、築地方面へ向かって日比谷の交差点を横切ってゆく森の表情がふと翳《かげ》った。

厭《いや》なことを思い出したのである。

忘れもしない。四カ月ほど前の一月上旬のことだ。

その日は北風が吹きつけ、息が凍るような寒い早朝だった。空にはまだ星がまたたいていた。

日の本冷蔵から買い付けた約二十トンの冷凍サンマを築地市場の岸壁から、仲買人である千葉県千倉加工組合の船に積み込もうとしているとき、突然、日の本冷蔵の係員が森たちの前にあらわれ、わめくように浴びせかけた。

「ちょっと待った！　代金と引き換えじゃなきゃ、その品物は渡せない。現金払いだ」

森はわが耳を疑った。

「この冷凍サンマは日冷さんから売っていただいたものです」

「現金《かね》をもらわなければ、売り渡したことにならん」

どうやら本気らしい。

森はたぎり立つ気持ちを懸命に制御して下手に出た。

「昨日、代金の支払いは本日午後ということで了解をいただいております」

「そんなことは知らんよ。とにかく現金をそろえてもらおう」

「なんとかおゆるし願えませんか。こんな早朝に船積みするのは、冷凍品が融《と》けないようにと考えてのことです」

「ダメだ！」

「銀行が開き次第、代金は支払います。お願いですから船に品物を積ませてください」

「ダメなものはダメだ。いま現金を払えないなら、取り引きはなかったことにしてもいいぞ」

係員は、居丈高に言い放った。

森は、係員につかみかかりかねないほどいきり立っている若い者たちを眼で制してから、ふるえる声で言った。

「それでは銀行が開く九時まで待っていただけますか。船積みはそのあとにします」

「いいだろう」

森は、千倉加工組合の関係者に丁寧に詫《わ》びて、四時間ほど船積みを待ってもらった。日冷の係員を一発ぶんなぐって終わりにしたい心境だったが、ここは忍の一字しかない。係員が早朝の船積みを承知していないはずはなかった。いやがらせとしか思えない。それとも交渉が成立したあとで、信用できないと思い直して、くだんの行動に出たのであろうか。

河岸の吹きっさらしの中で、夜明けを待つ身の無念さといったらなかった。歯をくいしばり、拳《こぶし》を握りしめていなければ、なにをしでかすかわからないような気持ちだった。所詮《しょせん》実力のしからしめるところと諦めるしかないにしても、どうしてこんなに踏みつけにされなければならないのか、こんな不条理がなぜゆるされるのか——。一日も早く人から信用される身になりたい。森は切実にそう思った。

河岸の寒風にさらされていると、この何年間かの来《こ》しかたが思い出されてならない。中支の九江付近で転戦中に終戦を迎えた森は、約半年の捕虜生活を送ったのち、二十一年三月に敗戦で焦土と化した故国の土を踏んだ。

水産講習所卒業後の就職先は日出油脂だったので、復職を志願したが、会社は解体され塩釜《しおがま》工場が分離独立し、再スタートしていた大洋水産へ課長扱いで配属された。

大洋水産は、町工場に毛が生えた程度の中小企業だったが、大企業出身の経営者が大会社並みに鷹揚《おうよう》に経営したため、赤字つづきであった。

フィッシュミール、ちくわ、カツオ節などの製造を手がけたが、放漫経営の咎《とが》で、わずか三年で行き詰まってしまった。

森は、三年目には取締役になっていたが、ほかの役員は責任逃れでなにもやらないので、資金繰りまでやらされる羽目になる。

しかし、もはや再建は期しがたかった。森は、東京のオーナーに会社を売却する以外にないと進言し、容れられるが、そのお陰で売却先の確保と従業員の再就職先の世話に寝食を忘れて取り組まされることになる。

地元の漁業実力者を夜討ち朝駆けでなんとか口説き落としたが買い手の漁業者は、森を専務にして会社経営をまかせる心づもりだったとみえ、東京へ帰って出直したいという森に怒りをあらわにした。

森は後年、社内報に次のように書いている。

私の立替金も払ってくれず、退職金などももちろん一銭ももらえなかった。その前に給料は六カ月ももらっていない。正に追われるようにして塩釜を後にした。東京にいたオーナーたちは無傷で撤退することが出来たのに、口先だけはうまいことを言っても、本気で私の骨を拾ってくれる意思など全くなかった。

東京のオーナーたちの態度には憤慨もしたが、黙って整理に応じてくれた旧社員の方々のことを思って、私も何も言わなかった。

しかし、一生に一度でもあってはいけない会社整理の当事者としての貴重な経験をしたことは、大洋水産及び非情な経営者のおかげで、これ以上の退職金はないだろうと本当に思う。また今後は間違っても人には使われまい、自主独立で行こうと決心したのも、このことがあったからだった。

初対面の佐藤に、親身に接してもらったあとだけに日の本冷蔵の係員と、会社整理のときのことが、ことさらに落差を伴って思い起こされたのであろう。

3

二日後の午後、極東食品の服部から森に電話がかかった。

「首尾は上々ですよ。お会いしたいんですが……」

「すぐ伺います。十分もあれば、お邪魔できると思います」

服部の声も弾んでいたが、森の声はそれを通り越してうわずっていた。

森は日比谷の内外ビルまで、ほとんど走り通した。そんなにあわてる必要もないのに、走らずにはいられなかったのである。

ナッパ服は小脇に抱えているが、ゴム長は変わらない。その上大柄だから、道往く人々は好奇の眼を向けたに違いないが、森の眼にはなにも入らなかった。

森は、さすがに息が切れ、内外ビルの前で足を止め、呼吸を整えなければならなかった。全身汗みずくである。

応接室で服部と向かい合ってからも肩で息をついていた。

「ずいぶん早かったですねえ」

「走ってきたんだ。うれしくってねえ」

「森さんらしいなあ」

服部は、さもおかしそうに、くっくっと声に出して笑った。

「部長がえらく森さんに惚《ほ》れ込んじゃいましてねえ。大車輪で経理部長を説得し、上のほうを根回ししたんです。正直なところ、僕は悲観的でした。ちょっと無理じゃないかと思ってたんですけど、こんなにトントン拍子にことが運ぶとはねえ。森さんの人徳ですよ」

「人徳なんてとんでもない。きみが佐藤部長によほどうまく売り込んでくれたんだねえ」

「いや、部長が森さんを信用したんです。眼が高いですよ」

「ありがとう。それにしても、なんの担保もないのに、よくぞ……」

「うちにとっても悪い話じゃないですから。コミッション・フィがいただけるうえにドルを稼げるんですから、多少のリスクは覚悟しなくちゃあ」

森が番茶をひと口に飲んで訊《き》いた。

た。


「役員会で正式に決めてもらえたんですか」

「けさの役員会で決定しました。融資額は二千万円です」

森は、息を呑《の》んだ。二千万円はあくまで希望額である。満額回答など夢にも思わなかった。

「手形を切ります。極東食品の手形なら、どこの銀行でも割ってくれるでしょう」

「もちろんです」

「買い付けたマグロの在庫証明を出してもらいます。つまり担保ですね」

服部の口調が、商社マンらしく事務的になっている。

「承知しました」

「手形はきょう付で発行します。早いに越したことはないでしょう」

「ありがとう。きみには世話になったねえ」

在庫証明は、森自身が発行するわけだから信用取引以外のなにものでもない。

金利負担が伴うのは当然だが、マグロの値上がりが見込めるので、相当な儲《もう》けになる、と森は踏んでいた。

極東食品の手形は、ほどなく現金化できた。

一部を運転資金に流用したが、ビンナガマグロを大量に仕入れた。

横須賀冷蔵庫に収容し切れなかったので、他社の冷蔵庫を借りたほどだ。

森の見通しは的中し、ひと月足らずのうちに、マグロの輸出価格が騰勢に向かった。

わずか四カ月ほどの間に、本社の資本金に倍する利益を計上することができたのである。アメリカへ輸出されるマグロ缶詰の関税率が二五・五パーセントから一挙に四五パーセントに引き上げられたことが大きく影響していた。

関税率の引き上げによってマグロ缶詰の輸出が大幅に落ち込んだ結果、その反動でマグロ自体の輸出量が急増したのだ。

水産物の統制が前年の昭和二十五年に撤廃されて自由な取引が認められていたことも、こうした投機的商売を可能にしたとも言える。

もっとも水産物が例外的に自由競争、自由経済に置かれていたからこそ、漁業の急成長をもたらしたこともたしかである。戦後五年にして戦前の水準に回復したが、外貨を獲得する必要上、政府は水産物や農産物の輸出を奨励せざるを得なかった。昭和二十五年には水産物の輸出は全漁獲量の二五パーセントを占め、戦前の一〇パーセントを大幅に上回っている。

4

昭和二十六年は、横須賀冷蔵庫にとっても森にとっても有卦《うけ》に入ったが、切なかったことが一つだけある。

たった一人の部下の関谷が退職してしまったのだ。

森は東京支店を取り仕切るようになってから、横須賀時代のように夜中の一時、二時に起床する必要はなくなった。そして横須賀から駒込に戻ったが、それでも朝四時半には起床した。

帰宅は早くて夜八時、九時過ぎになることもある。

毎月二の日の三日間は魚市場の休日になっていたが、銀行、商社などとの取引関係があるので休むわけにはいかなかった。日曜日が二日、十二日、二十二日にぶつからない限り欠かさず出勤した。決まっている休日は正月三ガ日の年三日間だけである。

早朝、文句も言わずに送り出してくれる妻のふさには感謝しなければ、と森は思う。

残業手当ても休日出勤手当てもなし、というのでは、いくら昭和二十年代の就職難の時代とはいえ、関谷が辞めたくなるのは当然かもしれない、と森も思わぬでもなかった。

昭和二十六年下期から二十七年上期にかけて森田啓次、江口滋男、遠藤秀夫など七人が東京支店要員として入社したが、仕事の厳しさについてゆけなくて、森田、江口、遠藤の三人を残して半年ももたずに辞めてしまった。

精神力と体力が要求されるきつい仕事であった。

森は、関谷を慰留した。

「会社が創業期のいまは苦労も多いが、その苦労は必ず報いられると思うな。もう少し頑張ってみないか」

「…………」

「待遇に不満があるんだろう。残業手当てについては社長と相談して、支給するようにしたいと思ってるんだ」

「横須賀冷蔵庫の見通しは暗いんじゃないでしょうか」

「そんなことはないよ。みんなこれだけ汗を流してるんだからなあ」

「実家のニジマスの養殖業を継がなければならないんです。ここの仕事がきついこともありますけど、家業を継ぐのが一番大きな理由です」

森は、関谷の慰留を断念した。

5

翌昭和二十七年は、前年の好況と一転してさんざんな年になった。

積極経営が裏目に出て、東京支店は百万円に近い欠損を計上したのである。

このことが、森をして杉野との共同経営を解消させる動機づけになった。

前年度の利益は本社勘定として処理されていたので、補塡《ほてん》するわけにもゆかなかった。収益部門の東京支店の赤字転落は、横須賀の本社の経営をもゆるがしかねない。台所の苦しい本社に負担をかけるのは忍びない、と森は思った。

一方では、本社の経営にあきたりない思いもないではない。杉野との間に感情的な軋轢《あつれき》などなかったが、パートナーを組んでみると経営に対する考え方に距離を感じた。いわば経営理念の相違ということになろうか。

　森はあれこれ考えたすえ、東京支店を発展的に解消し、新会社を設立する方向で杉野と意見を調整しようと思った。

　その前に公認会計士の北村吉弘と相談した。北村は横須賀冷蔵庫の会計監査を担当しており、杉野とも森とも親しい仲だ。

「あなたなら公平な判断を示していただけると思うんです。約百万円の欠損は、新会社が引き継ぐのは当然として、ノレン代というか東京支店の営業権はどの程度に評価したらよろしいでしょうか」

「欠損を引き継ぐということでしたら、ノレン代は五十万円ないし六十万円というところが妥当だと思います」

「わかりました。その線で、杉野と当たってみます」

　森は、昭和二十八年二月上旬の某日、横須賀冷蔵庫の本社事務所で杉野と向かい合い、やわらかく切り出した。

「この難局を乗り越えるには、どうしたらいいのかねえ」

「運転資金さえ回ってれば、なんとでもなるさ。例の佐藤さんに助けてもらったらどうだ」

「いや、こんなことで迷惑はかけられないよ」

　森が居ずまいを正して言った。

「東京支店を発展的に解消して別会社を設立したいんだが、どうだろうか。百万円の欠損を本社に押しつけるわけにはいかんから、新会社が引き継ぐ。東京支店の債務のすべては新会社に残す。北村さんに相談したら、ノレン代は五、六十万円というところが妥当だと言っていた。六十万円で買い取るよ。俺は、赤字を出した責任を取りたいんだ」

「なるほど。森らしいねえ。おまえの好きにしたらいいよ。東京支店はおまえが開設し、ずっと担当してきたんだしな」

「この仕事に入るチャンスを与えてくれたのは杉野だ。その点は感謝している。だから、おまえとの友好関係を損なうようなことはしたくない。新会社をつくったときには、おまえにも株主になってもらいたいと思ってる」

「うん。これからも持ちつ持たれつでいこう」

森と杉野の交渉は一時間もかからなかった。

かくして東京支店は、横須賀冷蔵庫から円満に分離され、三月二十五日付で、横須賀水産株式会社が設立された。

設立時払込資本金は三百五十万円、森和夫が代表取締役社長に就任したのは当然だが、森は四千二百二十株（額面一株五百円）の六〇・二九パーセントを保有、社員の森田啓次に四百四十株（六・二九パーセント）、江口滋男に三百四十株（四・八六パーセント）、遠藤秀夫に三百株（四・二九パーセント）を保有させた。

従業員を実質的に経営に参加させたい、会社発展による利益を先《ま》ず従業員に受けさせたいが、そのためには従業員に株式を保有させるべきだ、というのが、森の経営理念であった。

森は、田子の親戚《しんせき》や知人にも出資させ、森林八二百株（三一・八六パーセント）、山本常吉二百株、山本主計二百株などが株主として名前を連ねた。

杉野に一千株を無償で与えたが、「無配の株を持たされてもしょうがない。どうせなら現金でもらったほうがありがたいね」と言われて、後日、森が買い取った。

横須賀水産の本社事務所は、旧横須賀冷蔵庫東京支店をそのまま受け継いだ。六坪のバラック、机四つ、電話二台、オート三輪一台、これが横須賀水産の資産のすべてであった。

横須賀水産設立時の従業員はわずか四人、森を含めて五人の世帯だった。

設立登記を終えた三月二十五日の夜、事務所で茶碗酒《ちゃわんざけ》で乾杯してから、森は四人を前に照れ臭そうな顔で挨拶《あいさつ》した。

「横須賀水産はゼロからの出発どころかマイナスからの出発という厳しい門出になりました。しかし、僕は必ず会社は大きく成長すると確信しています。チャレンジ精神を忘れず、誠意とやる気さえあれば、仕事はいくらでも増えると思うし、多くの人々から信用もされると思います。人に対して威張らずに謙虚であってほしいと思います。そして僕自身、正義の味方でもありたいと願ってます」

森にとって、いわばバージンスピーチでもあった。

話してるほうも、聞いてるほうもみんなナッパ服にゴム長スタイルだった。

第二章　〝ノモンハン〟生き残りの強運

1

「あなたはノモンハンの生き残りですってねえ」

森和夫のぐい呑《の》みに酌をしながら、佐藤達郎が訊《き》いた。

「さっきここへ来るときに服部から聞いたんですが……」

佐藤は隣の服部進にちらっと眼を流して、つづけた。

「森さんがノモンハンの生き残りとは知りませんでした。運の強い人ですねえ」

なみなみと熱燗《あつかん》の酒を注がれたぐい呑みを持つ手がふるえ、酒が手にこぼれた。森は、口をぐい呑みに運んでひと口すすった。こみあげてくるものと酒とがないまざって、火がついたように胸が熱くなった。

昭和二十八年四月上旬のこの夜、取引先で商社金融でも世話になっている極東食品の佐藤部長と服部課長が森の旗揚げを祝して、新橋烏森《からすもり》の割烹《かっぽう》で一席設けてくれたのである。

森が、横須賀冷蔵庫から独立し、築地に横須賀水産を設立したのは先月二十五日のことだ。

さすがにこの夜ばかりは一張羅の背広を着ていた。馬子《まご》にも衣装と言いたいところだが、なんだか窮屈そうで、決まっていない。

服部が、佐藤と自分のぐい呑みを満たしてから言った。

「ノモンハンの生き残りと聞いただけで、尊敬しますよ。水講の同窓生では森先輩一人です。もちろんノモンハンの戦闘に参加したという意味ですが」

「歩兵七十一連隊でしたかねえ。全滅に近かったんでしょう」

森は、眼鏡を外して手の甲で涙をぬぐった。

「部長はよくご存じですねえ」

「わたしは十二年から十六年までの四年間、主計中尉で中支を転戦したんです。森さんほどの凄《すご》い体験はしてないけれど、主計将校だから連隊長の傍にいなければいかんでしょう。馬で弾薬を運ぶやら食糧の手配やらで、ずいぶん苦労させられました」

服部が話を引き取った。

「部長も運の強い人なんですよ。ゲリラとの抗戦で、連隊長の大佐が流れ弾に当たって即死したそうです。そのとき佐藤中尉は、連隊長と一メートルも離れていなかったっていうんですから、流れ弾がちょっと逸《そ》れてたらお陀仏《だぶつ》ですよ」

「中支の応山というところでした。しかし僕も運は強いほうだが、ノモンハンの生き残りにはかないませんよ」

森が涙を溜《た》めた眼で、テーブルのぐい呑みに眼を落とした。戦死した戦友たちの顔々が、ぐい呑みの酒にたゆたいながら映っては消えてゆく。

「ノモンハンの激戦で生き残ったのはわずか四パーセントに過ぎません。わたしはその一人です。生きて故国へ帰って来られたのが不思議です。ノモンハンで死んでたと思えば、大抵のことには驚きませんし、どんな苦労も苦労のうちに入りません」

森がぐい呑みを口へ運んで、遠くを見るような眼をして口をつぐんだ。地獄の戦線の場面が眼底に焼きついていた。

後年、森は地方紙（静岡新聞）に〝わが青春〟と題するエッセイを掲載したが、その中でノモンハン事件について触れている。


旅順《りょじゅん》の予備士官学校時代は、その後の人生にとっても貴重な勉強をした。人前で話が出来るようになったことと、「部下を信頼せよ、と同時に部下に信頼される行動をとれ」ということ。また「命令は必ず遵守せしめよ。しかし自ら不可能なことを命令するなかれ」。さらにもう一つは「指揮官は事前に準備を周到にせよ。指揮官の準備は多数の部下の徒労を防ぎ、場合によっては生命さえも救う」ということである。

このようなことを毎日反復訓練されたが、これらは今日の経営でも正にこの通りだと思う。今日、旧陸軍についていろいろ批判はあるが、こんな点は非常に進んでいたことではないかと思う。


さて予備士官学校を卒業して原隊に帰ると折から戦闘が勃発《ぼっぱつ》していたノモンハンで将

兵の消耗が激しくその補充ということで、私は歩兵七十一連隊に転属することになった。一日を費やして目指す前線の連隊に到着して、まず連隊長に申告最中に敵の戦車が来襲し、急いで壕《ごう》の中へ飛び込むといった状況には全く驚かされ、まさに戦場へ来たという実感を強くした。

連日連夜、戦車の急襲に悩まされながら前進、撤退を繰り返したが、途中連隊長始め多数の戦死者を出し、ある時は戦車が五十メートルぐらいまで接近し、幾ら迎撃しても重機関銃程度では弾が跳ね返るだけだった。また十五インチ砲に狙われて〝タコツボ〟の中から動けなかったこともある。そんな死闘を繰り返したあげく、ついに八月三十日最後の日を迎えることになった。この日移動して新陣地についたが、大隊の指揮官が誰であるか、どんな配置にあるのかも最近本をみて初めて知ったぐらい全般が混乱してしまい、もはや軍隊としての形をなしていなかった。

撤退の日、すっかり暗くなった午後七時頃、伝令が来て直ちに師団司令部の位置に撤退せよということで、壕づたいに苦心惨たんの末やっと撤退した。距離はたった二百メートルぐらいしかなかったと思う。やっとたどりついたと思ったところへ突然一人の上等兵がやって来て「師団長閣下はどこですか」と非常に慌てている。これは何かあると思い、「よし!」と小隊を待機させ閣下を探したところ、わずか百メートルぐらいの所に小松原師団長の壕があった。曾根辻《そねつじ》上等兵がとぎれとぎれに「七十一連隊の軍旗を奉焼し、東中佐以下突入されました。自分は師団長に報告せよとの命令で参りました」と報告し、私もびっくりさせられた。最後の突撃で散ったのである。

師団長は、軍旗の処理について「本当に焼いたな！　どんな方法で誰が焼いたか」など何度も訊かれていた。そして最後に「東中佐も突入したか！」と訊かれた閣下の声は少しふるえているようだったが、後は黙っておられた。その時は皆が生もなし、死もなし、人命か軍旗かなど全く頭にない心境だった。曾根辻上等兵が「これは東中佐殿から閣下に形見として渡すように言われました」と持っていた日本刀を師団長に差し出した。その直後、わが小隊と曾根辻上等兵は師団司令部付を命ぜられたが、それからは後述の私の運命の分かれ目となった。

ご承知のようにノモンハン戦では多数の連隊長の方々が戦死されたり自決された。私はもし当時の日本陸軍が、ノモンハン戦闘の真相を勇気をもって謙虚に正確に反省していたならば恐らく太平洋戦争は起こらなかったし如何《いか》に思い上がりの軍部といっても起こし得なかったと思う。風潮に棹《さお》さすことは、いつの時代でも捨て身の勇気と抜群の英知を要する。自決されるのだったらなぜ死を賭《と》して具申しなかったかという疑問を持つが、しかし、そういう私も無事帰還後は戦友のあの「一門でも速射砲を！」という悲痛な声を忘れて再び〝無敵〟関東軍の虚構の中に埋没してしまったのだ。

ノモンハン最後の日である昭和十四年八月三十日の午後四時から八時の間は、私にとってはその青春だけでなく生涯を決める大きな瞬間だった。少し長くなるが述べてみることにする。ともかく私は、四％の生存者の一人であり、全連隊、いや全師団でも与えられた重機関銃二門を曲りなりにも持ち帰ったのは、私の小隊だけだったと思う。もちろん勇敢な小隊長ではなかったかもしれないが、さりとてうしろ指をさされるようなことはしていない。

生き残った人は重機関銃、また大隊砲などの人が多く、一般歩兵は将校斥候《せっこう》や斬り込み隊などで、だいぶやられてしまった。このような事態の中にいて、私は次のような貴重な体験を得て、それからの人生に大きな勇気と自信を得た。ここで生まれ変ったと言っても過言ではないと思う。

その一つは自決を決意し得て、しかも比較的冷静にその瞬間を待つことができたこと。ソ連戦車数台に至近距離（百メートル以内と思った）で包囲され、一寸《ちょっと》頭をあげただけの分隊長は、コメカミを一発で撃ち抜かれるという状況下に、壕の中で身辺を整理し、拳銃《けんじゅう》と手榴弾《てりゅうだん》の安全装置を外して戦車の来襲を待った。

それは「生きて虜囚の辱《はずかし》めを受けず」どんな場合でも人事不省などにはなるまいということだけを念頭に待機していた。部下にも指示を与え、自分でも冷静だったと思っている。

二つめは、ぎりぎりの時点でも責任を果たそうとしたこと。曾根辻上等兵が師団長に報告した後、「これから再び軍旗の下に帰ります。わからなくなりましたので、大体の地点だけ教えてください」と言った時、私はすぐさま「私が曾根辻を掌握してまいります。確認はしていないが大体の方向はわかります」と具申した。もちろん奉焼した軍旗の下に行くということは誰がみても自爆に等しいことである。しかもその具申は強制されたわけでもなく、カッコつけたものでもない。この時は余人を遠ざけたので師団長と二、三人の参謀がいただけだった。

そして三つめは、私の命は全く幸運の賜《たまもの》であること。今や余分の人生であると思うこともある。だから命が惜しく長生きしなければと思うことと、何かの瞬間「どうせ一度は死んだもの」というような捨て身な気持ちになれることである。

ソ連の戦車が突入したら日本刀、〝ゴボウ剣〟、拳銃、数発の手榴弾では太刀打ちは出来ない。あの状況で突入しないのが不思議だった。

考えてみると連隊本部は、あの場所から二百メートル以内の地点にあったと思うが、本部と連絡がとれていてその動静がわかっていたら、当然軍旗と運命を共にしたと思う。当時の軍人であれば当然であった。しかも撤退の命令が伝えられなかったら、これも後で考えると、工兵隊の伝令が連隊本部に行くついでにたまたま部隊がいたので知らせたのではないかと思うが、師団はその夜転進したので、取り残されて全滅したと思われる。

さらに曾根辻上等兵と一緒に軍旗と運命を共にすると言った時、もし参謀の「待機せよ」という命令がなかったならば、当然引き返して行って自爆したと思う。当時はそれが当然であったし、もし軍旗の奉焼が確実でなかったとするならば、当然「軍旗の下に馳《は》せ参ずるべし」の命令になっていただろうと思われる。

こんなことは戦場に行った人ならば誰でも経験したことと思うが、私としては「俺は死ねるだろうか。死ぬことが出来るだろうか」という今までいつも不安だったことが一度に解消したものだった。

しかもそれは戦場という特殊な環境だけの問題でなく、平時でもぎりぎりのところに来れば同じことであるということも、その後の体験で確認できた。


佐藤が感慨深げに言った。

「お互い、一度捨てた命を拾ったと考えれば怖いものはないですね。とくに森さんの場合はそうでしょう」

「はい。いつでも死ねる覚悟はできてるような気がします」

森が笑顔で答えた。

服部が話題を変えた。

「横須賀冷蔵庫の杉野さんと別れて、士気は大いに揚がってるでしょう」

「やる気だけはありますが、冷蔵庫一つ持っていないボロ会社ですからねえ……」

森が服部から佐藤へ視線を移した。

「地道に努力して信用力をつけていくしかありません」

「そうねえ。しかし、これから冷凍マグロの輸出がますます盛んになるでしょう。生産設備とも言うべき冷蔵庫がないようじゃ話にならんですよ」

「はい。わたしもなんとかしたいと思ってますが、まだまだそんな実力はありません。自前の冷蔵庫を持つなんて夢のまた夢ですよ」

「森さん、そんな弱気でどうするんですか。極東食品としても、できるだけの応援はさせてもらいます。そういう方向で考えたらどうですか」

佐藤は親身になって激励してくれたが、森は、自前の冷蔵庫を持てる身分ではないと、そのときは思っていた。

2

酒席がおひらきになったのは九時過ぎだが、森は駒込の家に帰らず、土産にもらった塩《しお》煎餅《せんべい》をぶらさげて築地の事務所へ顔を出した。

森田啓次と遠藤秀夫が今夜は事務所に泊り込むと話していたことを思い出して、気が変わったのである。

事務所の隅に三段ベッドがしつらえてあるので、残業で遅くなるときはそのまま泊り込んでしまう。朝が早いからそのほうが楽なのだ。

森田と遠藤は、帰宅するはずの森がいきなりあらわれたので、びっくりした。

「社長、なにかあったんですか」

森田の眼に森の表情が沈んでいるように映ったのである。

「佐藤部長と服部課長から厭《いや》な話でも出たんですか」

伝票の整理をしていた遠藤も不安そうに森を見上げた。

「いや、そんなことじゃないんだ。戦争の話が出て、ちょっとしめっぽい気分になってねえ」

森は、〝ノモンハン〟に耽《ふけ》っていた気持ちを急いで切り替え、明るい顔で言った。

「佐藤さんから自前の冷蔵庫を持つようにすすめられたが、ぴんとこないねえ。その日暮らしで自転車操業のウチなんかに融資してくれる銀行や商社があるわけがない。極東食品がいくら応援してくれてると言っても限度があるしなあ」

森は、背広をナッパ服に着替え、靴をスリッパに履き替えながら、話をしている。

横須賀水産の主要業務は、築地魚市場での魚類の内販、漁業飼料の売買から、冷凍マグロの輸出に移行しつつあった。

米国向け輸出が主力だが、買い手にこと欠かなかった。極東食品、東京食料、野田産業などの商社を通じて、米国へマグロを輸出するのだが、まだ太平洋で泳いでいるマグロを売買するというのだから、少なからずリスクは伴う。契約後に不漁がつづき浜値高になったり、契約量を満たすために四苦八苦する羽目になったりするからだ。

「自前の冷蔵庫ですか……。やっぱり夢としか言いようがありませんねえ」

遠藤は、経理を担当して火の車の台所事情を厭というほど承知しているだけに、やっぱりぴんとこないらしい。

森田は営業担当、今夜は帰宅した江口滋男は工場担当ということになっているが、事務の亀井福子も含めて、全員兼務で二役三役をこなしていた。

社長の森は、総務部長兼経理部長兼営業部長であり、現場監督でもあったから、一人三役どころではなかった。

「でも、自前の冷蔵庫が持てる時代がきっと来ますよ。いくらなんでも夢なんてことはないでしょう」

森田は少しむきになっている。

「うーん」

遠藤はどっちつかずな返事をしたが、小首をかしげたところをみると、実感が伴っていないらしい。

「俺たちはまだ若いんだ。焦ることはないよ」

森が冷蔵庫の話をしめくくった。

このとき森は三十六歳、森田と遠藤は三十歳、江口はまだ二十八歳であった。

「寝酒に一杯やらんか。鳥森の飲み屋で相当飲んだつもりだが、すっかり醒《さ》めちゃったよ。いつも目刺しやなまりだからたまには煎餅を肴《さかな》にしようか」

森が煎餅の包みをひらきながら言った。

事務所に泊り込むときは、寝酒が習慣になっている。冬は熱燗《あつかん》、夏は冷酒《ひや》だが、四月上旬にしては冷え込みのきつい今夜はやかんに三合ほど二級酒を注いで、電気コンロで燗をした。

森は寝つきがいい。どこでも横になったらすぐに寝息を立てるほうだ。必ず朝、一番電車で通勤してくるが、前夜就眠が遅いときは、駒込から有楽町までの山手線の中で新聞紙を通路に敷いてごろっと横になりひと寝入りする。

寒いときは新聞紙をふとん代わりに被《かぶ》る。新聞紙の保温効果は捨てたものではない。

築地の朝は早い。五時を過ぎたころ、江口が出勤してきた。

ひと仕事終えたあとの朝食の旨《うま》さは格別である。

事務所は食堂でもあった。四つの机が食卓に変わる。森も朝食と昼食はいつも事務所で摂《と》っていた。

炊事係は、江口である。

躰《からだ》が資本《もとで》の商売だから、食費はせいぜい張り込んだ。

鮮度のいい白身の魚をふんだんにぶち込んだ味噌汁《みそしる》は、だしが利いていてそこらの料理屋では味わえない豪華版だ。ときには朝っぱらから尾頭付が食卓に並ぶこともある。

丼めしを掻《か》き込みながら森が言った。

「ウチの女房は、料理は決してヘタではないが、女房と二人きりで食べるのと、こうしてみんなと食べるのとではずいぶん違うねえ」

「ええ、事務所で食べると、いくらでも食えるから不思議です」

森田は、空になった丼を江口に突き出した。

江口が森田の丼に麦めしをよそいながら返した。

「コックの腕もいいんですよ」

森が三人に等分に眼を遣《や》りながら、しみじみとした口調で言った。

「同じ釜《かま》のめしを食った仲、という言葉があるが、軍隊でもそうだったけれどそのことによる連帯感というのか、同志的結合というのか、それが大事なんだろう。寝起きを共にし、同じ釜のめしを食い、苦楽を共にしていれば、相互に信頼感が深まっていかないわけがないんだ」

朝食を終えたころ、亀井福子が出勤してくる。後片づけは福子の役目だ。

昼食には、福子も加わり、江口の手助けをする。

朝食後、福子を除く全員がオート三輪で川崎の作業場へ向かった。

今朝、買い付けたばかりのビンナガマグロを加工するためだ。

冷蔵庫業者から賃借している冷蔵庫が作業場である。

買い付けたマグロを丸ごと冷凍して輸出する場合はラウンドと言うが、頭、尾、ワタを取り除いたものはドレス、頭とワタならセミドレス、三枚におろせばフィーレである。フィーレをさらに二枚におろしてステーキに加工することもある。

作業場へ着くと、手鉤《てかぎ》を操ってマグロを次々とトラックから引き摺《ず》りおろす。

ころがっているマグロを、ホースで水をかけたあとたわしでみがくが、これは鮫肌《さめはだ》になっているので、艶《つや》を出して商品価値を高めるための作業だ。刃渡り三十センチの大きな出刃包丁で四、五十キロもあるマグロ一尾《いっぴき》をフィーレにするまでの所要時間は、手なれた森田や江口なら十五分足らずで済む。

社長の森が一作業員に変身するのは当然だ。ただ、三枚におろすときにマグロの骨に肉を残しがちで、森田たちに比べるとヘタである。もっとも骨から削り取ったナカオチにありつけるから、事後の楽しみは森が処理したマグロのほうにある、と言うべきかもしれない。

舌にとろけるようなナカオチで、夜一杯やる気分は、こたえられない。

それにしても輸出用冷凍マグロの加工作業は重労働であった。

森もそうだったが、慣れないうちは重い包丁を力まかせに扱うせいで、手首や腕を痛めることが多い。

手首が腫《は》れ上がって、右手で箸《はし》を持てなくなったこともある。そんなときでも人手不足で戦線離脱はできないから、右手を湿布して左手だけでマグロの運搬に専念しなければならない。ラウンドの冷凍マグロは、丸太棒と変わるところがない。取り扱いに注意しないと大怪我のもとになる。

加工したマグロは麻袋詰めにし冷蔵庫業者にあずけて冷凍するが、冷蔵庫業者があっちこっちに分散しているので、船積みのときの集荷にかかる手間は馬鹿にならなかった。

自前の冷蔵庫が欲しい——森は切実にそう思った。

3

横須賀水産創業一年目の売上高は一億三千三百六十九万五千円を記録し、まずまずのスタートを切ることができたが、収支はトントンで、「こんなに汗を流して苦労してる割には、報いられてないなあ」と森を嘆かせる結果に終わった。

冷凍マグロの輸出が伸長し、仕事量は増える一方なのに、効率的な経営が行なわれていないのは、輸出マグロを加工から冷凍まで一貫して作業できないロスが大きかったことに起因している。

一カ所に冷蔵庫があれば、経営収支が改善されることは眼に見えていた。

森があらゆるつてを頼って冷蔵庫探しに東奔西走していた矢先の昭和二十九年二月下旬に、北浦和の冷蔵庫業者から耳よりな話がもたらされた。

相手は三戸冷蔵社長の渋山次郎である。渋山はときわ冷蔵の鈴木明から凍結四トン、冷蔵百五十トンの冷蔵庫を賃借していたが、不必要になったので横須賀水産で使用するつもりはないか、と森に打診してきた。

聞けば、鈴木は自ら事業経営する意思はまったくないという。

願ってもない話だ。

森は、日を置かずに森田、遠藤、江口の三人を従えてトラックを北浦和に走らせた。業務の拡大につれて、オート三輪ではこなし切れなくなっていたので、中古のトラックを購入していたのである。

現物を見て、鈴木に会い、条件を決め、その場で契約書にサインした。

小規模な上にチャーターだが、初めての自社工場である。

帰りのトラックで、鼻唄《はなうた》を口ずさむほど森の気持ちは弾んでいた。

森の音痴ぶりは救いようがない。田子小学校時代、唱歌の成績はずっと〝丙〟であった。そのことは森自身自覚している。だからどんな場合でも絶対に唄わないと心に決めていた。

その森が鼻唄とはいえ口ずさむとは、よっぽどうれしかったに違いない。

もっとも、トラックのハンドルを握っている森田にも、森との間に挟まれている遠藤にも、なんの唄なのかさっぱりわからなかった。音程は外れ、メロディを成していないのだから、わかるはずがない。

ただ、ときおり顔を見合わせる二人の表情もやたら明るかった。

鼻唄がやんで、唐突に森が言った。

「人を増やさなければいかんな。思い切って増やそう。五、六人採ってもいいんじゃないかな」

遠藤が森のほうへ首をねじった。

「一挙に倍の陣容にするんですか」

「仕事は増える一方だからな。水産大学と水産高校から元気のいいのを採ろう」

森は強気だった。

ところがこの年の三月一日に、大事件に見舞われる。〝第五福竜丸事件〟だ。マグロ漁船の第五福竜丸がマグロを積んで帰港中、ビキニ環礁《かんしょう》で米国の核実験に遭遇し、放射能被害を受け、同月十六日に全乗組員二十三名が東大で〝原子病〟と認定されたのである。

この事件の衝撃は計り知れないほど大きかった。

太平洋で操業中の漁船の水揚げ魚はすべて陸揚げ時にガイガーカウンターによる放射能検査を受け、築地市場でも汚染度の強い大量のマグロが廃棄処分された。

一般消費者が神経質になるのは当然で、検査合格品でもマグロの刺身はおろかマグロの缶詰も口にしない状態がつづいた。いわばマグロ・パニックである。

マグロは大暴落した。キロ三十円という信じられない安値になった。

荷受会社はマグロの処理に躍起となり、輸出メーカーに買い付けるよう泣きついてくる。

横須賀水産は、安値のマグロを買いまくった。

北浦和の冷蔵庫にとどまらず都内や近県でスペースの空いている冷蔵庫という冷蔵庫を借りて、凍結保管したわけだ。

「合格品のマグロまで食べたくないという国民の心理はわかるが、時間が経てば必ず食べたくなるに決まってるんだ。それに冷凍マグロはアメリカで缶詰などに加工されて売るんだから、輸出は逆に伸びると思うよ」

こんな時期だから新規採用を見送ってはどうかと進言する者もいたが、森は耳を貸さなかった。

昭和二十九年四月に、横須賀水産は初めて新規採用を実施した。大森康博、内田栄、小田末吉、守屋一郎、須藤茂の五人である。

冷蔵庫を保有するようになってから、横須賀水産の日常業務は一変した。

早朝、築地市場で魚の買い付けを終えて、事務所の自炊食堂で朝食を摂るのは従来どおりだが、トラックが向かう先は北浦和の自社工場である。

築地から巣鴨《すがも》を経て、志村、戸田橋をつなぐ国道十七号線を疾走して、マグロなどを満載したトラックが浦和に到着するまでに要する時間は一時間半。トラックの性能は劣るが交通量が少なく道路の渋滞などあり得なかった時代である。

マグロと格闘したあと、冷蔵庫の保安要員を除いて四時半ごろ工場を引き揚げるが、復路も所要時間は往路と変わらなかったので、夕方六時ごろ築地に帰ってくる。

銀行回りや商社回りやらで、毎日、北浦和に出かけるわけにはゆかないが、森はつとめて現場に詰め、従業員の先頭に立った。

事務所に戻ると、伝票の整理やら翌日の準備に追われるので、森の帰宅時間が九時前になることは滅多になかった。

住込みの新人社員たちも頑張った。食事を終えて近くの銭湯から帰ってくると、十一時過ぎになる。朝は五時前の起床だから、睡眠不足になりがちだ。上乗りするトラックや有楽町と浦和間の京浜東北線の中は、睡眠不足を補う恰好《かっこう》の場所となった。

創業期の企業ならどこでもそうだが、いちばん苦労するのは資金繰りである。

当然ながら社長の森をおいてほかにこの役割を担える者はいない。

マグロの前渡し金を給料などの運転資金に流用する綱渡りは毎度のことだった。冷凍マグロを納品する二、三カ月前の売買契約時に、商社から七〇〜八〇パーセントの前渡し金が入ってくるので、資金力、信用力のない横須賀水産にとって、この魅力は小さくなかった。給料の遅配もせずになんとかやりくりできたのはアドバンス（前渡し金）のお陰と言えた。

アドバンスに初めて応じてくれたのは野田産業である。

取締役水産部長の徳田典雄は、水産講習所の八年先輩であった。

徳田は、ある日、ぶらっと築地の事務所に森を訪ねてきた。

何日か前、森が徳田を訪問し、アドバンスの話を持ちかけたのである。まだ、横須賀水産が発足して間もないころのことだ。徳田が、机四つと三段ベッド、それに電話一台の事務所を見回しながら言った。

「担保能力はゼロと一緒だな」

「ええ。わたしを信用してもらうしかありません。太平洋で泳いでいるマグロが担保と言えば担保みたいなものです」

「わかった。森を信用して無担保で百五十万円アドバンスしよう」

「ありがとうございます。助かります」

森は、これで月末の給料も支給できるし、借金も返済できるので、なんとか乗り切れると思った。

前後するが、森の強気な見通しは的中した。

〝第五福竜丸事件〟の影響で日本製のマグロ缶詰はアメリカでも売れず、輸出用マグロ缶詰の在庫は一時百万ケースにも及んだと言われる。

しかし、冷凍マグロはアメリカで缶詰に加工されて、米国製として販売されるため事件の影響は受けず、しかも安価とあって缶詰とは逆に輸出を伸ばす結果をもたらした。

食品業界、水産業界全体は厳しい不況の年であったが、横須賀水産は自社専用冷蔵庫の保有を含めて、躍進を遂げることができた。

ちなみに昭和二十九年の同社の売上高は四億六千五百二十一万八千円で前年の二・五倍に伸び、固定資産も前年の九十七万円から三百九十万円に増加した。

第三章　アメリカ視察旅行

1

上野駅発の夜行列車はこの日も混んでいた。通路にも人があふれている。なんとか座席は確保できたが、一度手洗いにでも立とうものなら、通路に回される恐れがある。

森和夫は、厚手のセーターの上にジャンパーを羽織っている。相変わらずのゴム長姿だ。輸出マグロメーカーの上位に進出し、社員も増えたが、ナッパ服にゴム長はいわば横須賀水産のユニフォームみたいなもので、社長といえどもスーツを着ることはめったになかった。

「将校はサーベルを下げて長靴を履いていた。サーベルの代わりに手鉤《てかぎ》を持て。兵隊ではなく将校ぐらいの誇りと気位を持つのはいいことだ」

変な理屈だが、森は常々社員にそう言っている手前、自分自身、手鉤を手から離さなかった。もちろん剝《む》き出しではないが、マグロメーカーの社員にとって、手鉤は大切な商売道具である。

昭和二十九年の秋、森は宮城県の塩釜に出張するため夜行列車に乗り込んだが、二等車や寝台車を利用するつもりはさらさらなかった。たかが魚屋のおやじがそんなに気取ったところで始まらないし、ガラじゃない、と森は思っている。だいいち勿体《もったい》ない。通路でだって横になれば眠ってしまう口だから、寝台車である必要はなかった。

いちど便所の近くで、ごろっと躰《からだ》を横たえたときは、多少臭気が気にならないでもなかったが、こっちも魚臭いはずだから文句を言えた義理ではない、と思わなければならない。

上野から塩釜までの所要時間は約八時間である。

塩釜は、三陸漁場の中心地として発展し、魚の水揚げ量も日本屈指の漁港であった。

塩釜出張の目的は、売上規模の拡大に伴って、東京周辺の仕入れだけではアンバランスになってきたため、塩釜に拠点づくりをしたいと考えたからだ。

森は、塩釜ではけっこう顔が利く。大洋水産の勤務と会社整理を通じて培った顔は、決して小さなものではなかった。

かつて会社整理で従業員の再就職先の世話に寝食を忘れて取り組んだ森の誠意と熱意は地元の漁業実力者たちに強烈にアピールし、高い評価を受けていた。

朝食は、妻のふさが用意してくれた海苔《のり》にくるんだおむすびを車内で食べた。

魔法瓶の焙《ほう》じ茶も、ふさの心づくしである。

ふさとは、義兄の藤井宰弼《そうすけ》のはからいで昭和十九年五月に見合い結婚した。

昭和十七年五月に復員した森は、復員直後に一度、長兄重衛のすすめで見合いをした。

相手の女性から心に触れてくるものがなく気にそまなかったが、長兄の強い希望を容《い》れて結納《ゆいのう》を承諾してしまった。しかし、結納を交わした直後、森はふとこんなことでいいのだろうか、と懐疑的な気持ちが強くなった。

どうでもいい、なるようになれ、どうせ俺はノモンハンの生き残りで、ついでに生きているようなものだ、という投げやりな気持ちが、長兄の意のままに、あやつり人形のように、がえんじさせてしまったのではないか――。

一生に一度のことではないか。あとで引き返すわけにもいかない。人生をもっと真摯《しんし》に生き抜いてゆくためにも、ここは踏みとどまるべきではないのか。いやいや結婚するくらいなら初めからしないほうがいい。だいいち相手に対して失礼ではないか、と森は思った。

「僕は結婚しません。この縁談はなかったことにしてください」

森から突然ひらきなおるように言われて、重衛は激怒した。

「結納がどういうものか、おまえわかってないのか！」

「相手のひとには申し訳ないと思います。気持ちを傷つけることになるのもわかりますが、いやいや結婚したらもっと傷つけることになるかもしれません。兄さんの強引さに引っ張られてしまったが、とにかく断ってください。手を握ったこともないんだから、引き返すならいましかない」

「断じてゆるさん！」

「絶対に結婚しません!」

「おまえは家名をけがし、俺の顔にドロを塗ってそれでいいと思ってるのか」

「申し訳ないとは思いますが、自分の気持ちをいつわるわけにはいきません」

「あくまで厭《いや》だと言い張るんなら、勘当だ」

　重衛にそこまで言われても、森は気持ちを変えなかった。

　森家当主の重衛になびいて、森を非難する兄弟や親戚《しんせき》が多いなかで、養母であり、実姉でもあるちかは、森を庇《かば》ってくれた。

「厭がる者を無理に結婚させることはない。無理に押しつけようとしたほうにも問題がある」

　ちかに詰《なじ》られていたら、森は二度と故郷の西伊豆を訪れることはできなかったかもしれない。

　藤井幸弼も森を励ましてくれた一人である。それどころか別口の見合いまですすめてくれた。

「美人で気だてがよく、しっくり気持ちがかよう女にめぐり会うまで、何度でも見合いしたらいいんだよ。早い話、和夫に会わせたい女がいるんだけど、だまされたと思って一度会ってみないか。二年近くも謹慎してたんだから、きみが見合いしたからといって、誰も非難する者はおらんよ」

「まだそんな気になれませんよ」

「まだこだわってるの。きみにも勿体ないようないい女だけどねえ。お父さんの相川さんは、陸軍大佐の退役軍人で、典型的な肥後《ひご》もっこすだけど、気分のいい人だよ。お嬢さんのふささんは東京の女学校を出て今年二十歳になるが、きみと八つ違いだから、年齢的なつりあいもとれてると思うなあ」

藤井と相川の出会いは、伊豆にあるアルナイト鉱山関係の国策会社に両人が関係していたことによるが、藤井は東京の相川家でふさに会ったとき、直感的に森和夫の嫁にぴったりだと思った。

森は、藤井の顔を立てて、ふさと見合いしたが、すぐに断るつもりでいたのに、ひと目でふさに魅《ひ》きつけられてしまった。

ふさは息を吞《の》むほど美しい女だったのである。

俺には勿体ない、と本気で思った。

逢瀬《おうせ》をかさねて、森の気持ちは固まった。

ふさも長身で男前の森を気に入ってくれたとみえる。なによりも森の優しさに魅かれたというべきであろう。森のプロポーズをあっさり受けてくれた。

しかし、ふさとの結婚について、重衛の承諾を取りつけるのが筋である。

森は、ふさと見合いして三月《みつき》ほどした晩春の日曜日に、下田に畏友《いゆう》の道家章司を訪ねた。

道家は旧制中学時代のクラスメートで、豆陽中学から静岡師範に学び、いまは郷里の小学校に奉職していた。

二人は下田市内の鮨店《すしてん》で昼食時間に落ち合った。

「結婚しようと思うんだ」

森は茶をすすりながら伏眼がちにきまり悪そうに切り出した。

「おめでとう。森は初めての見合いに懲りて、一生結婚しないようなことを言ってたから心配してたんだ。どんな女《ひと》なの」

「うん……」

森は相川ふさとの見合いから結婚を決意するまでの経緯をかいつまんで話した。

「それで道家に頼みがあるんだ。道家は俺の友達では兄貴に最も信頼されてるから、兄貴もおまえの話なら聞いてくれると思って。結婚のことを兄貴に話してもらいたいんだ」

「それはどうかなあ。水臭いと思われないか。おまえの口から直接、重衛さんに話したほうがいいと思うが」

「この二年間、兄貴とは一度も会っていない」

「絶交しているような噂を聞いたことがあるが、ほんとうだったのか」

道家が森以上に深刻な面持ちで湯呑みに手を伸ばした。

「よし、やってみよう。おまえが重衛さんと和解するいい機会だものなあ。俺一人では荷が勝ち過ぎるから、鈴木治之助さんと二人がかりで、重衛さんを説得してみる。おめでたい話なんだし、重衛さんもわかってくれるだろう」

鈴木治之助は、森の母方の従兄《いとこ》で、森より七歳年長である。隣村でカツオ節製造業と雑貨店を兼営していた。村会議員にも推され、面倒みのいい男である。

その日のうちに道家と鈴木は、重衛に面会してくれた。

しかし、重衛は頑として承服しなかった。

人のいい二人は、二度三度と森家へ足を運んだが、重衛の勘気は解けなかった。

森和夫と相川ふさの結婚式は、昭和十九年五月吉日に三島神社でとり行なわれたが、重衛に義理立てして欠席した親戚も少なくなかった。

それでも、鈴木と道家が駆けずり回ったお陰で、村長、県会議員ら地元の有力者も含めて約百人が出席し、当時としては盛大な結婚披露宴であった。

コメの各自持参は時節柄仕方がないが、ちかはせいいっぱい奮発し、伊勢えびなどの豪華な料理で祝い客をもてなした。

そのひと月後に新婚家庭に召集令状が舞い込んだ。

「ノモンハン生き残りの俺にまで赤紙がくるようなことはないと思ってたんだが……」

「あなた行かないでください」

ふさに、すがりつくような眼を向けられて、森は当惑した。

「軍人の娘にしては過激なことを言うねえ」

「わたしは戦争は嫌いだし、軍人も嫌いです。父の職業を誇りに思ったことなんて一度もありません。ほんとうに、行かないでください」

「天皇陛下の命令に背くわけにはいかないよ。心配しなくていい。俺はノモンハンで生き残った強運の持ち主なんだ。必ず生きて帰ってくる」

森は笑いながら言ったが、なんとなく生きて帰れるような気がしていた。

森が塩釜で真っ先に会ったのは、魚問屋を経営している鈴木利三郎である。鈴木は森よりかなり年長だが、塩釜時代に友達づきあいをしてくれたのだ。久しく会ってないが、文通はつづいている。

早朝、突然あらわれた森を鈴木は大歓迎してくれた。

「なんど、まぁ森さん、よぐきたなぁ」

赭《あか》ら顔で、年中熟柿《じゅくし》臭い息を発散していると思えるほど酒好きの鈴木は、ひと仕事したあとだったとはいえ、朝っぱらから、家人に酒肴《しゅこう》の用意を命じて、森を恐縮させた。

「遠来の客をもてなすのに、酒がねえつうことがあっけぇ」

懐しい鈴木のズーズー弁に接して、森は気持ちがほぐれた。

「こんな朝早く押しかけて申し訳ありません」

「挨拶《あいさつ》はええがら、まんず一杯《いっぺえ》受けてけれ」

無理やり持たされた湯呑み茶碗《ぢゃわん》に、一升瓶を傾けてなみなみと注がれ、森は乾杯の前にひと口すすらなければならなかった。

何杯か茶碗酒を酌《く》み交わしたあとで、思い出したように鈴木が訊《き》いた。

「塩釜になにさ用があって来たんだぁ」

「塩釜に店を持ちたいんです。お陰さまで仕事のほうは順調にいってますが、東京周辺だけでは多くは望めませんから、仕入れ先をひろげたいと思ってます。ゆくゆくは加工までやれればいいんですが……」

「魚の買い付けさぁ、やるということけぇ」

「ええ。鑑札がないので、直接買い付けるわけにはいきませんから鈴木商店で買っていただくという方法は考えられませんかねぇ。一定の口銭《こうせん》をお支払いするのは当然ですが、なんとかお力添え願えませんか」

「森さんが塩釜に店さ持づ……。まんずよっが話でねぇけぇ」

「店を持つといっても自前の店が持てるほどの力はありませんから、店も冷蔵庫も借りてやるしかないと思います」

「わがったぁ。相談に乗るべぇ」

鈴木の呑み込みは早かった。もう酒を切り上げて、外出の仕度にかかっている。

森もアルコールには強いほうだから、茶碗酒の三杯や四杯で、ふらつくようなことはない。二人は、塩釜の街を歩き回ってその日のうちに、地元の荷受業者から仕事場の一部を賃借できる手筈《てはず》が整った。魚市場の片隅だから立地条件は申し分なかった。

もちろん冷蔵庫業者との話もつき、たった一日で、横須賀水産の塩釜工場が事実上、誕生したことになる。

「ひと晩ぐらい泊っていがんか。前祝えにいっぺぇやるべぇ」

「近いうちにゆっくり来ます」

鈴木は、一泊してゆけと熱心にすすめてくれたが、森はその日の遅い時間に上りの夜行列車に飛び乗った。

翌朝、森が築地魚市場の事務所へ顔を出すと、森田、遠藤、江口たちはタイミングよくひと仕事終えて、これから朝食を摂《と》るところだった。森は、夜汽車で二泊しただけで、家にも帰らずに出勤したことになるが、こんなことは驚くに足らない。塩釜に一泊ぐらいしてくるかな、と思った者もいないではなかったが、ほとばしるような活力と猛烈な仕事ぶりには、みんなすっかり慣れっこになっている。

丸二日間、入浴してないので、ひと風呂《ふろ》浴びたいところだし、下着も替えたかったが、森は一刻も早く朗報を社員に知らせたかったのだ。

石油缶をくり抜いて薪で炊いためしの美味《おい》しさは格別である。味噌汁《みそしる》も旨《うま》い。朝食は、会社の事務所に限る、と森は思っている。

丼めしを旨そうに掻《か》き込んでいる森の顔に、首尾は上々だったと書いてあるが、森が塩釜出張の成果を報告したのは、熱い味噌汁をお替わりしてからだ。

ことの経過を話し終えたあとで、森が言った。

「江口と大森には、あしたから塩釜に行ってもらうぞ。もちろん、挨拶回りをしなければならんから、俺も一緒に行くが」

「それはいいですけど、寝泊りするところはどうなってるんですか」

江口も大森も独身だから、いくらでも融通は利くが、江口に訊かれるまで森はそのことに気づかなかった。

「しまったなあ。おまえたちの塒《ねぐら》のことを忘れてた」

森は、頭を掻きながら、苦笑しいしいつづけた。

「なんでもかんでも俺に頼らんで、おまえら自分で探せや。鈴木さんに頼めばなんとでもしてくれるだろうし、とにかく塩釜に行けば、なんとかなるだろう」

「仕事場のスペースは、なんぼ借りられるんですか」

「十坪《とつぼ》ちょっとあるかな。この事務所よりはずっと広いぞ」

「それなら、二段ベッドを入れますよ」

大森が初めて口をひらいた。

「銭湯が近くにあるといいですねえ」

「うーん。旅館は目と鼻の先にあったが、風呂屋はあったかなあ」

「大森、住めば都だよ。うるさい大将がいないだけ、俺たちは恵まれてるんじゃないか」

江口が肩をすくめながら憎まれ口をたたいた。

「こいつ」

森は、江口を軽く睨《にら》んだ。現場をまかせれば、斬り込み隊長みたいに張り切る江口に限って、手を抜くようなことは考えられない。大森も伝票整理など事務的な面は苦手だが、がむしゃらに仕事をするほうだ。江口と大森のコンビなら、塩釜工場をうまく取り仕切ってくれるだろう、と森は期待していた。

「社長、われわれはそろそろ出かけますが……」

森田は腰を上げかけた。

森の柔和な顔がゆがんだ。

「おまえ、なん度言ったらわかるんだ。社長なんて呼ばないでくれよ」

「いけねえ」

森田は、ちょろっと舌を出した。

森が横須賀水産の社長であることは間違いない。初めのうちは「社長」と呼ばれることに抵抗感はなかった。というより悪い気はしなかった、と言うべきかもしれない。

ところが、だんだん気恥ずかしくなってきた。ナッパ服にゴム長の魚屋風情《ふぜい》が社長でもあるまい、と思うようになった。

森は、社員に厳命した。

「森さんでいいじゃないか。それが厭《いや》なら大将でも親分でもかまわないが、とにかく社長だけはやめてくれ」

同時に名刺の肩書も、社長を取って〝代表取締役〟に改めた。

もう一枚別に肩書のついてないのを用意した。たいていは、こっちを出すようにしている。

「きょうは、工場のほうは勘弁してもらおうか」

「わかってます。それじゃあ」

森田や江口たちが事務机兼用の食卓を離れた。

森田、江口たちがトラックで浦和工場（冷蔵庫）に向かい、事務所の中は、女性事務員を除いて森と遠藤の二人だけになった。

「塩釜でどのくらいカネがかかりそうですか」

遠藤が現実的なことを口にした。遠藤は、水産講習所の出身でありながら独習で簿記を学び、バランス・シート（貸借対照表）が読めるまでになっている。

「さしあたり五万もあればなんとかなるだろう。事務所と冷蔵庫の賃借料は一カ月分だけ前払いしてきた。鈴木さんの顔で、えらい割安になった。もっとも、空いているスペースを使わせてもらうだけだから、権利金だの敷金だの言われる筋合いではないと思ってたが、俺も塩釜で立つ鳥跡を濁すようなことはしてないからな。けっこうみんな応援してくれるんだろう」

「立つ鳥跡を濁さないどころか、社長は、ずいぶん善行を施したんでしょう」

「そうでもないよ」

森は、照れ臭そうに笑ってから、表情をひきしめた。

「おまえまでなんだ。社長はやめてくれよ」

「そうか。社長はいけなかったんでしたね」

「まだ魚屋のおやじに毛が生えた程度で、なにが社長だ。自分で言うのもおかしいが、笑わせるなっていいたいよ。まだ十年早い。いや、十年経っても本物の社長にはなれんかもしれないな。従業員が五百人とか千人とかになればともかく、そんなのは夢のまた夢だろう」

実際、森はそう思っていた。とてもじゃないが、マグロ輸出メーカーの上位に進出したぐらいで、いい気になっていられるわけがない。昭和二十九年秋当時で従業員は男子十八名、女子四名、合わせて二十二名に過ぎない零細企業である。事務机が増えて、事務所のスペースは限界に近づいている。

「しかし、夢のまた夢ってことはないでしょう。十年もすれば、ちっとはましな会社になってるかもしれませんよ」

「うん」

森はナマ返事をした。

「わずか一年半で浦和と塩釜に拠点を持てるまでになったんですから」

「遠藤は、見かけによらずロマンチストだな。もちろん俺にも夢はあるが、あんまり夢ばかり追ってもいかんしなあ。とにかく塩釜を一日も早く軌道に乗せることが先決だよ」

江口と大森は塩釜で頑張った。塩釜港に水揚げされたマグロ、サバ、イカなどを買い付け、地元の冷蔵庫業者に委託して冷凍し、貨物列車で東京へ運ぶのだが、塩釜港にとどまらず、三陸沿岸の漁港を移動することもしばしばだった。

当時の漁船は速度も遅く、冷蔵・冷凍能力も劣っていたので、鮮度の落ちないうちに最寄りの漁港へ水揚げすることが少なくなかった。

潮流や季節の変化によって魚群が北へ、南へと移動するため、漁船を追って、漁港を移動しなければならないわけだ。

頼るは、鈴木商店などの魚問屋だが、鈴木は江口たちが申し訳なくなるほど面倒みのいい男であった。

2

塩釜工場開設当初、森はひんぱんに東京—塩釜間を往復したが、いつもは夜行列車をベッド代わりにしているのに、珍しく仙台の旅館に一泊したことがあった。

昭和二十九年十二月下旬のことだ。

塩釜工場開設で世話になった鈴木へのお礼と、江口と大森を慰労するのが目的の忘年会で、仙台へ繰り出したのである。

駅に近い旅館の一室で、四人は丹前姿で食卓についた。

上座に鈴木と江口が並び、下座に森と大森が坐《すわ》った。

「鈴木さん、なにからなにまでお世話になりましてほんとうにありがとうございました。お陰さまで、まだ二カ月にしかなりませんのに仕事のほうは軌道に乗りそうです。今後ともよろしくお願いします」

杯を眼の高さに上げながら、乾杯の前に森が手短に挨拶した。

乾杯のあとで、鈴木が言った。

「わたすは、なぁんもしとらんですよ。江口さんと大森さんがすっかり頑張ったです。それと塩釜では、森さんの名前が売れてるっす」

「恐れ入ります」

江口も大森も、居ずまいを正して鈴木に向かって低頭した。

「いつもとどこか違うと思ったら、髭《ひげ》を剃《そ》ったんだな。塩釜に来て心機一転というところか」

森が、鈴木から江口へ視線を移してつづけた。

「角刈りに不精髭が江口さんのトレードマークなんです。たしかに心機一転もありますけど、仕事とはあんまり関係ないんじゃないですか」

にやにやしながら大森が茶々を入れた。

「おい、おまえ余計なこと言わんでいい」

江口が、大森を睨んだ。

森は合点《がてん》がいったと見え、しげしげと江口を見つめている。

「そんなにじろじろ見ないでくださいよ」

江口は、森の視線を外して、手酌で杯を満たし、ぐっと呷《あお》った。

鈴木と江口の間に挟まれて、細々《こまごま》と食卓に気を配っていた若い仲居が、江口の速い動作についてゆけずあわて気味に着物の袂《たもと》を気にしながら銚子を江口の杯に運んだ。

仲居はついでに、森にも銚子を向けてきた。

「社長さん、どうぞ」

森は、初めて仲居と眼が合った。

うつむき加減にしているせいでよくわからなかったが、思いがけず気品のあるきれいな顔だった。

森が仲居になにか言いかけたとき、鈴木にさえぎられた。

「江口さんの一身上《いっすん》の問題を、森さんは知らんですか」

仲居に奪われかかった森の気持ちが江口に引き戻された。

「ええ、およそ女の子にはもてそうもないやつですから、心配してたんですが……。江口もそろそろ三十歳《みそじ》ですからねえ」

「相手は塩釜の旅館の娘です」

「えっ、ウチの前の」

「そうです。気だてのいい娘ですよ」

「なるほど、道理で髭なんか剃って身ぎれいにしてるわけだ。江口が女に惚《ほ》れられるとは、ちょっと考えにくいから、江口が掻き口説いたんだろうな。さしずめ強姦《ごうかん》みたいなものか」

「冗談でしょう。わたしが惚れられたんです」

江口は真顔で言い返した。

「嘘つくな。しかし、どっちにしてもよくやった。ここは褒《ほ》めてやらねばいかんだろう」

鈴木と、大森の高笑いがやんだあとで森がまたみんなを笑わせた。

「おまえ寝るひまもないなんて忙しがってたわりには、そんな神業みたいなことがよくできたなあ。塩釜にマグロ買いにきたんじゃなくて、女房をもらいにきたんだな」

江口は、すっかり酒の肴《さかな》にされてしまったが、悪い気はしなかった。

鈴木と大森がツレションで座を外し、江口と二人だけになったとき、森がしみじみとした口調で言った。

「さっきは冷やかすようなことを言って悪かった。ほんとうによかったな。どうせ結婚するんなら早いほうがいいんじゃないか。鈴木さんに仲人《なこうど》になってもらって、塩釜で式を挙げたらいいよ」

しかし、江口が四谷あさ子と結婚するのは一年ほどあとのことだ。

3

昭和三十年九月中旬に、森は三戸冷蔵社長の渋山次郎と二人で渡米した。渋山は、森より十歳ほど齢下《としした》である。浦和の冷蔵庫の賃借で世話になった男だ。饒舌《じょうぜつ》で、森はいつも圧倒される思いになる。どっちが年長かわからないほど、ひねた顔をしている。

冷蔵庫業界、マグロ輸出メーカーはいずれも零細企業だけに、当時業界でアメリカへ渡航して同国の業界事情を視察しようなどと考える者は皆無であった。

外貨不足も深刻で、ドルの持ち出し枠が厳しく制限されていた時代に、何故、森と渋山が渡米することになったのか——。ことの経緯はこうだ。

第一通商（旧極東食品）から、熱心にすすめられたのである。

対米マグロ輸出の自主規制問題が表面化し始めてきたことと、アメリカの仲買人業者からのマーケット・クレームが後を絶たなかったため、この際アメリカの業界事情をつぶさに調査してきたらどうか、というのが第一通商が慫慂《しょうよう》する理由であった。

いわば、森と渋山は、マグロ輸出メーカーを代表して、いまでいうマーケティング・リサーチを目的に渡米することになったわけだが、渡航経費は業界や商社が負担してくれたわけではなく、すべて自費であった。

この降って湧いたような話に森が乗ったのは、アメリカからの強圧的とも思える一方的なマーケット・クレームの実態を確かめたかったし、対米のマグロ輸出事業の先行きに、少なからず懐疑的になっていたからである。

夜、羽田空港を発つときに、五十人ほどの見送り人が空港ロビーに押しかけて、森を驚かせた。

ほとんどは業界関係者だ。森田と遠藤の顔もそのなかにあったが、アメリカへの外遊そのものが壮挙とみられていた時代とはいえ、空港ロビーで記念撮影をしたうえに、「バンザイ」三唱で見送られたときは、森はきまりが悪いやら気恥ずかしいやら、なんともかなわない気持ちであった。

「森和夫君と渋山次郎君の壮途を祝し、両君の健康を祈って、バンザイを三唱します。ご唱和願います」と、業界の長老が音頭を取って、「バンザイ、バンザイ、バンザイ」とやられたのだから、森ならずとも躰《からだ》を縮めたくなったかもしれない。

「参りましたねえ」

渋山もさすがに辟易《へきえき》している。

森は小声で返した。

「うん」

JALのプロペラ機に搭乗してから、渋山が心細そうに言った。

「イエス、ノー、サンキュウしかわからない赤ゲット（不慣れな洋行者）のわれわれが、四十日間もアメリカ旅行ができますかねえ」

生まれて初めての海外旅行に、さしもの渋山も緊張している。

「いまごろなんですか。マナイタのコイの心境にならなければ、しょうがないじゃないの。いや、取って食われるわけでもないですよ。第一通商と第一物産の駐在員が面倒みてくれる約束だから、心配しなくても大丈夫です」

「ほんとうに飛行場に迎えに来てくれるんですかねえ」

そうは言っても、森も心配は心配だった。しかし窮すれば通ずと考えなければしょうがない。

初めて見る北米大陸の大きさは、森の想像を超えていた。どこへ行っても、なにを見ても驚かされることばかりで、彼我の物量の差に、溜《た》め息《いき》の出る思いだった。

西海岸のサンフランシスコから、アメリカ旅行が始まったが、宿泊料が一日四ドルの安ホテルを基地に五日間、シスコに滞在した。日本語の話せる日系二世がそのホテルを経営していたので、好都合と考えたのだ。

バスルームはついておらず、共同のシャワールームしかなかったが、四ドルでは文句も言えない。

二日目の早朝八時に、森と渋山が第一通商のサンフランシスコ支店を訪ねると、支店長の柚木仙が待っていてくれた。

「よくこんなに早くこれましたねえ」

「朝の早いのは商売柄慣れてますから、ひとつも苦になりません。むしろ八時まで待つのに間が持たなくて困りました。もっと早く来たかったくらいです」

森が答えると、柚木はうれしそうな顔をした。

「わたしも早朝出勤が好きでねえ。七時半出勤を励行してるんだが、ほかの駐在員は、ぜんぜん駄目だね。九時にならなければ出てきませんよ」

渋山が質問した。

「一時間半、一人でどうしてるんですか」

「やることはたくさんありますよ。書類を読んだり、東京本社へのレポートをまとめたり、新聞もゆっくり読めるしねえ」

柚木が話題を変えた。

「今夜の予定はどうなってますか」

「とくにありません」

森が渋山の顔を見ながら答えると、柚木は眼を細めた。

「それなら、河野一郎農林大臣の歓迎レセプションに出てください。シスコの領事館と日本人会二十人ぐらいで大臣を囲んで会食するんだが、あなたたち二人は特別に招待させてもらいますよ。枯木も山のにぎわいだなんて失礼なことは言いたくないが、もうちょっと人が多くてもいいかなって、思ってたんです」

「そう言えば、河野農林大臣が渡米中と新聞で読んだ記憶がありますねえ」

「うん。たしかに出てました。いま、サンフランシスコにおられるとは知りませんでしたが……」

　森と渋山が話しているのを柚木が強引にさえぎった。

「じゃあ、そういうことでいいですね」

　森が思案顔で言った。

「大変光栄ですけれど、しかし、そんな晴れがましい席へわれわれのような者が出てよろしいんでしょうか」

「遠慮は無用ですよ。あなたがたは業界を代表して、アメリカへ来てるようなものでしょう。胸を張って出席してください」

　柚木と別れて、第一通商の若い駐在員のアテンドで、サンフランシスコのマグロ輸入仲買人を訪ねることになったが、車の中で渋山が興奮した面持ちで言った。

「われわれのような田舎者が、大臣と一緒にめしが食えるなんて夢のようですねえ」

「うん。いい土産話ができたね。柚木支店長は、よっぽど僕たちを気に入ってくれたんだよ。朝早く出かけて行ったのがよかったんだろう」

　その夜七時からサンフランシスコ市内でも指折りの高級レストランで、河野一郎大臣を囲むレセプションが開催された。

　テーブルにつく前に一時間ほど、カンパリソーダやウイスキーのオンザロックを飲みながら歓談しているとき、河野が森に話しかけてきた。森はメンバーの中でも上背があって、押し出しはいいほうだから目立ったのかもしれない。

河野は、ぎょろっとした眼で森を見上げた。

「きみは、どこの会社かね」

森は、横須賀水産株式会社代表取締役の名刺を差し出しながら言った。

「失礼ながら、こういう者です。零細企業ですが、三十社ほどあるマグロ輸出メーカーでは上位のほうです」

河野が、名刺を見ながら訊《き》いた。

「アメリカへなにをしに来たんだい」

「輸出マグロの状況を視察に参りました。あまりにもマーケット・クレームが多いものですから」

「いい手があるじゃないか。横浜で受け渡すようにすればいいんだよ」

河野はずけっと言って、ぎょろ眼を剝《む》いた。

「そうしたいのはやまやまですが、アメリカと日本の力関係からみまして、とても無理だろうと思います。もちろん冷凍マグロの輸出には商社が介在しておりますが、アメリカの仲買人の工場渡しでなければ契約してもらえません」

「ふーん。そんなもんかねえ」

「はい。われわれはきわめて弱い立場です」

「横須賀水産というと、神奈川県の出身なのか」

「いいえ。大臣は神奈川二区の選出でいらっしゃいますが、わたくしは隣県の静岡です。

伊豆の下田の近くで生まれました。横須賀で仕事をしたのがスタートでしたから」

「そうか。頑張ってくれ」

河野は、名刺を無造作に背広のポケットにねじ込んだ右手で、森の背中を叩《たた》いた。

農林大臣の名刺はもらえなかったが、河野一郎との出会いは、森にとって忘れ難い思い出になった。

米国旅行中、思い出に残ることと言えば、第一通商ニューヨーク支店駐在員の福井誠治の運転する大型乗用車で、ニューヨークからボストンまでのハイウェイをすっ飛ばしたことだ。こんなことは日本では考えられない。福井は、親身になって、森と渋山の世話を焼いてくれた。


森がアメリカから帰国して放った第一声は、社員たちを驚かせた。

「冷凍マグロの輸出事業から撤退しよう」というのだからびっくりしないほうがおかしい。

マグロ輸出事業で成り立っている会社ではないか。アメリカへマグロを輸出しているからこそ、みんななんとか糊口《ここう》をしのいでいるのだ。しかも、つい最近まで冷凍マグロの対米輸出はますます盛んになる、とみられていたのである。

度肝を抜かれて言葉もない森田や遠藤に、森はあわて気味につけくわえた。

「言葉が足りなかった。もちろん、いますぐやめようっていうわけじゃないんだ。一、二年のうちに撤退すべきだ、と俺は思っている。アメリカの仲買人の工場渡しでなければ契約できないのだから、マーケット・クレームが発生するのは当然だが、この眼で実際にみてきて、こんな仕事はやってられないと思った。マーケット・クレームだけなら我慢もできるが、向こうの取り扱い方や技術的なミスまで、全部われわれに押しつけてきてるんだ」

「道理でクレームが多いと思いました。アメリカの業者のミスまでこっちが負担してるんだから、儲《もう》けは薄いわけですね」

　森田は合点がいって、表情が深刻にゆがんだ。

　遠藤が首をかしげながら訊いた。

「しかし、そんなにひどいものですか。アメリカの業者のすべてがそんなにたちが悪いとは思えませんけど」

「もちろんなかには良心的な仲買人もいるが、それはごくわずかだな。太陽漁業などの大手水産会社がマグロの輸出事業に手を出さない理由の一つは、仲買人の工場渡しという点にリスクを感じているためかもしれないぞ。われわれ零細企業はつねに資本不足だから、商社の前渡し金に頼らなければならない。したがって自転車操業にならざるを得ないし、商社の発言力が強くなって、年中商社の顔色をうかがっていなければならないわけだ。自主独立の経営を志向するんなら、遠からずマグロ輸出事業から撤退すべきだと思う」

「理屈はわかりますけど、そんなことになったらオマンマの食い上げですよ」

「江口、それをいまから考えるんだよ。冷凍マグロの輸出事業にしがみついている限り発展は期し難い。造船技術が進み漁船が大型化して、獲《と》ったマグロを直接輸出する動きも出てきた。漁船を持っていないウチはますます不利になる。おまえも塩釜へ帰ったら、これからどうあるべきかをよく考えてくれ」

「付加価値を高める仕事をやろうってことですね」

森田の発言に、森がうれしそうにうなずいた。

第四章　食品加工業への進出

1

アメリカから帰ってひと月ほど経った昭和三十年十一月下旬に、一緒に渡米した三戸冷蔵社長の渋山次郎から森和夫に耳よりな話がもたらされた。

渋山が築地の事務所へ森を訪ねて来てくれたのだ。

「小知和さんが川崎の冷蔵庫を手放してもいいと言ってるけど、買うつもりはないですか」

願ってもない話である。

横須賀水産は北浦和に凍結四トン、冷蔵百五十トンの冷蔵庫を保有して二年近くになるが、いかんせん北浦和は立地的な不利をまぬがれなかった。仕入れ先の築地から一時間半要し、積み出し港の横浜まで運ぶのに二時間かかる。

冷凍車、保冷車など存在しない時代だから凍結が融《と》ける心配もあったし、北浦和がマグロの加工作業にも、冷凍保管にも手狭になっていたので、なんとか横浜、川崎周辺に冷蔵庫を持ちたいと考えていた矢先である。

「小知和さんならよく存じあげてますが、僕はなんにも聞いてませんよ」

渋山は、口達者な憎めない男だが、どこか調子のいいところがある。森は、眉《まゆ》にツバを塗ろうとまでは思わなかったが、飛びついていいものかどうか迷った。

だいいち北浦和の冷蔵庫の話を仲介した渋山の立場は、微妙なはずだ。

小知和冷蔵が保有する川崎大師の冷蔵庫は三百トンの能力だから北浦和の二倍である。仮にこの冷蔵庫が入手できたら北浦和は不要になる。渋山の体面はどうなるのか、と森は気を回したのだ。

「森さんが川崎に冷蔵庫を探していると話したら、森さんなら譲ってもいいって言うんだから間違いないですよ。北浦和のほうは返せばいいでしょう。ときわ冷蔵の鈴木さんにはわたしが話をつけてあげます」

渋山は、間延びした顔をにやりと崩した。

「森さんにはアメリカでずいぶんお世話になったから、ひと肌脱ぐ気になったんです」

言われてみれば、四十日間も弥次喜多《やじきた》道中をした仲である。喧嘩《けんか》もせずに愉《たの》しい外遊ができたのは大先輩である森のお陰と渋山が思ったとしても不思議ではない。

「ありがとう。アメリカで世話になったのは僕のほうだけど……」

森は、どうやら本気らしいと思った。

小知和冷蔵社長の小知和仲造は、森よりかなり年長だが、温和な人柄で、業界でも人気があった。

話はトントン拍子にすすみ、横須賀水産は十二月上旬には譲渡価格一千万円、一年延払いの条件で、三百トンの冷蔵庫を確保することができた。

川崎魚市場大師分場として、近海小型漁船が獲った小魚を配給していたところで、五百坪の土地は市有地だったが、北浦和に比べて立地条件には恵まれているし、念願の自家用冷蔵庫でもあったから、森たちの喜びはひとしおであった。

小知和冷蔵と冷蔵庫の売買契約に調印した日に、森は遠藤、森田、江口たちを引き連れて川崎大師の岸壁へ足を運んだ。江口は、塩釜から出張で上京していた。

木造平屋でスレート葺《ぶ》きモルタル塗の二百坪ほどの冷蔵庫だが、賃借ではない初めての自社工場だけに、誰の眼にもでんと構えた大工場に見えた。

冷蔵庫の前で、森が明るい顔で言った。

「臨海地帯の川崎に冷蔵庫を持ったことの意味は大きいと思うな。こないだは一、二年でマグロの輸出事業から撤退すべきだと言ったが、前言をひるがえすようでなんだけれど、付加価値の高い仕事を一日も早く見つけようと強調したかったまでで、好むと好まざるとにかかわらず、あと三年や四年はつづくとみなければならんだろう」

「当然そうでしょう」

遠藤がひとうなずきしてから話をつなげた。

「なんといってもマグロは外貨獲得の花形ですからねえ。商社がわれわれのケツを叩いてやらせるだろうし、付加価値の高い仕事が簡単に見つかるかどうかもわからんですよ」

事実、日本は対米マグロ輸出によって、昭和二十八年一千百万ドル（三万一千五百四十六トン）、二十九年一千七百五十万ドル（五万二千二百五十七トン）と相当な外貨を稼いでいた。

「俺が言いたいことはちょっと違うんだ。たしかにマグロの輸出から足を洗うのは簡単なことではないが、付加価値の高い仕事に取り組むためにもこの冷蔵庫が必要だったんだ。俺は直ちに高付加価値製品の開発に向けてアプローチを開始したいと思ってる」

森が遠藤から江口に視線を移した。

「塩釜は一年経って、一応軌道に乗ったわけだから、江口を貼《は》りつけておくのは勿体《もったい》ないな。川崎は当社の主力工場になるんだから、おまえ東京へ帰って工場長をやってくれないか」

「いいですよ」

社長命令だから否《いや》も応もないが、江口自身、役不足というか塩釜は舞台が小さいと思わぬでもなかったので、二つ返事だった。

江口は、北浦和の冷蔵庫で鍛えられた小田、守屋、須藤らの猛者《もさ》を配下に従え、初代川崎工場長として猛烈に張り切ったが、川崎の冷蔵庫は構造的に欠陥があったため、とくに並の体力では務まらなかったとも言える。

荷物の入出庫の際に、少し扉を開けておいただけで、温度が上昇して保管冷凍中のマグロが解凍してしまうのだ。ときにはマグロにカビが発生する珍現象さえ生じた。

マグロの凍結保存には傷《いた》みを防ぐために凍結したマグロに冷水をかけて表面に膜を張るグレージングという作業を行なわなければならない。防熱効果の悪い冷蔵庫なので、扉の開閉回数を少なくしなければならないから、躰《からだ》の芯《しん》まで冷え切ってしまうような辛《つら》い仕事であった。仕事量も増え、週に一度か二度は輸出マグロの船積み作業で徹夜しなければならない。睡眠不足もこたえたが、江口たちはそれに耐えた。

自前の冷蔵庫保有の意義が最も大きかったのは、対米輸出規制問題との関係で、冷凍鮪《まぐろ》製造業者として政府に登録しなければならなくなったことだ。

アメリカの漁業関係者がマグロの輸入規制を求めて関税賦課《ふか》を議会に働きかける動きが表面化し、日本は輸出自主規制に踏み切らざるを得なくなった。

すなわち、政府登録によって枠の割当てを受けることになるが、そのためには自前の製造施設（冷蔵庫）を持つことが絶対要件だったのである。

2

仕事はいくらでもあったが、横須賀水産の資金不足は相変わらずで、森と遠藤は資金繰りに追われる毎日がつづいていた。

手形を落とすために遠藤は、親戚《しんせき》から借金をしたこともある。森は、ちかと入《い》り婿《むこ》の森林八にはずいぶん無理を聞いてもらっていたから、これ以上無心するわけにもいかなかったので、水産講習所の先輩を頼ってカネを工面したことも一度や二度ではない。月五パーセントもの高利のカネで金融危機を脱したこともある。

年が明けて間もない一月上旬の某夜、森、遠藤、森田の三人で新橋ガード下のアルサロに繰り出したときのことだ。

仕事に忙殺されているときほど、あるいはカネ繰りに追われているときに限って、無性に酒が飲みたくなる。事務所のコップ酒では色気がなさ過ぎるから、たまには気晴らしにアルサロで、女にしなだれかかられるのも悪くない、という仕儀になる。

しかし、せっかくのアルサロが、ストレスの発散につながらず、逆効果に終わることもあった。

この夜がそうだ。

遠藤が、ついぼやいたのがいけなかった。

「自転車操業で、ペダルを漕《こ》いでなければ倒れてしまうような状態がいったい、いつまでつづくんだろう」

「うん。自転車操業から抜け出したいなあ。大将なんとかなりませんか」

「自己資金が少ないうえに、海に泳いでる魚を商社の前渡し金を頼りに売買するっていうんだから当たり外れも大きい。だからこそ、俺は、一日も早くこの仕事から足を洗いたいんだよ」

遠藤が、ビールを呷《あお》ってつっかかった。

「そんなこと言ったって、右から左へ新しい仕事がくるわけでもありませんからねえ」

森が、やさしい眼で遠藤を見返しながら言った。

「アメリカ向けのマグロ輸出がわが社の主力事業である現実は認めざるを得ないが、その期間はそう長くはないと思う。少しでも付加価値を高める仕事をしたいし、またすべきだと思う」

遠藤がなにか言おうとするのを森は手で制した。

「手始めにロインの生産からやろうと思ってるんだ。これはアメリカ旅行中に考えたことだが……」

森は、手ぶり身ぶりを交じえてつづけた。

「マグロの頭と尾っぽを取って四つに切るだろう。そして煮沸後に骨、皮、血合いを取り除けば一丁上がりだ。缶詰製造工程の第一次加工品ということになるが、新たにプラスされた加工賃を国内に留保できるので、輸出金額の手取りも増える。一石二鳥とは思わないか」

森田が小首をかしげながら疑問を呈した。

「アイデアとしてはわかりますが、そのロインを手がけるとすれば、生産設備が要るわけですよねえ。つまり缶詰製造設備を持つ必要があるわけです」

「結局先立つものがなければ、どうにもならんのだよ」

遠藤は吐息まじりに言って、ヘルプでついているホステスにグラスを突き出した。

「おい、注《つ》いでくれよ」

「はい。ごめんなさい」

心ここにないのか、つまらなそうな顔をしていたホステスはあわてて、テーブルのビール瓶を持ち上げた。

アルサロは、アルバイトサロンの略称でキャバレーの一種である。主婦や女子大生のアルバイトをホステスにしているという触れ込みだが、森たちについているホステスはやたら化粧臭くてアルバイトという感じはしなかった。

座持ちのいい馴染《なじ》みのホステスが休んでいることも、話を仕事に向けさせてしまったのだろうか。

「缶詰設備については、俺にちょっとしたアイデアがあるんだ。川崎の冷蔵庫の傍に、昔小魚の配給所に使ってた建物があるだろう」

遠藤も森田も真剣な面差しで、森のほうへ躰《からだ》を寄せてきた。

「あの建物を川崎市に頼んで利用する手はないかと思ってるんだ」

「なるほど、いけるかもしれませんね」

森田は、眼をひからせ、遠藤も「うん、うん」と、うなずいている。

森の行動は水際立っていた。

その夜のうちに江口と電話で連絡を取って、翌朝には川崎市役所に出かけて行った。

一度では埒《らち》はあかなかったが、二度三度と足を運んで、市から使用許可を取りつけたのである。

老朽化した屋根と柱だけの建物だったが、従業員の手で屋根を修理し、羽目板を打ち、中古品のボイラーやクッカーなどの機械を据え付け、なんとか缶詰工場らしい体裁を整えることができた。

つぎはぎだらけのバラック工場とはいえ、煙突から立ちのぼる煙は、横須賀水産が加工食品メーカーへ大きな一歩を踏み出したことを告げる〝のろし〟であった。

3

それにしても、先立つものはカネであった。

「なにはなくてもカネの欲しさよ、か」

森と遠藤は、顔さえ合わせれば、カネの話になった。

従業員の給料遅配だけは一度もなかったが、それが不思議に思えるほど月末はいつも綱渡りの連続である。

二月上旬の寒い日の夕刻、築地市場の近くの喫茶店に、森、渋山、それに杉野の三人が集まった。

杉野は、かつて森と共同出資で、横須賀冷蔵庫をつくったが、いまは丸幸冷蔵を経営していた。

横須賀水産、三戸冷蔵、丸幸冷蔵の三社は、いずれも旧財閥系総合商社である第一通商系のマグロ輸出メーカーである。東京水産興業と日洋水産を含めた五社が第一通商系ということになるが、森が渋山と杉野に声をかけたのは、気心の知れた仲だし、第一通商との取引関係がほぼ同一レベルにあったので、話がわかりやすいと思ったからである。

「手形の心配はないの」

森に訊《き》かれた渋山が顔をしかめて手を振った。

「毎日そればっかりだ」

「二人ともアメリカなんかに行って、羽振りがいいのかと思ってたよ」

杉野は皮肉っぽく言って、向かい側の森を見上げてから、右隣の渋山のほうへ首をねじった。

「回ってるうちはカネがあるような気になってしまうが、よく考えてみると錯覚なんだよなあ」

「しかし、いい勉強をさせてもらった。決して高い月謝ではなかったと思うなあ……」

森は笑いながら言って、本題に入った。

「われわれは主力商社の第一通商にもう少し面倒をみてもらってもいいんじゃないかねえ。頼みの佐藤さんはサンフランシスコ支店次長になって日本におらんから、話のわかる人がいるかどうかわからんが、とにかく当たるだけでも当たってみようよ」

杉野がごくりと生唾《なまつば》と一緒にレモンティを飲んで訊いた。

「具体的にはどんな話を持ち込むの」

渋山が先回りして指でまるをつくりながら言った。

「もちろん、これだよ」

森がうなずき返した。

「長期の安定資金を融資してもらうというのはどうだろうか。三千万円ぐらいはいいんじゃないかねえ」

「三社で三千万円？」

森が首を振って、杉野に返した。

「違うよ。一社で三千万円だ」

渋山がしたり顔で言った。

「なるほど、三千万円ふっかけて、一千万円で手を打つっていうとこかな」

森は、コーヒーをひと口すすって、表情をひきしめた。

「ふっかけるなんてことじゃなく、自転車操業から抜け出すためには、三千万円は必要なんだよ。少なくともウチはそうだ」

「ウチだってそうだよ……」

渋山が声高に言って、途中で声量を落とした。

「しかし、第一通商は、やっぱりノーだろうなあ。第一通商からすれば前渡し金で、うまくやってるわけだからねえ」

「そのときは、第一通商から離脱するしかないんじゃないかな」

森がこともなげに言ったので、渋山と杉野が顔を見合わせた。

森は苦笑まじりに言った。

「第一通商にはずいぶん世話になってるし、とくに佐藤達郎さんには個人的にも恩義があるけど、個人の立場を離れれば持ちつ持たれつの関係だと思う。いや、外貨獲得の尖兵《せんぺい》として、われわれはけっこう頑張ってきた。われわれのほうが出超《しゅっちょう》（輸出超過）かもしれないぜ。佐藤さんが日本におったら、ちょっとやりにくいが……」

「森の言うとおりだ。第一通商には貸しこそあれ、借りはないよ」

「なるほど、とにかく当たるだけでも当たってみましょうか」

渋山も膝《ひざ》を乗り出した。

二日後の昼下がりに森、渋山、杉野の三人は雁首《がんくび》をそろえて田村町（現新橋）の第一通商本社へ乗り込んだ。渋山と杉野はスーツを着ていたが森はジャンパーにゴム長だった。

アポイントメントなしだったので、取締役食品部長の北島修は外出していて会えなかったが、次長の越田俊男と課長の城戸和彦が応対に出てきた。

「突然なにごとかね。おそろいで……」

不快感が越田の顔に出ていた。

「折り入ってお願いしたいことがありまして。実は……」

杉野が用件を切り出した。

森もいつになく雄弁だった。

「わが横須賀水産の従業員は、みんな実によく働いてくれます。文句も言わずに汗水流して、日曜日も休まずに働いているんです。安い給料で、従業員に申し訳ないくらいです。みんながこんなに頑張ってるのに、会社の経営が苦しいのはどうしてなのか考えてみたのですが、前渡し金による自転車操業に問題があることがわかりました。自転車操業から抜け出すためには、主力商社の第一通商さんに支援していただくしかありません。杉野君も渋山君も同じ悩みを持ってるので、こうしてお願いに参上した次第です」

「冗談じゃない。ヤブからボウに一社当たり三千万、都合九千万円も融資しろなんて、話にならんよ。顔を洗って出直してもらいたいね」

越田は顔色を変えている。

城戸が越田の顔をうかがいながら口を挟んだ。

「こんな話は、聞いたことがありません。どこの商社へ持ってったって通らないと思いますよ」

渋山が食い下がった。

「われわれは、そんな無理なお願いをしてるとは思いません。はっきり申し上げますと、本来売り手市場であるべきはずなのに、第一通商さんの言いなりになってるわれわれのほうがおかしいんです」

「売り手市場も買い手市場もあるかね。マグロにしてもなんにしても相場ってものがあるんだ。ものの値段は需給のバランスで決まるんだよ」

渋山が首を左右に振りながら越田に返した。

「そういう意味で言ったんじゃないんです。冷凍マグロの輸出メーカーと商社の関係を言ったつもりなんですがねえ。早い話、貴重な外貨の稼ぎ手なんですから、どこの商社だって、われわれを歓迎してくれるはずです」

売り言葉に買い言葉みたいになってもまずい、と森は思った。

「どうでしょう。北島部長と相談していただけませんか。おそらく北島さんは、われわれの切実な願いを聞き届けてくださると思います」

「いや、この場でお断りする。北島に話すまでもない。馬鹿馬鹿しくって話す気にもなれんよ」

越田はうそぶくように言って、天井を仰いだ。

「その結果、第一通商さんとの取引関係が損なわれてもよろしいんですか」

杉野の質問に、越田は天井を見上げた姿勢で答えた。

「しょうがないじゃないの」

「越田さん、とにかく一応は北島さんの意見を聞いてくださいませんか」

森は念を押したが、越田は返事をしなかった。

帰りの都電の中で、杉野が言った。

「俺は、金松に鞍替《くらが》えする。越田のあの態度じゃどうしようもねえ。金松から取引量を増やすように頼まれてたんだ」

「わたしは丸興飯田の檜垣《ひがき》さんと相談します。市野さんとも同郷で親しいから、丸興飯田は間違いなくカネを出してくれると思うけど、なんなら森さんもどうですか」

市野忍は丸興飯田の社長である。檜垣弘は取締役丸の内支店長だ。新興の総合商社ながら、二人の実力者の名前を出されて森は一瞬たじろいだ。というより渋山は風呂敷《ふろしき》を広げるところがないでもないから、ホラではないかと疑ったのである。

しかし、市野と檜垣が渋山と同じ茨城県出身の経営者であることはたしかだから、渋山はあながち口から出まかせに、いい加減なことを言ってるとも思えない――。

「北島さんの返事待ちだな。いくらなんでも、本件のことを越田さんは北島さんに話すだろう」

しかし、三日経っても四日待っても、第一通商からはなにも言ってこなかった。

森が渋山に電話をかけると、渋山はもう丸興飯田と話をつけたという。

「丸興飯田はウエルカムです。森さんのことも話しておきましたよ。飯岡常務が担当ですが、いつでも話しにきてくださいって言ってました」

「四日も待ったのに、うんでもすんでもないんだから、もういいよねえ」

「そうですよ。義理は済んでますよ」

「それじゃあ、飯岡常務に一本電話を入れてくれる？　きょうあすにでも、お訪ねしたいなあ」

「いますぐ電話します」

折り返し、渋山から電話がかかった。

「OKです。飯岡常務はあすの午前十時にどうかって言ってますよ」

「ありがとう。その時間に必ず伺います」

森は、受話器を戻すなり弾んだ声で遠藤に言った。

「あした十時に丸興飯田の飯岡常務に会うことに決まったぞ」

「それは凄《すご》い！　三千万円出してくれるなんて信じられませんよ」

遠藤は、感嘆の声を洩《も》らした。

「渋山さんもたいしたものですねえ」

「俺が考えてた以上に丸興飯田の上層部に食い込んでたんだなあ。見直したよ」

「………………」

「丸興飯田は、総合商社化に向けて拍車がかかってるから、ウチみたいなボロ会社でも系列下に置いて育てたいと思ってるのかなあ」

「それと横須賀水産はマグロ輸出メーカーとしては、上位のほうにありますから、それだけ商社にとって魅力ある存在なんじゃないですか」

降って湧いたような融資話で、遠藤は興奮して声がうわずっていた。

「飯岡常務は初対面だから、背広を着てったほうがいいんじゃないですか」

「そんなカッコつける必要はないだろう。地でいくよ。ナッパ服にゴム長は、ウチのユニフォームみたいなもんだ。俺には一番似合うんだよ」

「しかし、いくらなんでも」

「心配するな。ゴム長で借金を断られたらそれまでだ」

森は、着るものにはあきれるほど頓着《とんちゃく》しなかった。

「ところで、第一通商の越田次長に挨拶《あいさつ》しておかなくていいんですか。前渡し金の未消化分が三百万円ほどありますし……」

「それは、丸興飯田からの借金で返済すればいいことだろう。第一通商は誠意がなさ過ぎるよ」

「しかし、電話ぐらいかけておいたらどうですか」

「そうだな」

森は、重い気分でふたたび受話器を手に取った。

越田は在席していた。

「先日は失礼しました。さっそくですが例の件、北島部長には話していただけましたか」

「話したよ。わたしと同意見だった」

「第一通商さんに断られた以上、ほかの商社に融資をお願いするしかないと思いますが」

「しょうがないだろうな」

「永い間お世話になりました。前渡し金の残金は然《しか》るべき時期に返済します」

電話は至極簡単に終わった。

翌日、昼前に事務所に帰ってきた森は、「すべて順調」と遠藤に伝えた。

事実、丸興飯田は、翌日には三千万円の現金を銀行に振り込んできたのである。

4

遠藤から、残金を返済したいので銀行口座を指定して欲しいと電話連絡を受けた第一通商の周章狼狽《ろうばい》ぶりといったらなかった。

森たちが、強硬手段に及ぶなどとは思いもよらなかったのだろう。甘く見ていたというか、たかをくくっていたのである。

横須賀水産、三戸冷蔵、丸幸冷蔵の三社の取引がゼロになれば、第一通商の冷凍水産物輸出量は半分以下に激減するし、業界全般に対する面子《メンツ》も丸潰《まるつぶ》れだ。

ＧＨＱによって解体された旧第一物産が、第一通商などと大合同するのは昭和三十四年三月だが、三十一年二月の時点でも旧物産の相当部門を受け継いだ強大な勢力を保持していた。

日を置かずに北島から森に電話がかかった。二月中旬の午後一時過ぎのことだ。

「先日は留守してて申し訳なかった。一日も早く森さんに会いたかったんだが、雑用に追われてて、つい失礼しちゃって。いまから、すぐ会いたいんだけどなあ」

「これから川崎の冷蔵庫へ行かなければならないんです」

「そのあとだと何時になるの」

「きょうは、ちょっと時間が取れません」

　森は意地悪をしているわけではなかった。実際、多忙をきわめていた。金融機関を何軒か回る必要があったし、川崎へ出かけるのも事実だった。

「車なら五分とはかからない。話は五分もあれば済むから、待っててよ。いますぐそっちへ行くから」

　北島は強引に電話を切った。

　第一通商の取締役が築地魚市場の片隅の汚い事務所に駆けつけてくることなど、いまだかつてなかった。

　第一通商はそれだけあわてていたのである。

　北島は、城戸を伴って十分後にあらわれた。

　城戸は、事務所に一度だけ来たことがあるが、大商社の威光を笠に着て、横柄な口を利いていた男が、青菜に塩でうなだれている。

「話を聞いてびっくりしてるんだ。越田と城戸を叱りつけたところだが、森さんも水臭いじゃないか。なんで僕に直接言ってくれなかったの。僕はきょう初めて聞いて、びっくり仰天だよ」

「まさか、そんな莫迦《ばか》な。だって、越田さんは、北島さんも同意見だとはっきり言ってた」

「違う違う。なあ、そうだろう。おまえら、俺に報告したのは、けさだな」

「はい。申し訳ありません」

芝居臭いとも取れるが、北島にとってきょうが初耳ということもあり得なくはない。事実関係はわからなかったが、北島の話には切迫感があった。

しかし、森もあとへは引けなかった。

「わたしたちが越田さんと城戸さんをお訪ねしてから一週間以上経ってるんです。北島さんが知らなかったと言われても、それはそちらの問題でしょう。丸興飯田さんから現金で三千万円、銀行に振り込まれてきました。いまさら後戻りはできません。渋山君のところも然りで、杉野君を含めてわれわれの切実な願いを無視したのは、第一通商さんのほうです。われわれは誠意を尽くしたつもりです」

「渋山君と杉野君はどうでもいいんだ。森さんだけには、思い直してもらいたい。僕ときみは兄弟分みたいなものじゃないの。頼む、僕の顔を立ててくれよ」

北島は拝むようなポーズを取ったが、森は当惑するばかりだった。

北島、越田、城戸は、一週間にわたって入れ替わり立ち替わり事務所へ押しかけてきた。越田、城戸の卑屈とも思える態度にはやり切れなかったが、北島の浪花節《なにわぶし》にも閉口した。

「第一通商は、森さんと心中するつもりで応援する。三千万円の融資については、一切条件は付けない」

「もし、ここで丸興飯田さんから第一通商に戻ったら、わたしは世間のもの笑いのタネにされますよ」

「そんなことはない。丸興のほうが業界のルールにもとることをしてるんだ。第一通商に仁義も切らずに、横須賀水産を系列に入れるなんて筋が通らんよ。きみとは、極東食品時代からのつきあいだし、佐藤もシスコできみのことを心配してると思うな」

筋道立たないのは北島のほうだが、佐藤の名前を出されるのは弱い。

実際、森は、サンフランシスコの佐藤から国際電話をかけられたのには、ほとほと参った。

「北島から聞いたよ。こぼしてた。わたしに泣きついてきて、なんとかとりなしてくれって言うんだ。きっと、北島たちがあなたを怒らせるようなことをしたに違いないが、わたしに免じてなんとか腹の虫を納めて、考え直してくれませんか」

「問題は丸興の飯岡さんがOKしてくれるかどうかです。しかし、とりあえず話すだけでも話してみましょうかねえ」

森は、断腸の思いで飯岡を訪ねた。

昭和三十一年当時とはいえ、ジャンパーにゴム長姿で役員応接室に出入りしたのは森ぐらいのものであろう。このときも、そうだった。

森は、第一通商との交渉の経緯をるる説明し、率直に困惑している自分の気持ちをうちあけた。

もちろん、サンフランシスコの佐藤達郎から電話があったことも、そして、三年前に佐藤に助けてもらったことも飯岡に話した。

「わかりました。森さんも苦労しますねえ。森さんの立場はよくわかりますよ。わたしどもにしてみれば、タナボタみたいな話でしたが、三戸冷蔵がウチの系列に入ってくれただけでもよしとしなければねえ」

「ご迷惑をおかけしてほんとうに申し訳ありませんでした。三千万円は、わずかですが利息をつけて返済させていただきます」

森は胸を撫《な》でおろした。飯岡が首をタテに振ってくれなかったら、第一通商に断るしかなかったのである。

第五章　抗争前夜

1

三千万円の融資を受けて第一通商の系列入りしたときに、経理担当の遠藤秀夫が森に言った。

「第一通商になにか条件を付けるべきじゃないですか。本来なら丸興飯田系になるところを第一通商に三拝九拝されて翻意したんですから、第一通商にでかい顔をされるいわれはないはずです。いわば売り手市場で、大きな顔をできるのはわがほうなんだから、将来に禍根を残さないように、条件を明文化しておくべきですよ」

「たとえばどういうことだ」

「経営権を侵害しないとか、いろいろあるんじゃないですか」

「しかし、カドが立つんじゃないか。プライムレートで長期融資をしてもらったんだからねえ。第一通商との専売契約ぐらいは仕方がないだろう。なんぼなんでも経営に口出ししてくることはないと思うな。相手は天下の通商だぜ。横綱が取的《とりてき》をひねり潰すようなことはしないだろう。経営権を侵害するななんて恥ずかしくて言えないよ」

「そうかもしれませんねえ。あんまり大きなことは言わんほうがいいですか」

遠藤はあっさり引き下がった。

しかし、あのとき遠藤の意見を容《い》れていれば、と森がホゾを嚙《か》むのは二年ほどあとのことだ。

昭和三十一年六月に川崎工場で魚肉ハムとソーセージの生産を開始し、マグロ輸出メーカーの専業から食品メーカーへ踏み出したのを機に、同年七月に社名を東洋水産に変更した。

社名は立派になったが、ハム・ソーセージの生産を軌道に乗せるまでの苦労は、並大抵のものではなかった。

輸出不適格マグロの有効利用を図るためにも、ハム・ソーセージの生産は不可欠だが、マグロの輸出とロインの生産しか手がけたことのない素人集団のやることだから、試行錯誤の連続である。

江口工場長以下現場従業員の昼夜を分かたぬ奮闘で、なんとか製品化に漕《こ》ぎつけたものの、太陽漁業など先発メーカーの製品に比べて遜色《そんしょく》ないというところまではいかなかった。

千代田食品なる小さな会社が魚肉ハム・ソーセージを生産していたが、サンプルを取り寄せて試食してみたところ品質的には太陽漁業製品を凌《しの》ぐことがわかった。

調べてみると、水産講習所で江口より二年後輩の深川清司が千代田食品の技術陣の中にいるではないか。

晩秋のある夜、江口が築地の本社事務所へあらわれて、勇んで言った。

「大将、深川を引き抜きましょうや。そのほうが早いですよ」

「おい本気か。引き抜き料を積むならいざ知らず、ウチにはそんな余裕はないぞ」

築地の本社事務所は継ぎ足し継ぎ足しで、二十坪ほどのスペースになっていたが、机に腰を乗せて話している江口の声は隅々まで聞こえるので、みんなの眼がこっちに集まってくる。

森田が話に割り込んだ。

「販売のほうはせいいっぱい頑張ってるつもりだ。販売店を一軒一軒歩いて、地を這《は》うような努力をしているが後発が食い込んでいくためには、品質で勝負できないようじゃ苦しい。その深川という男をスカウトできれば、たしかにてっとり早いな」

「俺にまかせてくれ。あいつは水講で寮が同じだったから、二、三発ぶん殴ったことがある。もう一発ぶん殴ってでも連れてくるよ」

「おまえ、そんな手荒なことをしたらえらいことになるぞ」

森は、本気で心配した。

「冗談、冗談、とにかくまかせてください」

江口は自信ありげだったが、森は眉《まゆ》ツバだと思っていた。

「江口、無茶なことを考えないで、地道に品質改良していくしかないんじゃないか」

江口がどんなアプローチを試みたか、森は知る由もないが、深川は東洋水産に入社すると挨拶《あいさつ》をしにきた。

深川が真顔で森に言った。

「江口先輩にぶん殴られるのはかないませんからねえ。恐怖感で東洋水産に鞍替《くらが》えしたようなものですよ」

後年、森は、「江口が残した最大の仕事は、深川をスカウトしてきたことだ」と冗談ともつかずに言ったものだが、東洋水産のプレスハムとソーセージは深川の技術力と販売努力が相まって消費者から迎えられ、東洋水産の収益源の柱に育っていく。

静岡県では、東洋水産のハム・ソーセージはトップシェアを確保するまでに売り上げが伸長したが、これは、森の郷里の関係者がバックアップしてくれたことがあずかっていた。森の軍役時代の静岡連隊の仲間が応援してくれたのである。とくに県下最大の食料品問屋である〝ヤマギ〟の山口社長の支援はありがたかった。

この年十二月に、東洋水産は役員、従業員の出資によって資本金を三百五十万円から一千四百万円に増資した。

2

翌昭和三十二年の出来事で、森にとって忘れ難いことは、本郷龍造の知遇を得たことだ。

本郷は昭和三年一月十七日生まれだから、森より一回りも齢下だが、無二の親友として、森は本郷を敬愛した。本郷もまた森を畏友《いゆう》として、あるいは師とも仰ぎ、二人の友情は傍《はた》が羨《うらや》むほどだった。

二人の出会いは、本郷の極東食品食品部勤務時代の昭和二十六年ごろだが、森が本郷の高潔な人柄に魅了されたのは、昭和三十二年秋のことだ。

本郷は昭和二十二年三月に函館高等水産を卒業し、極東食品に入社、二十八年三月第一通商と極東食品が合併し、第一通商の水産部勤務となったが、昭和三十年七月、第一通商を退職し、実父の武雄と三協食品を設立した。社長は武雄で、本郷は取締役だったが、経営を取り仕切ったのは本郷である。

三協食品の事業内容は冷凍水産物の製造、販売および冷凍倉庫業などだ。

東洋水産は前年の昭和三十一年に東品川に四百坪の冷蔵庫用地を購入したが、三十二年に港南《こうなん》に八百坪の用地を確保できることになったため、資金繰り上、東品川の土地を売却する必要に迫られた。土地の広さもさることながら交通、環境ともに港南のほうがベターだと森は判断したのだ。

森は、東品川の四百坪の売り先として三協食品を考え、さっそく本郷と接触した。本郷が工場用地を物色中だと知っていたのである。

当時、三協食品の本社は、銀座松屋向かい側の三枝ビルの中にあった。

森が三協食品に出向いて、事情を説明すると、「願ってもないことです」と本郷は快諾してくれた。

六百万円で売買契約が成立したが、その後一年の間に土地価格が急騰したため、第一通商の幹部に「東品川の土地売却は価格の決め方が甘い。森と本郷は癒着している。二人の間にヤミ取引があったんじゃないか。森は自分のぽっぽに入れた可能性がある」と勘繰る向きがあり、それが森の耳に聞こえてきた。

森は怒り心頭に発し、遠藤たちに当たり散らした。

「第一通商の連中は俺がまるで不正をしたようなことを言ってるらしいが、おまえらそんなことを言われて悔しくないのか」

「お気持ちはわかりますけど、ここは聞き流すしかないですよ。本気でそう思ってるのかどうか。いやがらせみたいなものでしょう」

「ダメモトと思って、本郷君に話してみるかなあ」

「なにを話すんですか」

「第一通商から痛くもない腹をさぐられてることを……。話のわかる本郷君なら多少の上積みに応じてくれるかもしれないしなあ」

「そんな筋違いな話を持ち込むのはいかがなものですかねえ。三十二年ではあの売り値が時価だったわけですから」

「うん」

森はしばらく考え込んでいたが、なかなか気持ちは鎮静しなかった。

「とにかく本郷君と一度話してくるよ」

森は浮かぬ顔で返し、とつおいつ迷いながらも、三協食品に本郷を訪ねた。

話を聞いて、本郷は眼のやさしい整った顔をわずかにしかめた。

「第一通商の言い分もわからないじゃありません。この一年の土地の値上がりは、かなりなものでしたから。僕と森さんの間に不正があるなんて本気で思っている者がいたとしたら、ゆるしがたいけど、それは話に尾ひれがついてるんでしょう」

「遠藤にも言われたがこんな話を本郷君にするなんて、僕としても情けないっていうか、やりきれない気持ちなんだ。愚痴を聞いてもらいたかっただけで、いまの話は忘れてくれていいですよ」

「なにをおっしゃるんですか。どのくらい上積みしたらいいのか具体案を出してください。森さんの立場はよくわきまえているつもりです」

断られて当然なのに、本郷は真顔で言って、森を驚かせた。

森がもじもじしながら言いにくそうに言った。

「百万円は高過ぎるかねえ」

本郷はきれいな笑顔をみせた。

「けっこうです。それで森さんの顔が立つんなら、喜んで」

「ありがとうございます。本郷君に大きな借りができちゃったなあ」

「とんでもない。東品川の土地を譲っていただいて、ほんとうに喜んでるんです」

いくら感謝してもし切れるものではない――。

森は本郷の好意を胸に刻み込んだ。

3

森に〝斬り込み隊長〟と言われるだけあって、江口は多血質な男である。江口のほとばしるような熱情は、会社にとってプラスになることが圧倒的に多いが、ときとして裏目に出ることもないではない。昭和三十三年の暮れのことだが、江口工場長は組合相手に苦戦を強いられた。

川崎工場の臨時作業員十人と女子現業員の五十人が、突如、東洋水産労働組合を結成したのがことの発端である。

当時、総評の最左翼として聞こえていた川労協（川崎地区労働組合協議会）に知恵をつけられた組合は、労働条件の改善と賃上げを求めて、ストやデモで激しい揺さぶりを経営側にかけてきたのである。

「この野郎！　ぶん殴ってやる」という江口流のやり方では、問題は解決しない。それどころか火に油を注ぐようなものだ。

森は、江口を呼んでなにかと注意した。

「なあ、江口、押しまくればいいってもんじゃないぞ。押してみたり引いてみたり、ときと場合によっちゃあ、組合の幹部に花を持たせることも必要だぞ。女子の専用便所と更衣室はさっそく作ろうや。当然と言えば当然の要求じゃないか。会社の配慮が足りなかったと俺は反省してるんだ」

「そんな弱気でどうするんですか。一歩後退したら、二歩も三歩も後退しなければなりませんよ。あいつらをつけあがらせるだけです。たいした仕事もしてないくせに、女工の分際で、まったく冗談じゃありませんよ」

江口はいきまいた。

「おまえ、その女工なんていう言い方もよくないなあ。そのへんから改めないといかんよ」

「工場長のわたしにまかせてください」

「こればっかりは深川をスカウトしたときみたいにまかせるわけにはいかんな。俺が団体交渉に出るよ」

「大将は引っ込んでてください」

「俺が出ることが会社の誠意を示すことにもなるんだ」

森は、逆に江口を引っ込めた。選手交代しなければ、収拾はつかないと判断したのである。

江口をなだめるのにひと苦労したが「現場が長かったから、ここらで骨休みが必要だ。新工場建設計画もあることだし、おまえの出番はいくらでもあるからな」と、強引に本社勤務（取締役生産部長）に代えてしまった。後任の川崎工場長は加藤昭市がなった。労使紛争の長期化、ドロ沼化によって倒産した会社の例を引くまでもなく、森は危機感を持っていた。

団体交渉は、人民裁判的な様相を呈することもある。つるしあげに近い。何度も何度も話し合った。交渉が深更に及んだこともある。

しかし、森は誠心誠意対応した。

会社の経営状態を包み隠さずに打ち明けた。

「社長の給与はいくらですか」

「二万五千円です。去年は賞与も入れて年収三十六万二千円でした」

「まさか、それが事実ならわたしより安いですよ。森さんはオーナー社長でしょう」

川労協専従委員長の河野が呆《あき》れ顔で返した。

「事実です。なんなら明細書をご覧にいれてもけっこうです」

「交際費とか機密費が多いんでしょう」

「そんなものはありません。交際費をふんだんに使わなければモノが売れないような営業は、間違っています。品質第一、消費者に対する良心を最優先するように、社員に口をすっぱくして言っているわたしが、会社のカネで勝手に飲み食いするなんて考えられないじゃないですか」

「いつもゴム長履いてるんですか。それは団体交渉用ですか」

「ゴム長にナッパ服は、当社のユニフォームみたいなものです。商社にも銀行にも、わたしはこの恰好《かっこう》で出入りしてますよ」

「水産会社って大変なんですねえ」

最後は、河野が逆に同情してくれた。

いつしか労使紛争は解消し、組合も消滅してしまった。会社側が第二組合をつくらせるような介入の事実は一切なかった。

4

前後するが、昭和三十二年八月に東洋水産の本社は、港区の港南に移転した。国鉄品川駅の港南側といえば、その当時は人通りの少ない辺鄙《へんぴ》な場所だったが、産業道路に面した約八百坪の土地を確保し、木造二階建て延べ四十坪の本社事務所を大型冷蔵庫と併せて建設したのである。

一階は営業関係、二階は総務、経理関係が占め、四坪ほどのスペースだが社長室も設けた。

森が社長室にふんぞりかえっていることはあり得ないから、社長室はもっぱら会議室や応接室として利用された。本社は、森以下十五人の陣容である。

土地、冷蔵庫、本社事務所の所要資金二億五千万円は全額第一物産（第一通商を吸収合併）の融資を受けた。

冷蔵庫の能力は、凍結三十トン、冷蔵千五百トン、当時では最大、そして最新と言われたものだが、トン当たり十二万円の建設コストが問題だった。六、七万円が業界の常識だった時代である。

何故こんなことになったのか——。

第一物産が総合工事者、いわゆるゼネコン（ゼネラル・コンダクター）として前面に出てきた結果である。

東洋水産も冷蔵庫の建設は未経験だし、資金を第一物産に委《ゆだ》ねているため、物産に一任せざるを得なかったのである。

中枢部門の多気筒式コンプレッサー（圧縮器）について、森は江口たちの意見も容《い》れて定評のある光陵電機の製品を使用するよう申し入れたが、物産機械部の容れるところとならなかった。光陵化工機の第一号機を使用したいと主張して譲らないのだ。物産側は、この第一号機にこそ新機軸があると判断したらしいが、性能不良のため、製作中止になった機種を使用したことが失敗につながった。

冷蔵庫の使命は、温度を下げることにあるが、標準のマイナス二十度（摂氏）より三度～五度も甘いのだから話にならない。パイピングなどで設計ミスも目立った。

「金利、償却を考えると、満庫操業を十年つづけても利益が出ない計算になりますねえ」

遠藤が嘆くのも無理はなかった。

「手数料の三パーセントは物産に泣いてもらいましょう」

「もちろん、それは当然だ。物産は建設業者や機器業者からもコミッション・フィを取ってるから、損はしないだろうが、施主の当社はひどいことになる。こんな不沈艦みたいな無用の長物を抱えさせられたウチはどうすればいいんだ」

森は、物産に対して損害賠償を請求したいとさえ思ったが、資金の面倒をみてもらっている手前、それもできない相談だ。大型冷蔵庫をだましだまし使用していく以外になかった。

問題はトン十二万円の高い建設コストをどうやって取り戻していくかである。

低コストで冷蔵能力を増設して、平均コストを引き下げることと、ハム・ソーセージ部門など高付加価値製品を拡充していくしかない。

とくにハム・ソーセージ部門の利益率は高かったので、この生産、販売に拍車がかかったことは言うまでもあるまい。

販売担当者は、わずか数台の宣伝車で北海道から中国地方まで小売店を巡回する地味で根気のいる努力を積み重ねて、ハム・ソーセージの売り上げを伸ばしていった。

マグロ缶詰の生産にも乗り出した。

販売が急伸しているロインの生産設備を川崎から品川に移設し、副産物のマグロ・フレークの缶詰を始めたのも三十二年後半だが、三十二事業年度は、大型冷蔵庫の失敗にもかかわらず会社設立以来初めての黒字決算になった。

五億四千百八十万円の売上高に対して、百十七万八千円の利益を計上できたのである。

三十三事業年度は売上高七億二千五百六十万円、利益百七十万円、三十四年度は売上高八億四千八百八十万円、利益六百八十万円とさらに業績は上向いた。

三十四年三月に品川冷蔵庫を五百トン増設し、合計二千トン能力にしたが、自社商品の冷凍保管にとどまっている限り、冷蔵庫部門は赤字部門から脱出できないため、外部からの保管収入を見込んで増設に踏み切ったのである。トン四万円の建設コストで増設できたし、畜産物の輸入量の増加などで荷動きも盛んになり、狙いは的中したが、この程度で赤字を克服することはできない。

いきおいハム・ソーセージ部門にウェイトをかけざるを得なかった。

三十三年十二月の磐城《いわき》工場、三十四年一月の三崎工場につづいて、同年十月には小田原工場を開設した。

ハム・ソーセージの販売増加に伴うものだが、小田原工場長には、江口が買って出てくれた。

本社事務所でじっとしていられる男ではない。小田原工場は、後年三崎工場の生産部門も移管され、魚肉ハムの主力工場になった。

一方、缶詰部門は、思うにまかせず、不採算部門から脱出できずに終わった。

マグロ缶詰の輸出組合に加入できなかったことが、その最大の理由である。

冷凍マグロの輸出業者は、東洋水産も含めて戦後に事業を始めた業者がほとんどだが、マグロ缶詰の輸出は戦前から大手水産業者が手がけてきたため結束力が強く、排他的であった。冷凍マグロ同様対米輸出枠を既存メーカーでキープするため、組合への新規加入を断固拒否しつづけてきたのである。

森は、何度となく輸出組合に足を運んだ。

「もう三年も待たされてるんです。資格条件はきちっと満たされてるのに、どうして組合に加入させていただけないんでしょうか」

森は、組合の専務理事に詰め寄った。

「理事会の議題にならないんだから、しょうがないだろう」

うそぶくような返事である。

森は、はらわたが煮えくり返ったが、泣き寝入りするしかなかった。

5

小田原工場を開設する五ヵ月ほど前に、第一物産食品部次長の越田俊男と課長の藤山了三が東洋水産本社に、森を訪ねてきたことがある。

正確には昭和三十四年五月一日午後二時過ぎである。

「東水興にハム・ソーセージの製造を打ち切らせようと思ってるんだ」

藤山が横柄な口調で切り出した。

東水興とは、第一物産系列下にある東京水産興業のことだ。同社は、資本金一千七百万円、創業社長の田中達三は、水産業界の長老として知られていた。

缶詰生産、冷凍冷蔵から漁船の操業にも業容を拡大し、ひところ米国の大手缶詰メーカーのヴァンキャップ社と提携、海外基地漁業の先陣を切って話題をさらったこともあるが、経営危機に陥り、第一物産が経営の建て直しに躍起になっていた。東水興の業績不振については、むろん森も聞き及んでいた。

「東水興の千住《せんじゅ》工場を東洋水産で三年ほど借りてもらいたいんだ。賃借料月六十万円でどうかねえ」

藤山は、食品部課長ポストに就いて日が浅いため三千万円融資問題の経緯について詳しく知らないらしい。上司の越田が憮然《ぶぜん》とした顔で天井を見上げているのとは対照的に、一人でよくしゃべった。

「東洋水産にとって悪くない話なんじゃないかなあ。物産としてはまげて了承してもらいたいんだ。三年経ったら物産に返還してもらう」

「いまこの場で返事をしなければいけませんか」

「そう願えればありがたいけど」

「いくらなんでもそれはないでしょう」

森はむっとした口調で返した。

「じゃあ、あす中に頼むわ」

越田が口をひらいた。

「なんとかお願いしますよ。コケシ印のハム・ソーセージを東洋水産で伸ばしてもらいたいんです」

どこかおもねるような口調である。

森は、その日の夕方、森田、江口、遠藤らの幹部を社長室に集めて意見を聞いた。

「六十万円なんて、べらぼうな」

「高圧的な態度も気に入りませんねえ。あす中に回答しろなんてひどいじゃないですか」

森の話を聞いて三人はいきり立った。

「しかし、ゼロ回答というわけにもいかんから、とりあえず賃借料が高額過ぎてとても呑《の》めないとでも返事をするか」

これが結論になった。

翌日の五月二日は土曜日だったので、午前九時に森は第一物産本社へ出向いた。

食品部の応接室で十分ほど待たされて応対に出てきたのは藤山一人だった。

「申し訳ありませんが、あまり気乗りしないいんです。明細な数字についてはこれから検討しますが、賃借料が相当低額でないと……」

藤山は顔色を変えて、居丈高に言った。

「担当副社長と業務部長の命令で、否《いや》も応もないいんだ。細かい計算は度外視して政治的背景も考えてくれなければ困るんだよ。物産の提案が受け容れられないようだと、東洋水産は予断をゆるさない局面を迎えることになるよ」

今度は森が顔色を変える番であった。

藤山了三は険しい顔で言い募った。

「従来から東洋水産は、事業計画にしても業績の説明にしてもいい加減だった。冷蔵庫の増設についても疑問の点が多い。それらの点は物産の管理部が調査、究明することになると思うが、いずれにしても東洋水産の組織を見直す必要があると思ってるんだ」

森和夫は、怒りを鎮めるように眼を瞑《つむ》り、深呼吸を一つしてから、藤山を見返した。

「当社の業績については、第一物産さんに毎月提出している損益計算書で明らかなはずです。計算書に不審な点があるとおっしゃるんなら、具体的に指摘してください。政治的背景を考えて物産の提案を黙って受け容れろと言われても、わかりましたとお答えするわけにはいきません。予断をゆるさない局面を迎える、などと恫喝《どうかつ》されるいわれはないと思うんです。藤山さんのおっしゃることは、失礼ながら不可解千万です。第一物産さんに当社を育成しようという気持ちがあるのかどうか疑いたくなります。月六十万円の賃借料で東水興の千住工場を押しつけられたら、当社は致命的な損失を被ります。それこそ予断をゆるさない局面を迎えることになりかねません」

懸命に抑制しているつもりでも、話しているうちに気持ちが高揚し、森はほとんど藤山を睨《にら》みつけていた。

藤山が森の視線を外して、煙草を咥《くわ》えた。

「物産が他社にコケシ印のハム・ソーセージをつくらせたら、どうなるのかね。東洋水産が物産の提案を呑まなければ、そういうことになるだろうな」

咥え煙草で、うそぶくように言われて森の胸中は沸騰した。

コケシ印とは、第一物産が扱う食料品のブランドである。東洋水産が製造、販売するハム・ソーセージはコケシ印のブランドを使用していたが、他社にコケシ印のハム・ソーセージを製造させるということは、とりもなおさず東洋水産を見限る、と言っているのと同じではないか。

「藤山さんから、そんなことを言われるとはとても信じられません。それが物産さんの総意だとおっしゃるんでしたら、どうぞそうなさってけっこうです。当社の業績向上を目的とした提案なら喜んでお受けしますが、到底そのようには思えません。理不尽な申し出を受け容れるくらいなら、進退を明確にさせてもらったほうがいいと思います。経営者として責任が持てません」

藤山は、森の気魄《きはく》にたじたじとなった。

センターテーブルの灰皿に煙草をこすりつけながら、藤山が上眼遣いに森をとらえた。

「進退うんぬんなどと簡単に口にしていいのかねえ」

「本意ではありませんけれど、仕方がないじゃないですか。だってこんな提案を鵜呑《うの》みにして従業員に顔向けできると思いますか」

森は低い声でつづけた。

「昨年の十月に第一物産さんから四人の方々が当社に見えました。経理部資金課の高野さん、監査部審査二課の小林さん、業務部事業課の中山さんと本橋さんですが、そのとき経理内容を詳細に調査されたはずです。当社は第一物産さんに対して業績内容、経理内容を誠心誠意説明しております。どこを押したら疑問の点が多いなどという言葉が出てくるんでしょうか。だいいち当社の土屋取締役は、第一物産のOBで管理部門全般を見てもらってます。土屋さんに対して失礼じゃありませんか」

土屋義夫は、元第一物産社員である。物産の利益代表として東洋水産に派遣されてきた。年齢は、森より四、五年先輩である。

「きょうはこのぐらいにしておこう。時間がないんだ。森さんが進退まで考えてるってことはテークノートしておくよ」

藤山は、むすっとした顔で時計に眼を落とした。

6

東京水産興業千住工場の一件はうやむやに終わったが、第一物産食品部にとって東水興の再建問題は最大の懸案事項だっただけに、なんとしても東洋水産を巻き込んでゆく必要があった。東洋水産創業社長の森和夫が大きな試練に直面するのは、昭和三十四年九月のことだ。

第一物産食品部から呼び出しがかかったので、駆けつけると、取締役食品部長の北島修、次長の越田俊男、課長の藤山了三の三人が待っていた。森はこのときも例によってナッパ服にゴム長スタイルで、三人と対峙《たいじ》した。

北島が煙草をくゆらしながら、おもむろに言った。

「森君、東水興と合併してもらいたいんだ。悪いようにはしない。物産の名にかけて全面的に応援するから受けてくれないか」

森は、ここへ来るまでに用向きをあれこれ想像してみたが、東水興との合併話を持ち出されるとは夢にも思わなかった。

「当社と東水興とは、同じ第一物産系列ではありますけれど、実質的になんの関係もありません。しかも東水興は欠損会社です」

「もちろん東水興の損失を押しつけるようなことはせんよ。東洋水産と東水興はライバル会社だが、合併すれば物産の水産関係事業の柱になるんだから、物産としても応援のし甲斐《がい》があるじゃないの。いますぐ合併しろなんて無茶なことは言わんが、半年ぐらいかけて、じっくり準備してもらいたいんだ。とにかくそういう肚《はら》づもりになってくれないか」

北島はにこやかに話をつづけた。

「東水興の田中達三さんを野垂れ死にさせたくないんだよ。田中さんは水産業界の長老だからねえ。経営は森君にまかせる。われわれは経営に口出しする気は毛頭ない」

越田が北島に時計を示しながら口を挟んだ。

「部長、そろそろ……」

「そうだった」

北島は中腰になりながら煙草を灰皿に捨てた。

「わたしと越田は、よんどころない用件があるんで、これで失礼するが、詳しい話は藤山から聞いてもらおうか」

あわただしく二人が退席したあとで、藤山が北島以上に尊大な態度で言った。

「要するに物産としては、東洋水産を大きく育てたいんだよ。カネに糸目はつけない。資金面で強力にバックアップする。債権が確保されてる限りなんら経営に干渉するつもりはないんだ。少し具体的なことに触れると、債権出資のかたちになるので物産の持株が大きくなるが、森さんの要請があれば、いつでも全株額面価格で返還する」

藤山は、メモを見ながら話をつづけた。

「東水興を存続会社として合併するが、社名は東洋水産でいいと思う。形式上は、合併した日に東洋水産に社名変更することになるな。合併比率は二対一、つまり東洋水産の一株に対して東水興二株を割り当てることになるから、東洋水産が東水興を吸収合併するわけだ。その後で、旧東水興に対する物産の債権を株式に充当して増資するが、さっきも言ったように株はいつでも返還するんだから問題はないだろう」

森は仏頂面で押し黙っていた。いちいち物産に指し図され、それに従わなければいけないことなのだろうか――。

藤山が機嫌を取り結ぶように、口調をやわらげた。

「物産としては、東水興が潰《つぶ》れたって痛くも痒《かゆ》くもないんですよ。担保は充分取ってるからねえ。ただねえ、さっきも部長が言ってたけど、田中さんの名誉を傷つけるのが忍びないんだ。世間は、物産が潰したかのごとく見るからねえ。だから潰さないで済む方法をわれわれは真剣に考えたわけですよ。東水興の実質的な損失はいずれ物産がなんらかの方法でカバーするけど、とりあえず東洋水産で肩代わりしてもらうことになるわけだ。合併という形式を取るのは田中さんの面子《メンツ》を保ち財産を保全するためと、税金上の問題からで、要するに吸収であり救済なんです」

感情論からすれば、森は席を蹴《け》たてて帰りたかった。いくら短期運転資金の一切を物産に依存している弱小企業とはいっても、物産に命令されて箸《はし》にも棒にもかからない欠損会社を合併しなければいけないのか、と森が思うのも無理はなかった。

しかし、ノーと言えないのが森の立場である。

合併を拒否すれば、物産からの融資はストップし、たちまち資金繰りがゆきづまってしまう。

かつて、丸興飯田への鞍《くら》替《が》えを思い立ったことがあるが、いまさらそんなみっともない真似はできない。

冷静に考えれば、物産が提示してきた合併条件は決して悪くはない。呑んで呑めないことはない、と森は思った。

「前向きに考えさせていただきます」

森はともかく受け容れる意向を表明して、第一物産を辞去した。

7

年が改まってすぐに東洋水産は、東水興の吸収合併に向けて本格的な準備に入った。

二月十八日の午後、森は第一物産本社に北島を訪問した。確認しておきたいことがあったのでアポイントメントを取って出向いたのである。

「東水興を吸収合併して大きくなるんだから、もうゴム長でもないんじゃないの」

北島が冗談とも皮肉ともつかずに言ったが、森は真顔で返した。

「従業員は五百人になりますが、魚屋は魚屋です。どだい社長なんて言われる柄じゃありません」

森が照れ臭そうな顔で用件を切り出した。

「合併後に、社長を辞めるつもりです」

「えっ! どういうこと」

北島は、甲高い声を発してから顔をしかめた。

「社長は、第一物産から然《しか》るべき人を出していただくほうがいいと思います。わたしはまだ四十四歳の若輩です。もちろん会社を辞めるつもりはありませんが、専務に降格して、一から出直すつもりでやらせていただきます」

「ああああっ、びっくりさせないでくれよ。会社を放り出すのかと思ったよ。東洋水産を取り仕切れるのは森君を措《お》いてほかにいない。いままでどおり社長でいいじゃないの。物産から人を出すとしても、お飾りの会長でいいだろう」

「中小企業で会長などというのも大仰ですから、わたしは代表権を持った専務ということで結構です」

「なるほど、言われてみればそんな感じもあるな」

「ただし、社長も含めて取締役の選任につきましては、わたしとの合意の上でお願いします」

「そんなことは当然だろう。きみは東洋水産の創業者なんだから、念を押すまでもないよ。ま、さしあたり社長として送り込む適当な人材がいるかどうかわからんがね」

「そうおっしゃらずに、東洋水産の社長に相応《ふさわ》しい人材をお願いします。それと……」

森はうつむき加減で言いよどんだが、思い切ったようにぐいと面を上げた。

「ご存じのとおり二十二日に臨時株主総会を開催して、武田さんの取締役選任を承認しますが、そのときわたしの退職金支給についても決議しておきたいんです」

武田信十郎は、甲府で名門の醬油《しょうゆ》製造業を継いでいた。森よりだいぶ年長だが、東洋水産と若干の取引関係もあり、懇意にしていた。

森が、武田に非常勤とはいえ役員就任を懇請したには理由がある。

武田は、当時第一物産の副社長だった水野達三と旧制甲府中学以来の親友だから、物産との関係でなにかと相談に乗ってもらえると考えたのだ。

むろん森は、武田の取締役選任についてはすでに第一物産食品部の了承を取りつけていた。

「どういうこと。よくわからんなあ」

「わたしは会社創立以来、親戚《しんせき》や友達からずいぶん借金をしてますが、わたしが万一退職するようなことになると、返済不能に陥ります。ですから、わたしの退職金を決めておきたいんです。それからわたしが辞めると言えば、わたしと行動を共にしたいと言い出す者もいるでしょう。永い間苦労を共にしてきた者たちのためにも、万一に備えておきたいと思います。一切合切で三千万円ということで了承してください」

「それは構わんけど、いったい万一なんてことがあるんだろうか」

「たぶんないと思います。いや、そうならないことを願ってますが、あくまで念のためです」

「用心がいいねえ。物産を信頼してないのかい」

「そんなことはありませんけど、そうしておくとみんなが安心すると思うんです。その総会決議事項は、東水興との合併後の新会社にも踏襲されることを確約していただけませんか」

「わかった、いいよ。ま、精神論みたいなものだけど、それで気が済むんなら、いいじゃないの」

北島はいくぶん投げやりな言い方だが、不承不承うなずいたという感じではなかった。この退職金問題は、森一人の発想ではなかった。森田や遠藤に振り付けられた、とまでは言えないが、みんなで知恵を出し合ったのである。

ただひたすら走りつづけてきた結果、やっと赤字経営から脱却し、先行きに見通しを持ち始めた矢先に、倒産寸前の欠損会社と合併を迫られたのだ。前途を不安視しないほうがおかしい。

いわば三千万円は保険金のようなものだが、ノレン代や年商五億円の商権などを考えれば、三千万円は決して高い〝保険金〟ではないと森たちは思っていた。

「こんなものを用意してきたんですが、〝念書〟のようなかたちにしていただけるとありがたいんですが……」

森が書類袋の中から、タイプ刷りした一枚の和紙を取り出した。

覚　書

一、第一物産株式会社（以下甲と称す）は大口債権者並びに株主及び商取引上の特約会社として東洋水産株式会社（以下乙と称す、東京水産興業株式会社と合併後の新会社を含む）を指導育成する。

反面その強力なる立場を利用して提携の本旨より逸脱し、乙の善意の経営に不当に介入せざるものとす。

二、乙はその経営の安定と進展に全力を傾注し、甲の権益保全に精励するものとす。但《ただ》し、

①甲は乙の実情を斟酌《しんしゃく》し、その指導及び権利行使に当たり故意による強圧、妨害等を加えざるものとす。

②乙が正常適切なる経営活動を怠りたる場合、甲の峻厳《しゅんげん》なる権利行使を乙は甘んじてこれを受けるものとす。

三、東京水産興業株式会社との合併に際し左の点を承認するものとす。

①甲は乙の現代表取締役森和夫（以下丙と称す）の退職金支給に関する昭和三十五年二月二十二日開催の東洋水産株式会社株主総会決議事項を尊重し、合併後の新会社に於《お》いてもこれを踏襲することを確約する。

②甲は丙を合併会社の専務取締役（代表取締役）に選任し、社長並びに取締役の選任に関する議決権は丙と合意の上行使することを約束する。

覚書を黙読していた北島は厭《いや》な顔をして、それをセンターテーブルに戻した。

「もっともな主張とは思うけど、こういうものを突きつけられるのは、あんまり愉快じゃないねえ。水臭いような気がするんだ。食品部の責任者のわたしが全面的に了承すればいいことじゃないのかね」

「…………」

「どっちにしても、それは受け取れないな。きみのほうで保管しておいてくれよ」

「署名ぐらいしてください。そうでないとわたしは部下に子供の使いだと笑われてしまいます」

森はねばった。

北島はおもしろくなさそうな顔で、背広の内ポケットからパーカーの万年筆を取り出した。

森は、つねづね押しが足りない、詰めが甘い、と自戒していたので、ここまでやれば部下たちも納得してくれるだろうと思った。

8

第一物産は三月に入るとすぐに食品部経理課員の重森年郎を東洋水産に常駐させた。

重森の派遣については、二月十二日の時点で越田から土屋宛に指示があり、森も了承していたが、電話で重森の身分について北島に質《ただ》したときこう答えた。

「経理を手伝わせたらいいと思う。きみの指揮下で自由に使ってもらっていい。それから食品部経理課長の布井は常駐というわけにはいかんが、適宜応援させるから、よろしく頼むよ」

重森は、二階の経理部に机を置いていたが、机の前に坐《すわ》っていることはほとんどなく、なにをしているのかもわからなかった。

当時、経理部長だった遠藤は、重森の上司ということになる。遠藤は、三月上旬の夕方、重森に注意した。重森はむっとした顔で言い返した。

「物産や銀行との打ち合わせで忙しいんですよ」

「しかし、外出先がどこなのか、事前に連絡してもらいたいなあ」

重森の齢《とし》は三十五、六歳。スリムで垢抜《あかぬ》けした印象はあるが、チューインガムをくちゃくちゃ嚙《か》みながら話をするのも遠藤の癇《かん》にさわった。

「いちいち遠藤さんに断る必要はないと思いますよ。わたしは好き好んでこんなところへきてるわけじゃないんです。わたしは物産から命令を受けて、東洋水産の経営監督者としてきてるんです。そこのところを間違えないでください」

遠藤は色をなして、トイレの隣の社長室へ飛んで行った。

森は在席していた。

「顔色を変えてどうしたんだ」

「東水興との合併後にわたしが経理から外されるのは、大将も了解してることだからいいんですけど、いま現在はわたしが経理部長ですよね」

「そのとおりだ。まあ、立ってないで坐れよ」

森は、遠藤にソファをすすめた。

「おまえには、東水興との合併後、焼津工場を見てもらうが、東水興の主力工場だから軌道に乗せるまで頑張ってもらいたいんだ。東京から離れて申し訳ないと思ってるが、物産の申入れもあるけれど、俺も現場第一主義でいきたいから、品川も川崎も小田原も、もちろん焼津も、現場はすべて俺が直接見るつもりなんだ」

「そんなことを言いにきたんじゃないんです。焼津工場担当になるのはかまいませんが、合併するまではわたしは経理の責任者でしょう」

「うん。おまえは取締役経理部長だから、そういうことだ」

「じゃあ、あの重森っていう男はなんなんですか。端的に言って、わたしの上なんですか下なんですか」

「下に決まってるじゃないか。北島部長から経理を手伝わせろと言われてる」

「重森は、社長よりも上のつもりですよ。経営監督者と称してるんですから」

「そんなはずはない。ちょっと重森君を呼んでこいよ」

　ふくれっ面でソファを立った遠藤は一分足らずで戻ってきた。

「行方不明です。多分、退社したんでしょう。要するにわれわれは舐《な》められてるんですよ」

「あんまりいきりたつな。エリート商社マンかなんか知らんが、われわれとは考え方の尺度が違うんだろう。もう少し様子を見てみようや」

「そんな呑気《のんき》なことでいいんですか。重森は明らかに大目付のつもりですよ」

「それは自称だろう。なんなら北島部長に確認してみてもいいが、事実なら強硬にクレームをつけなくちゃいかんし、物産に引き取ってもらうまでだ」

三日経った午後三時過ぎのことだ。森が外出先から帰るのを待ち構えていたようなタイミングで遠藤がノックもせずに社長室へ飛び込んできた。

遠藤は血相を変えている。

「三月二、三、四の三日間つづけてコンパル、ブルースカイ、アミーなど銀座のクラブから請求書がきて、すべて独断で処理してます。大将は事前になにか聞いてましたか」

「いや、なんにも聞いてないなあ。伝票に接待客の名前は書いてないのか」

「個人名が書いてあるだけで、どこの誰やら、わけはわかりません。銀座から田園調布の自宅までのタクシー代まで会社払いになってます。こんなほじくるようなことはしたくないけど、われわれの常識では考えられませんよね。森田にしても、営業で交際費を使うときは必ず事前に承認を求めてきます。だいたいなんのための接待なのかもわかりません。会社に関係のない私的な飲み食いのツケを会社に回してきてるんだと思いますよ」

「うーん。総合商社の交際費の使い方は相当派手だとは聞いてたが、それをウチのような会社でやられてはかなわんなあ」

それでなくても森は交際費のけじめにはうるさいほうである。公私の混淆《こんこう》には自分でもつとめて気をつけていた。

「飲ませたり食わせたりしなければ売れないような営業は本筋に外れている」と言って憚《はばか》らないほうだから、遠藤の報告はショックだった。

それにしても重森の態度はひど過ぎた。

かかってくる電話は、飲み屋ばっかりで、第一物産や銀行と打ち合わせている気配はないのだから話にならない。

森は、重森の立居振舞に注視せざるを得なくなった。

森が経理部に顔を出しても、重森は悪びれもせずに飲み屋だかバーの女だか知らないが通話中で、こっちを気にするでもなかった。

経理監督者が聞いてあきれる。

森は、たまりかねて重森を社長室に呼んだ。

「郷に入っては郷に従えと言うが、ここは第一物産じゃないんだから、少しは気をつけてくれないか。経理の手伝いなら手伝いらしくやってくれなければ困る。きみは勝手に伝票を切って交際費を使ってるらしいが、そんな必要があるのかね」

重森は、板状のチューインガムを口へ放り込んでから、おもむろに返した。

「森さんからそんなふうに言われるのは心外ですねえ。わたしはあなたがたを監督する立場にあるんですよ。だいたい社長なら社長らしくしたらどうですか。重箱のスミを突っつくようなことをなんですか」

「そんなことは聞いてない。勝手なことを言われては困る」

「冗談じゃありませんよ。北島に聞いてくださいよ」

森が、北島に電話で確認すると、言葉を濁して、はっきりしなかった。

「少し長い眼でみてやってよ。重森は一応物産食品部を代表してるんだから」

「ということは、やっぱり経営監督者なんですね」

「そうは言ってないけど、目下のところ重森を代えるつもりはない。ぎくしゃくしないでやってもらいたいねえ」

「ほんとうに、重森君が経営監督者として派遣されてきてるとしたら、わたしは断じて拒否権を発動します。社員の士気に影響するような人では困るんです」

「重森にも俺からよく言っておくけど、まだひと月ちょっとしか経ってないんだから……」

第一物産が重森を東洋水産に派遣するに際して回した稟議書《りんぎしょ》には〝経営監督者として派遣する〟旨が明記されていたことがあとでわかった。

道理で重森が大きな顔をするわけである。

四月中旬に、一人の若い男が東洋水産に入社した。北村勝久である。

北村は、東京水産興業の経理部員だったが、合併までの連絡要員として先乗りしてきたのだ。

東水興の経営危機は一年以上も前から深刻化しており、昭和三十四年初めから第一物産食品部によって再建策が模索されてきたが、東洋水産の救済合併が決まった段階で、多くの社員が退職していった。

北村も会社を辞めようかどうか迷っていたが、社命で東洋水産に派遣され、ともかく品川区港南の東洋水産本社に通勤することになった。

経理部に配属されたが、なにかしら雰囲気が悪かった。

作業衣にしても、自分一人だけ東水興時代のグレーのままで、のけものにされているような気がした。

吸収される側の社員が差別感なり違和感を持つのは仕方がないとも言えるが、北村は日が経つにつれて重森の存在が経理部にとどまらず社内全体のムードを壊していることに気づいた。

北村が家業の材木商を継ごうか、それとも転職先を探したほうがいいだろうか、と悩んでいるときに森社長と手洗いの前の廊下で出くわした。北村は直立不動の姿勢をとった。

「どう、少しは慣れたかい。ちょっと元気がないんじゃないのか」

北村は童顔にこわばった笑みを浮かべるしかなかった。

「東水興は事実上倒産したことになるが、きみにはなんの責任もないんだから気にすることはないぞ。一人ぽっちで寂しいだろうがそのうち昔の仲間も来るだろう」

「はい」

「退職金はちゃんと受け継ぐから心配しなくていいよ」

「…………」

「作業衣を替えたらどうだ。いつまでも東水興のを着てることもないだろう」

「はい」

「あとで、総務部で新しいのをもらったらいいな」

森はグレーの作業衣の襟口をつまんで言った。

北村の胸にあたたかい空気が流れ込んできた。

ともかく腰を据えて頑張ってみようと思ったのは、このときである。

9

東洋水産と東京水産興業は昭和三十五年六月十四日付で正式に合併した。

代表取締役社長には、第一物産業務部門の部長待遇だった川崎雄介が就任した。

川崎は、合併貸借対照表を入念にチェックし、旧両社の決算報告書なども見ていたが、わずかひと月ほどで突然、辞表を代表取締役専務の森に提出してきた。

「俺をこんなボロ会社の社長に据えるとは、物産はどういうつもりなんだ。こんな赤字会社はどうやっても、よくならんぞ」

「お言葉ですが、物産が食品部門、水産部門の柱として育成すると確約してるんですし、新事業を展開することによって、必ずよくなると思います」

「きみは甘いな。東水興なんかと合併すべきではなかったんだよ」

「物産OBの発言とも思えませんが」

「食品部の不始末をなんで俺が尻ぬぐいしなければいかんのだ」

川崎がサジを投げるのも当然であった。

合併直前の旧東水興の損失は一億三千五百万円、固定資産評価損三千万円、所有漁船〝第一水神丸〟の漁業権四千万円を計算に入れても一億二千五百万円の欠損が存在していたことになる。

引き受けた旧東水興の工場は、いずれも赤字で採算の見通しは得られていないし、冷凍水産物の輸出枠も肝心のロイン、メカジキが少ないので、業績に寄与し得るものはなにひとつなかった。

しかし、森は、ハム・ソーセージ部門を伸ばすことは可能だし、鋭意研究開発をすすめている即席麵《めん》を企業化することなどによって赤字を克服できると確信していた。

川崎の辞表提出は理解に苦しむ。旧東京水産興業の実態が言われている以上に悪いことは合併してから判明した面もあるが、川崎の場合は、物産サイドの人間なのだから、事前に逐一把握していて当然ではないか。

いまごろ周章狼狽《ろうばい》しているとは笑止千万である。

「東水興をダメにしたのは、オーナーの田中一人ではない。物産もいかんのだ。食品部は腐ってるよ」

「しかし、社長を辞任するというのは短絡してませんか。辞表は撤回してください。川崎さんはボロ会社とおっしゃいますが、ボロ会社を建て直すことに情熱を持っていただけませんか。欠損会社と合併させられたわれわれの身にもなってくださいよ」

「俺はご免こうむる。北島たちが責任を取るべきなんだ。こんなトンネルからいつ出られるかわからない会社で苦労させられるなんてまっぴらだ」

その後、北島と川崎は話し合いを持った形跡はあるが、川崎は翻意しなかった。

第六章　大商社との熱き戦い

1

川崎雄介が、わずか一ヵ月で突然辞表を提出し、東洋水産の社長を退任した直後、代表取締役専務の森和夫は、第一物産に取締役食品部長の北島修を訪ねて善後策を協議した。

北島は、川崎の無責任さを強くなじったあとで言った。

「森君が社長をやらなければ、やっぱりこの会社は収まらんよ。東洋水産はきみがつくった会社なんだから、頼むよ」

森は、かぶりを振った。

「東京水産興業と合併したのは、第一物産さんの要請によるものです。合併後二年や三年は第一物産さんから然るべき人を社長に出していただいて、路線を敷いてください。第一物産さんにはその責任があると思います」

北島はソファに背を凭《もた》せ、腕組みして森を見やった。

「そうなると、越田あたりを口説くしかないかなあ」

「越田さんはちょっと……。公私混淆《こんこう》するような人では困るんですよ」

越田俊男は、食品部の次長である。義弟の岩木隆を東洋水産の役員に推薦してきたとき、森は即座に断った経緯があった。

越田は小ずるいところがあって、森は好きになれなかった。

北島は、森が越田とソリが合わないのを百も承知で越田の名前を出したのである。森の反発を誘って、社長職を受けさせようという魂胆だった。

北島はにやりと表情を崩した。

「やっぱり、森君しかおらんよ。物産には適当なタマがおらんのだ」

「第一物産さんには掃いて捨てるほど人材がおられるじゃないですか」

「いや、どれもこれも帯に短し襷《たすき》に長しでねえ。森君にやってもらうのがいいよ」

「わかりました。お受けします」

森は、あっさり譲歩した。

「ありがとう」

「しかし条件があります」

「…………」

北島は警戒する顔で、煙草を咥《くわ》えた。

「経営体制を確立するまで第一物産さんに全面的に支援していただくのは当然として、重森氏を外してくれませんか」

重森年郎は第一物産が経営監督者として東洋水産に派遣してきた男である。重森の行状は眼に余った。

これまでにも、森は何度も重森の引き取り方を北島に要求していたが、「そのうちにな」「もうちょっと待ってくれ」などと、はぐらかされてきた。

「重森氏のような人が経営監督者としてとどまっている限り、東洋水産はよくなりません。わたくし自身やる気がなくなりますし、多くの社員が怒ってるんですから」

「わかった。重森は物産に戻すよ」

北島は、森が突きつけた条件を呑《の》んだが、なかなか実行しなかった。

森はしびれを切らして、文書で抗議した。昭和三十五年十月十日付で北島に宛てた文書の中で、森は次のように訴えている。

東洋水産の現況より考えまして第一物産が特に合併目的である企業発展のために監督又は指導されることは常々懇願致すところでありますが、その場合は組織と職制を尊重し、かつ又監督者の指揮系統と権限を明確にするとともに、自ら組織を破壊し、不明朗な行為を率先行うが如き人物を排し、苟《いやしく》もこれがため経営者並びに従業員の士気を低下せしむるが如きことのないよう切に御配慮を御願い致します。

将来共監督又は指導者を派遣するにあたっては経営当事者の同意を得て行われるよう重ねて御願い申し上げます。

重森が第一物産に戻ったのは十月末である。

そして北島自身が東洋水産の非常勤役員に名前を連ねることになった。

この年十一月に第一物産は、旧東京水産興業に対して負っていた債権の資本組み入れを提案、債権出資によって東洋水産は五千七百五十万円の増資を実施、資本金は八千万円になった。この段階で第一物産は全株式の約八〇パーセントを保有、東洋水産は名実共に第一物産傘下の食品会社になったわけである。

東水興との合併前、旧東洋水産の一株（五百円）当たり正味財産は七千七百五十三円であったが、合併後二千二百八円に低下し、さらに増資によって九百八十円まで大幅に減少した。

また、森の持株数は五千六百八十七株だから全体の三・六パーセントに過ぎず、森田（二千八百二十株、一・一パーセント）、遠藤（一千二百四十株、〇・八パーセント）を合わせても八千七百四十七株でわずか五・五パーセントである。

創業経営者であり、経営当事者であるにもかかわらず、たった五・五パーセントでは身分は不安定で、業務の執行にも支障を生じかねない。

森は、十二月に入ってすぐ北島に会って、二つのことを訴えた。

「第一物産が所有している弊社の株式のうち八万株をわたしに預託していただけませんか。もともと、額面で返還していただけることになっているんですから問題はないと思うんです。もちろん一定の条件を課して、違反した場合は直ちに引き揚げるという約定のもとに預託していただくわけです。たとえば、第一物産さんとの専売契約に反するようなことは約定に反するわけですから……。経営権の確立は、会社経営の要訣《ようけつ》だと思います。わたしは個人経営的な専恣《せんし》を図ろうなどとは夢にも考えてません。それと東洋水産の旧株主は増資後に一株当たりの正味財産で六千七百七十三円の損害を被ったことになります。総額で一億三千五百万円になりますが、この補償についても考慮されて然るべきです」

「いちいちもっともなことばかりだ。株のことは直ちにきみの要請を容《い》れようじゃないか。補償の件も検討させてもらおう」

北島はいつになくものわかりがよかった。

しかし、いくら待っても実行される気配はなかった。文書で回答期限付きで履行を迫ったが、無視されるに及んで森の第一物産に対する不信感は募る一方であった。

2

第一水神丸の売却問題をめぐる第一物産との対立も深刻化していた。

東水興から受けた唯一の収益源ともいうべき第一水神丸は、四百九十九トンのマグロ延《はえ》縄《なわ》船で、当時、年間四千万円程度の利益を出していたが、森は資金不足を解消するためにもこれを売却すべきだと考えていた。

この問題で、森は北島や越田と何度もやり合った。

「わずか一隻ではリスクヘッジできません。運営は乗組員まかせで経営の妙味もないし、将来、船員の待遇などで必ず大きな問題が生じますよ。もっと大きな漁業会社に所属したほうが船員にとってもハッピーなんです。かれらに働き甲斐《がい》のある場所を与えてやるべきです。漁撈《ぎょろう》を継続しても将来の造船や新漁業権の確保などで資金負担に耐えられません。乗組員に犠牲を強いる結果をまねくことにもなるんです。ひとたび出漁すれば半年も家を留守にしなければならず、生命の危険度を考えれば、かれらの給与は決して恵まれているとは言えないと思います」

漁村育ちの森は、漁師の恵まれない生活を身に沁《し》みて知っていた。マグロ資源が涸渇《こかつ》するのではないか、という予感もある。いまこそマグロ漁業から撤退すべきときなのだ、と森は確信していた。

北島たち食品部は、猛反対した。食品部の会議室で、北島がこぶしでテーブルを叩《たた》きながらいきまいたことがある。

「物産の面子《メンツ》が潰《つぶ》れる。体面上、絶対売却することはできん」

「それなら物産で直接操業されたらどうですか」

「そんなことはできない。だいたい黒字部門から撤退する理由はないじゃないの」

「その理由は先刻申し上げました。さらにつけ加えれば、売却益を品川の旧缶詰工場跡に冷蔵庫を増設するための資金に充《あ》てたいんです」

森は皮肉っぽくつづけた。

「物産さんのお陰で当社は高価な冷蔵庫を持たされてしまいました。トン当たり十二万円もする冷蔵庫では話になりません。トン四万円の冷蔵庫を増設して、平均単価を八万円にしなければ採算がとれないんです」

北島は、しかめっ面で返した。

「きみは漁業を知ってるようなことを言うが、ほんとうは知らないんだろう。興味がないから止《や》めたがるんだ。とにかく第一水神丸は売却しない。食品部の取扱量と手数料が減少するようなことには断じて賛成できん」

北島たちの高姿勢は、株式の八〇パーセントを押さえているからで、株の預託にすぐさま応じるようなことを言いながらこの実行を先送りしているのは、東洋水産を意のままにコントロールしたいがためなのだ、と森が思うのも無理はなかった。

しかし、森は第一水神丸の売却問題で、ねばりにねばった。この問題で屈服するようでは、東洋水産の未来はない、と森はわが胸に言いきかせて、物産側を説得したのである。

第一物産側が森の主張を受け容れるまでに数カ月要したが、三十六年四月中旬になって大手水産会社の極洋水産に二億二千万円で第一水神丸を売却することができた。話が急展開したのは、食品部長が北島から戸崎清に交代したことがあるかもしれない。

トン当たり四十四万円で漁業権を売却したことになるが、翌年にはマグロ漁業に対する評価が暴落し、この半額まで下がってしまった。

「うまくやりましたね」

「先見の明はさすがですよ」

森は、業界関係者からやっかみ半分に言われたものだが、遠藤や森田にしみじみと言ったものだ。

「運が強かっただけのことだよ。一つの事業から撤退することがいかに難しいか、身を以《もっ》て経験させてもらった。前進は簡単にできるが、撤退の決断はそうはいかない。ただ、俺は漁船の乗組員の気持ちを考えたつもりだよ。物産の連中から森は漁業を知らないと言われたが、小学校の級友の半分以上は漁師の子供だった。かれらの貧困ぶりは、痛いほどわかっている」

森が第一水神丸の売却に際して、乗組員に示した誠意は、幼年時代の友人関係に根ざしたもので、かれらを納得させるに充分なものであった。

ともあれ第一水神丸の売却は、東洋水産の将来を左右するほど大きな弾みをもたらした。低コストの冷蔵庫（四千トン）の建設に踏み切れたのは、売却額と簿価との差額八千万円をこの建設費に充当することができたからだ。

「それにしても、第一水神丸の売却問題の結論を出すのに半年もかかるようでは、この会社の見通しは暗いですよ」

問題の解決直後に森田が嘆いたものだが、それももっともと言えた。

「その点は俺も同感だ。物産は経営には口を出さないと約束しながら、いちいち介入してくる。この際、株の問題をなんとかしなければならんと俺は思ってるんだ」

森は、東洋水産の社長室で虚空を睨《にら》むようにして決意を新たにしていた。

3

森は、四月下旬の某日、第一物産本社に食品担当常務の前田金三を訪問した。

前田にはすでに四度会っている。傲岸不遜《ごうがんふそん》な感じを与えはするが、話のわからないほうではないと森は思っていた。

しかし、森の見方は甘かった。

前田は、役員応接室で居丈高に言い放った。

「戸崎や越田の話では、東洋水産を助けてやったのは物産だそうじゃないの。物産が手を貸さなかったら、いまごろ潰れてたのと違うか」

「たしかに物産さんに助けていただいたことはあります。その点は感謝してますが、横須賀水産時代に丸興飯田系列入りすることも可能でした。わたしは一度はそう決心して、丸興飯田の飯岡常務に融資をお願いし、三千万円の銀行振込まで受けたこともあります。北島さん、越田さんたちに三拝九拝されて翻意しましたが、物産さんに一方的に助けていただいたとは思ってません。持ちつ持たれつで、イーブンの関係だと思ってます」

「丸興飯田の話なんて聞いたことはないな」

「でしたら、北島さんでも越田さんでも、どなたでもけっこうですから聞いてください。

食品部の方で知らない方はいないはずです」

森はネクタイを少しゆるめた。慣れないネクタイが窮屈でならない。背広も変に肩に重たかった。

「東水興との合併は、逆にわたくし共が物産さんを助けたのだと思ってます」

「合併がそんなに厭《いや》だったんなら、断固《だんこ》断るべきだったな」

「いまさらそんなことを言われても困ります。わたしのほうは、物産さんが全面的に支援する、という約束を信じて、合併に応じたんです。株は額面で要請があればいつでも返却すると物産さんは約束しました。買い戻す資金がありませんからわたしに預託してくださいとお願いしてるんです」

「物産を信用できんと言うわけだな」

「いまの物産さんには不信感を覚えます」

前田は顔色を変えて、突然ソファから立ち上がった。

「そんなに物産が信用できないんじゃ、しょうがないな。東洋水産なんて潰してしまうぞ」

つかみかからんばかりの形相である。こめかみに青筋が浮き立ち、頰がふるえていた。

「前田常務の言葉とも思えません」

「俺は忙しいんだ。いつまでもきみにつきあってる時間はない」

前田は、音を立てて退席した。

もはやこれまでかもしれぬ、と森はホゾを固めた。

森は、帰社するなり甲府の武田信十郎に電話をかけた。

「いま物産の前田常務に会ってきたんですが、話になりません。東洋水産なんて潰してしまうぞと言われて、わたしも愛想が尽きました」

森は、自分では落ち着いているつもりだったが、声がうわずっている。

「穏やかじゃないですねえ。いちど水野社長に相談してみますか」

「わたしもそれを考えて、武田さんに電話をかけたんです」

水野達三は、ごく最近、第一物産の副社長から社長に昇格したばかりである。武田とは旧制中学のクラスメートだ。

「わたしも、非常勤とはいえ東洋水産の役員なんだから、役員として水野社長に会いましょう。お役に立てるかどうかわからんが、至急アポイントメントを取りますよ」

「よろしくお願いします」

わらにも縋《すが》る思いとでもいうか、水野社長に一縷《いちる》の望みを託したい気持ちであった。

あくる日の夕刻、武田から電話が入った。

「水野君はあさっての朝八時に帝国ホテルで朝食を一緒にどうかと言ってきましたが、ご都合はどうですか。二人で一緒に水野君に会うのがいいと思うんです」

「ありがとうございます。お言葉に甘えて同席させていただきます」

「一応わたしからもことがらのいきさつについては水野君の耳に入れておきますが、森さんから直訴してください」

水野達三は、〝ハヤブサの達〟というニックネームが示しているように敏腕の商社マンとして聞こえていた。戦後、GHQによって解体された第一物産の再建に辣腕《らつわん》をふるい、巨大総合商社として再生させたことでも知られている。

当日の朝、森はさすがに緊張した。

八時の約束だったが、七時には帝国ホテルに着いてしまった。

水野は饒舌《じようぜつ》で、世界経済のゆくえやら今後の日本産業のあり方についてぶちまくったが、肝心の話には触れなかった。話が大き過ぎて、森のほうから株の話を持ち出すのが憚《はばか》られ、どうしたものかと切り出すタイミングを考えているうちに時間切れになってしまった。

帰りしなに、水野が唐突に訊《き》いた。

「物産のブランドを外してモノが売れるかね。それで困らないのか」

「なんとかやってゆけると思います」

「そう」

それだけだった。

質問の意味を考えると、水野は、武田から事前に話を聞いていて、物産と袂《たもと》を分かってやってゆけるのか心配してくれたとも取れる。

しかし、その後、森が戸崎や越田と接触した限りにおいては、水野が東洋水産の株の問題で物産食品部に問い合わせてきた事実はないと思わざるを得なかった。

4

　五月の連休中に三日間、森は会社を留守にした。久方ぶりに故郷の西伊豆の田子を歩いてみようと思ったのである。

　実姉で養母でもある森ちかが病気で臥《ふせ》っていたので、見舞いもかねて田子を訪ねた。

　森は、田子へ行く前に下田に立ち寄り、道家章司と旧交をあたためた。

　道家の家で酒を酌《く》み交わしながら、森が言った。

「来《こ》しかた行くすえについて考えたいと思って西伊豆にやってきたんだが、もう考えるまでもなく俺の気持ちは決まってるんだ」

「どういうことだ。なにが決まってるんだい」

「東洋水産の社長を辞任しようと思ってる」

「会社がうまくいってないのか。発売して間もないが即席麺《めん》が好調なすべり出しを見せてるって、おまえ電話で話してたじゃないか」

「ハム・ソーセージも悪くないし、なんとか先行きの見通しはついたんだが……」

　四月から小田原工場で生産を開始したばかりの即席麺は大ヒットし、大型商品に育つ可能性を予感させた。江口を工場長に据《す》えて背水の陣で臨んだのがよかったのかもしれない。研究陣は不眠不休で高品質の即席麺をつくり出してくれた。森田をリーダーとする販売部門も地を這《は》うような販売を展開して頑張っている。

「それならなぜ森が社長を辞めなければいかんのだ」

「物産との関係がどうにもならんのだよ」

森は、ことがらの経緯をかいつまんで道家に話した。

「しかし、おまえがつくった会社だろう。辞める必要はないように思うがなあ。それに辞めてどうするんだ」

「新しい会社をつくるよ。それとなく部下たちの気持ちを聞いてるが、みんな俺に従《つ》いてくると言っている。いまのように物産にふりまわされてるよりは、なんぼかましだろう。二、三日、田子の姉の家に泊って頭を整理して物産に対する抗議を込めて、辞任の申入書を書こうと思ってるんだ」

「そこまで思い詰めてるのか。俺はなんとなく釈然としないし、株の問題で物産から譲歩を引き出すことは可能なような気がするがなあ」

「ただ、実家の姉に話したほうがいいのかどうか、ちょっと迷ってるんだ」

「ちかさんは、東洋水産が大きくなっていくことがうれしくてならないらしいよ。躰《からだ》の具合いも悪いようだし、心配させないほうがいいかもしれないな」

「しかし、いずれわかることだけどねえ」

森は、実家に帰る前に従兄《いとこ》の鈴木治之助に会った。鈴木には公私にわたってなにかと面倒をかけている。

森の話を聞いて、鈴木が深刻な面持ちで言った。

「きみがこうと決断したんだから、それを押し通したらいいと思う。ただし、ちかさんには話さんほうがいいな。胃潰瘍《いかいよう》らしいが病状は悪化してるようだ。医者から入院をすすめられている」

森林八、ちか夫婦は、森の帰郷を大変喜んでくれたが、ちかは顔色が悪く元気がなかった。

森は中学時代に勉強部屋として使用していた奥の一室に閉じこもり、違約に対する抗議を込めて辞任申入書の草稿を書いた。


御承知の通り旧東洋水産株式会社と東京水産興業株式会社は、昭和三十五年六月、第一物産株式会社の強い要請により東水興が半額減資の上で対等合併し、その後第一物産の債権出資による増資を行い、全株式の八〇パーセントに当る六千三百八十三万円を第一物産が所有し、東洋水産株式会社として新発足したものであります。

昭和三十五年六月十四日合併時における両社の実態は、合併貸借対照表によると、旧東洋水産（資本金一千四百万円）損失金なし、東水興（減資後資本金八百五十万円）損失金一億二千五百万円でありました。

この両社が対等条件で合併をし、しかもその後に於《お》いて第一物産が東水興に対する貸付金を株式に振替えて過半数の株式を保有するに至ったということは、合併前の旧東洋水産の一株当り正味財産価格が七千七百五十三円であったのに対し合併直後二千二百八円、増資後九百八十円に減額していることによって明らかなように、全て旧東洋水産関係者の犠牲においてなされたものというべきであります。

当時、第一物産は、合併後の東洋水産を食品関係唯一の系列会社として本格的に育成し、新規事業、海外事業等を活発に行わしめる旨、また同社の債権出資による増資は単に新会社の金利負担を軽減させることを目的とするのみで、他意はない旨の確約のもとに東水興との合併を要請し、また旧東洋水産も第一物産の本格的な援助を受けることを希望して合併に踏み切った次第であります。

然《しか》るに第一物産はその後合併取り決めに至るまで、合併の相手先である東水興の資産内容、経営状況等の実態について、その明細を旧東洋水産に知らしめることなく、合併条件を取り決め、両社間の合併契約の締結を取り運んだのであります。

したがって旧東洋水産が東水興の経営が悪化している状態（欠損金一億二千五百万円、毎月二百万円以上の欠損が生じていた）を承知したのは、昭和三十五年二月、実質的に両社の合併が取り決められた後になってからのことであります。

斯様《かよう》な事態について合併の斡旋《あっせん》者たる第一物産からは正式の釈明もなく、合併もまた既成の事実とされ、既に一部ではその業務に入ってしまっていたのであります。

然しながら私と致しましては、東水興の斯様な実態はあるいは第一物産自体も知り得なかったところであるかもしれぬと考え、飽くまで第一物産を信頼し、第一物産より本格的な支援を受け、且《か》つ経営努力に懈怠《けだい》なければ、この程度の損失は数年を待たずして取り返しうるものと確信致しましたので、旧東洋水産関係者の犠牲を顧みず、敢《あえ》て合併を実行致したのであります。

これに対し、その後における第一物産の東洋水産に対する援助は合併斡旋の際になされた確約と隔たることが多過ぎる実態であります。

即ち特に事前に確約を願った合併最大の重要案件である人事の問題についても不適切なることを強行せんとしたり、また合併事業計画も上司に提出する作文なりと称して実行不可能なものを作成するなど、その行為は全く常識外れなものと考えられました。

第一物産現食品部長の戸崎氏は「経営者も所謂《いわゆる》サラリーマン根性に徹しなければならない」と公言されておりますが、もしその考えに斯様な要素を若干でも含んでいるとしたならばそれは中小企業経営の実情について、あまりにも認識を欠くものと言わざるを得ません。

およそ中小企業の経営は大企業のそれとは異なり、その組織においても、また経営基盤においても全く弱体であるため、役員、従業員は日常業務において一心同体となり、年中無休の覚悟で働かなければ事業の発展は望み得ないのであります。

まして前述の如き劣悪な状態にあって出発した東洋水産においては尚更のことであります。

それにも拘《かかわ》らず上司から与えられた職務を懈怠なくさえ行えばその実態は良くなろう

とも悪くなろうとも時運によるものとして構わないというが如き考えが少しでもあれば、到底中小企業の経営はなしえないと考えています。

また合併後の資金繰りを取り上げてみても、最近では合併前の状態より悪く、自転車操業を余儀なくされたこともあり、さらに経営監督と称して経理課員を常駐させ、これが恰《あたか》も督戦隊の如き動きを示し、従業員の勤務意欲を喪《うしな》わしめることも尠《すく》からぬものがありました。

合併の際に確約された新規事業等の実施も、欠損金及び負債の多いことを理由としてなかなかはかどらない状態であります。

現在までに実施された事業計画は、東洋水産の経営上必要最小限度のものでしかなく、これも長期の検討を願った後、第一物産の賛成を得て行われたものであり、しかもこれに投じられた資金は東洋水産所有の船舶処分代の一部を充《あ》てたものと申して差支《さしつか》えないと思います。

かほどまでに欠損金や負債が多いことが新規事業等の許可やこれに対する融資を困難にするものならば、何故《なにゆえ》合併の際この旨の説明が受けられなかったのかと全く腑《ふ》に落ちず、合併を要請した第一物産の真意に疑念を持たざるを得ません。

私と致しましても経営者としての責任上、かかる事態を放置することはできず第一物産に対し再三にわたりこれが改善について懇請致して参りました。その一部については改善された事を認めますが、なお根本的な解決に至っておりません。

斯様な次第で合併当時第一物産に対して抱いていた私の信頼感は合併後の経過において事毎《ことごと》に裏切られて参りました。

最近に至って第一物産常務取締役の前田氏は「事業は株主、経営者等関係者の信頼が基盤である。もし相互に信頼がないような会社なら潰してしまおうではないか」という趣旨の発言をされております。

合併当時において第一物産は「債権を資本に組入れるのは金利負担の軽減を図る目的のみで他意はない」旨を明らかにしているのでありますが、それにも拘らずこの株式保有の事実をもって会社存立に係るような発言をされることは仮令《たとえ》一般論であり真意でないとしても甚だ不穏当と思います。

何故信頼されないかを先《ま》ず謙虚に反省していただけないような雰囲気こそ、かかる事態の根本原因と考えます。

然しながら要は全て私の到らぬ点より生じたことでありますが、お陰さまで東洋水産も役員、従業員の日夜を分かたぬ努力と関係取引先の御好意によりその経営も漸《ようや》く軌道に乗り、毎月若干ながらも収益を上げることができるようになりました。現在建設中の冷蔵庫の完成も目前に迫り、入庫申込みも殺到している状態で、私としましては不充分ながらその責務を果たしえたものと考えております。

度々の辞意が今日迄《まで》実現出来なかったのは会社が安定する迄忍従自重したいと考えたからであります。

以上申上げたとおりの事情でありますので私自身と致しましては現在の如き状態のもとで経営を続ける意欲は全くなく、役員、従業員の一部にも同様な気持ちをもちながら私のために無理に留《とど》まってくれている者もあり、かたがた合併時における私の目算違いから多大の損害をおかけした旧東洋水産関係者に対し、その責任を痛感致しておりますので、この際、これらの事柄を思い合せて辞任を決意した次第であります。

ここまで書いて、森はふと佐藤達郎の温顔を瞼《まぶた》に浮かべた。佐藤が第一物産の前身である旧極東食品の食品部長時代になにかと援《たす》けてもらった。丸興飯田系列入りを翻意したのもサンフランシスコの佐藤から国際電話で口説かれたからこそとも言える。佐藤には恩義がある。

森は、往時を偲《しの》び粛然とした気持ちで、二行書き加えた。

尚第一物産の中にも心から御指導御援助を賜った方も少なくありません。茲《ここ》に厚く御礼申上げたいと存じます。

株のことについては、触れるまでもないと思った。未練がましく云々《うんぬん》しても始まらない——。辞任の申し入れが受理されて、すべてはおしまいなのだ。いさぎよく一から出直そうと森は思った。

森は西伊豆から帰京してすぐ森田、遠藤、江口たちを本社に呼んで、辞任を決意した旨をうちあけた。

「社長の退職金を決めておいてよかったですねえ」

遠藤がさっそく現実的なことを口にした。三人とも森に従《つ》いて東洋水産を飛び出す覚悟はできているので、さばさばしていた。

「ほとんどの従業員は、大将に従いていきますよ。物産のなんとかいう常務が潰すぞと言ってるんだから、ほんとうに潰したらいいんですよ」

江口が森田の話を引き取った。

「そのとおりだ。物産の傘の下でなければ、俺たちが生きていけないみたいに、あの人たちは考えてるんだ。思い上がるにもほどがあるよ」

森が口をひき結んで言った。

「とにかく俺に一切をまかせてくれ」

五月中旬に、ちかが本郷の東大病院に入院した。森は、毎日のようにちかを見舞ったが、辞任を申し入れたことは伏せておいた。

そして、第一物産サンフランシスコ支店長の佐藤が電話をかけてきたのは、辞任申入書を戸崎宛に郵送して一週間ほど経ってからだ。

「とうとうヘソを曲げちゃったらしいですねえ。森さんのような人を怒らせた物産の連中は度しがたいとしか言いようがないが、辞表は撤回すべきです。東洋水産は森さんがつくった会社じゃないですか。物産の連中も今度という今度は反省してますよ。僕に取りなしてくれと泣きを入れてきたくらいですから……」

「森田や遠藤とも相談し、考えに考えぬいて出した結論ですから、撤回なんてあり得ませんよ」

「森さん、早まってはいけない」

国際電話は雑音が入って聞き取りにくかったが、佐藤が懸命に翻意を促していることだけはよくわかった。

5

森は辞任を決意し、辞表を第一物産に提出したが、むろんこのまま逼塞《ひっそく》してしまうわけにはいかなかった。だいいち、永年労苦を共にしたうえ、自分に従いてくると言ってくれている社員に、なにがしかの退職金も与えたいし、再起のための資金も確保しなければならない。

森の脳裏に本郷龍造の端整な顔が浮かんだ。

本郷に相談してみよう——。思い立ったが吉日である。森は五月下旬の某日、本郷を銀座の喫茶店に呼び出した。本郷は当時、三協食品の代表取締役になっていた。

東水興との合併から株式のことまで、かいつまんで話したあとで、森は思い詰めた顔で言った。

「東洋水産の経営から手を引くことにしました。物産との相互信頼関係を保持していくことは不可能です。独立して、一からやり直したいと思ってます」

「森さんあっての東洋水産なのに物産はなにを考えてるんですかねえ。しかし、こうなったら断固闘うべきですよ」

「うれしいこと言ってくれるねえ。物産のOBから激励されてれば世話はないけど。ただ資金不足はいかんともしがたい。東品川の土地問題の借りもあるのに、こんな大それたことをお願いするのは心苦しいが、五百万円ほど融資してもらえないでしょうか」

「五百万円ですか。使途についてお訊《き》きしていいですか」

「ええ。二百五十万円は社員の退職金に充当したいんです。二百五十万円はこれからの事業のとっかかり資金にしたいと思ってるんですけど」

「……………」

「それも出世払いみたいなことになるかもしれません。一応二年で返済するつもりだが、担保はないんです。虫がよすぎることは重々承知してるんですが」

「けっこうです。森さんを信用してお貸しするんですから、担保なんか要りませんし、金利もいいですよ」

「税金との関係でそうもいかんでしょう。利息はお払いします」

「森さんは五年以上も社長やってて、しかも創業社長なのに、五百万円程度の貯《たくわ》えもないんですか」

本郷は不思議そうな顔をした。

森は涙がこぼれるほど本郷の好意が胸に滲《し》みた。

もっとも、その後の急展開で本郷から借金しないで済んだ。

それから三十年も経った平成四年(一九九二)四月二十一日、本郷龍造は不帰の客となり、森を悲嘆にくれさせることになる。

スリムで小柄だが、風邪もめったにひかない本郷が膠原《こうげん》病で倒れたのは平成三年十二月九日のことだ。

森の世話で本郷は都立駒込病院に入院した。優秀な膠原病の専門医を擁していることを承知していたからにほかならない。

腎臓を冒され、遠からず人工透析は覚悟しなければならない、と主治医から伝えられていたが、本郷は快方に向かい、五月十一日に退院することになっていた。

本郷は昭和四十五年五月に三協食品を三協フード工業に社名変更し、代表取締役専務になっていた。「社長」と呼ばれるのが厭だと言って、経営トップでありながら社長にならなかったのだ。海外出張が多く、ハーバード大学院出身の妹の遥子《みちこ》を通訳に連れて行くがそのたびに「飛行機事故でもあって、万一のことがあったときは、森さんに三協フードの後事を託します。よろしくお願いします」と冗談ともなく話していた。

入院中、死の予感があったかどうかわからないが、見舞いにやってきた森とこんなやりとりをしたこともある。

「僕の自慢は社員です。勤勉で誠実です。どこへ出しても立派に通用します。社員のことよろしくお願いします」

「本郷君、縁起でもないこと言っちゃいかんよ。順序からいっても僕のほうが先に逝くんだから、それを言うのは僕のほうだ。君は間もなく退院できるんだよ」

森は本郷を励ましつづけたが、本郷は心不全で急逝した。

森は未亡人の佳子からも懇請され、三協フードの経営を引き受け、社長に就任した。

資本金五千万円、年商六十億円の中小企業だが、公認会計士の戸田達二が株価を二十倍に評価、東洋水産が七万七千株を取得し、三協フードは東洋水産グループの一員となった。遺族に対する手厚い処遇は、本郷に対するせめてもの恩返しのつもりだった。

平成四年六月号の東洋水産社内報〝マルちゃんニュース〟の巻頭言で、森は「本郷君の冥福《めいふく》を祈る」を書いた。書きながら何度涙をぬぐったかわからない。


本郷君とは、四月二十一日急逝された三協フード工業（株）社長本郷龍造君のことであります。私とは一回り齢下《としした》でしたが、四十年に及ぶ無二の親友でした。

この社内報に取り上げて頂くのは、東洋水産の創業苦難時に、誰も振り向かない時、色々助けて頂いた事だけでなく、棺《かん》を覆って更《あら》めて見直した彼の生きざまに、深い感銘を受け、見習うべきと思ったからであります。

一、創立者であり、所謂《いわゆる》オーナー経営者（六〇パーセントの株式を有していた）でありながら給与等は自粛し、業績の上がらない時は、自ら減額していた。そして、他人には小さい事まで気配りし、実に気前が良かった。

二、事業家であった亡父から継がれた家宅、土地以外は、資産らしいものは東洋水産株式約十三万株だけであった。家庭も極めて質素であった。大きな家を建てるのは、こんな時代に良くない等、常に言っていた。

三、急逝後、入院先のベッドの下から出て来たものは、事業計画の走り書きと、従業員昇給案だけだった。アイデアのかたまりであり、又、仕事の鬼であった。そして、遺言らしきものは、「森さん頼みます。従業員は、真面目過ぎる位です」唯それだけだった。

四、語学等余り上手とも言い難かったが、事業の範囲は、韓国、米国、中国、ロシアと幅広く、ところによっては、大手会社や商社より信用があり、すべての人から好かれていた。

私は、彼の急逝により図らずも三協フード工業（株）を託された。後継者が育つまで全力を尽くします。派遣する山本君（銚子東洋から取締役として就任）、指導する橋本専務に、単に私情からでなく、お願いする次第です。

最後に、私だけでなく、おつき合いした人にこれ程敬慕され、悲しみのうちにも温かい余韻を残して逝った人を、私は知らない。

三協フード工業（株）という会社がある限り、私はこの社風を残すことに努め、又、それにより、いつまでも彼と対話が出来るように思うものであります。

重ねて、ご冥福を祈ります。

6

第一物産の常務に昇格して担当替えになった北島修は、昭和三十六年五月に東洋水産の取締役（非常勤）も退任していたが、森和夫の慰留に懸命な取り組みを示した。

北島は、港区港南の東洋水産に何度か足を運んできたが、田村町の第一物産本社に森を呼び出したこともある。

昭和三十六年六月下旬の某夜、新橋の割烹《かっぽう》で一杯飲みながら話したときのことだ。

森が冗談ともなく、「今夜はわたしの送別会ですか」と言ったとき、北島は顔色を変えて怒った。

「冗談にもほどがあるぞ。俺がこれだけ一生懸命になっているのに、そんな言いぐさがあるか。俺は食品担当から外れたが、東洋水産には愛着もあるし、森君に対する思いもある。だからこうして頭を下げてお願いしてるんじゃないか。いままでの俺たちのやり方に反省すべき点も至らなかった点もたくさんあることは認めよう。引き継ぎのとき前田や戸崎にも言うべきことは言ったし、かれらもきみの気持ちがわかってくれたと思う。はっきりしていることは、誰がなんと言おうと東洋水産の経営は森和夫でなければできないということだよ」

北島は、どこか調子のよいところもあるが、稚気愛すべき点も少なくない。森は北島が嫌いではなかった。むしろ好感を持って接していたほうだ。

「前田常務と戸崎部長に、東洋水産の取締役に就任していただきましたが、ご両所には失望しています。率直に言って、とてもかれらの支配下で仕事をする気にはなれません」

前田と戸崎は五月二十九日付で東洋水産の取締役（非常勤）に就任したが、両人に対する森の不信感は増幅する一方であった。

「わたしは、いまさら合併方式や欠損をうんぬんしても始まらないと思っています。そんなものは相互に信頼関係さえ確立されていれば解決できるはずです。しかし、前田さんや戸崎さんの第一物産万能主義にはとてもついてゆけません。カネを貸してやっているから、大株主だから言うことをきけ、おまえらの生殺与奪の権利を握っているのは俺たちなんだ、といった態度では信頼関係が保てるわけがないんです」

森は、手酌でぐい呑《の》みに酒を満たして、一気に喉《のど》へ流し込んだ。

カッと躰《からだ》が熱くなった。怒りが倍加して、胸の中で膨らんだ。

「前田さんは〝第一物産は中小企業を育成こそすれ、不当な利益を得たり乗っ取ったりすることは絶対にしない。東洋水産に対してもこの主旨に則《のっと》ってやってきたし、むしろ遠慮し過ぎていたくらいだ。おまえはいろいろ苦情を言ってくるが、感情的になり過ぎているんじゃないのか。それほど合併後の東洋水産に問題があるんなら合併などさせるんじゃなかった。東京水産興業が潰《つぶ》れても物産が損することはなかった〟と言いました。〝物産を信頼できんのなら、東洋水産を潰してしまってもよい〟とまで言ったんですよ。そういう人を信頼しろというほうが無理なんです。前田さんの言動には失望もし、憤慨もしています。北島さんがなんとおっしゃろうと、わたしは、前田さんや戸崎さんの支配下で仕事をする気にはなれません。わたしには辞めるしか選択肢はないんです」

森は、ふたたびぐい呑みを呷《あお》ってから、居ずまいを正して、まっすぐ北島をとらえた。

「最後にわたしが望むことは、物産の人材と資金を十二分に活用していただきたいということです。せっかく軌道に乗り始めたんですから、東洋水産を成長させてください。それと、従業員に相応の福利を与えていただきたいと思います」

森が思い詰めた顔でテーブルに両手をつき頭を下げたので、北島はあわて気味に手を振った。

「おい、待ってくれよ。それは困る。きみが辞めたら、東洋水産は分解してしまう。きみに従いて従業員がみんな辞めちゃうに決まってるんだ。それがわかってるから、こうして翻意をお願いしてるんじゃないか。頭を下げなければならないのは俺のほうだよ」

北島は照れ臭そうに顔をゆがめながら低頭した。

「北島さん、わたしはどんなに不明を誹《そし》られても、前途に困難があっても、物産の支配下で仕事をする気はありません。ほんとうに今夜が最後だと思ってください。北島さんに対して個人的な恨みも含むものもありませんし、本来なら放っておけばいいのにわたしごときに対して真剣に慰留してくださったことに心から感謝申し上げます」

北島は、森の熱っぽい眼差《まなざ》しから逃れるように視線をさまよわせた。

「なんだかしめっぽい席になっちゃったなあ。食欲がなくなってきたよ」

当惑した顔でもじもじしていた森が、意を決したようにぐいと顎《あご》を突き出した。

「北島さん、申しにくいんですが、ひとつ確認しておきたいことがあります」

「なんのこと」

「これなんですが……」

森は、スーツの内ポケットから白い封筒を取り出し、その中から一枚の書類を出してテーブルにひろげた。

「これは例の念書というか覚書です。ここに北島さんのサインをいただいてますが、わたしの退職金支給に関する件、ご確認願えませんか」

覚書の三項①に「甲（第一物産）は乙（東洋水産）の現代表取締役森和夫の退職金支給に関する昭和三十五年二月二十二日開催の東洋水産株式会社株主総会決議事項を尊重し、合併後の新会社に於《お》いてもこれを踏襲することを確約する」と認《したた》められた。

森は、遠藤や森田たちと諮《はか》って、保険金のつもりで三千万円の退職金を総会決議事項として覚書にしておいたのだ。

北島は、ちらっと覚書に眼を走らせたあと、むすっとした顔で、ぐい呑みを口へ運んだ。

「三千万円はノレン代と考えています。決して不当な要求とは思いませんが」

「そんなことは思ってないが、たしかに俺のサインはあるけど、そんなもの正式な契約書でもなんでもないよ。一方的にきみのほうでタイプ刷りしてきただけのものに過ぎん」

森は呆然《ぼうぜん》として、言葉を押し出すまでひどく手間取った。

「北島さんともあろう方が、そんな人間性を疑われるようなことをおっしゃるんですか」

「きみ、俺の苦衷を察してくれよ。俺がサインしたのは、たしかに覚書は読んだ、という意味ぐらいに考えることだってできるんだぜ。俺がこんな言いがかりみたいなことを言うのは、きみに東洋水産の社長として留まってもらいたいからだ。俺がこれだけ言っても辞めると言ってきかんのなら、そのときは改めて考えるよ」

ずいぶん牽強付会《けんきょうふかい》なもの言いだが、北島の気持ちもわからないではない。

「たしかに契約書とは言えないかもしれませんし、公正証書にもなってませんが、わたしは北島さんを信じてます。この退職金を独り占めしようなんて、わたしは毛頭考えておりません」

「そんなこと言われなくたってわかってるよ」

北島はぶっきらぼうに返して、ぐい呑みに手を伸ばした。

森が北島と別れて帰社したのは夜十時近かったが、遠藤と森田が心配顔で待っていた。

背広をデスクの上に放り投げて、窮屈なネクタイを外しながら、森が社長室のソファに腰をおろした。

遠藤と森田が、森の前に坐《すわ》った。

「どうでした。北島さんはわかって……」

遠藤が森田をさえぎるように強引に口を挟んだ。

「退職金はもらえるんでしょうね」

「覚書を読んだ、という意味でサインしたって言われたよ」

「まさか」

遠藤は眼を剝《む》いた。

「ま、冗談と言うか、俺を辞めさせたくない一心で、詭弁《きべん》を弄《ろう》したんだろう。北島さんはそんな悪い人じゃないよ」

「しかし、いくらなんでも、そんな言い方はないでしょう。やっぱり正式な契約書にしておかなければいけませんでしたかねえ」

遠藤は深刻に眉根《まゆね》を寄せている。

「俺も、そんなふうに考えないでもなかった。俺はすぐ人を信用してしまう。詰めが甘いのはよくわかってるんだが、こればかりは性分だからなあ」

森田が上体を寄せて訊いた。

「北島さんは、まだしつっこく慰留してるわけですね」

「うん。今夜は送別会だろうって言ったら、えらく、気色《けしき》ばんでいたからな。本気で引き留めてるつもりだろう」

「北島さんは前田氏や戸崎氏の意を体して、社長を飲み屋に呼び出したんでしょうか」

遠藤は、食い入るように森を見据えた。

森が思案顔で返した。

「それはわからん。ただ、どうしても辞めては困るの一点張りだったところをみると、前田氏や戸崎氏と連絡は取ってるんじゃないかねえ」

「だとしたら、反対給付も出さずに、ただ辞めないでくれ、という引き留め方はおかしいですよ。こっちの要求に対して、なんの回答もせずに、つまりゼロ回答のままで辞任しては困ると言われたって、ハイそうですかっていうわけにはいかんでしょう」

「遠藤の言うとおりです。最低株の問題について対案を示すべきですよ」

「そんな話はぜんぜん出なかったな」

「物産っていう商社は、どこまで図々しくできてるんですかねえ。少しは、しおらしいところをみせるかと思ってたが、やっぱりもうおしまいですね」

「森田、俺は慰留を当てにして辞表を出したんじゃないぞ。しかし、退職金だけはちゃんともらわんことには、どうしようもないからなあ。きょうのところは、北島さんに気合い負けしなかったつもりだが、退職金のことではかれに応援してもらわなければならないから、喧嘩《けんか》しないで帰ってきたんだ」

重苦しい沈黙が続いた。

天井を睨《にら》んでいた森が、脚を投げ出したままの姿勢で言った。

「遠藤も森田も、俺が会社を辞めたあとも会社に残ったほうがいいんじゃないかなあ。二人が残れば、東洋水産もなんとかもつと思う。東洋水産は東洋水産として成長してゆくのがいいと思うんだ。俺に殉じようとしてくれるきみたちの気持ちはうれしいが、それでいいのかどうか、俺にもよくわからんのだ」

森は気を引いたつもりはなかった。ふと、そんな思いにとらわれたのである。

「大将、本気ですか」

「それとも、俺たちは厄介者なんですか」

森田の眼はほとんど怒りに燃えていた。

7

森は、辞表の受理を迫って、第一物産側に再三再四臨時株主総会の開催を要求したが、物産側は回答してこなかった。

七月上旬の某日午後、戸崎から森に呼び出しがかかった。

森が第一物産本社に駆けつけると、戸崎はいつになく愛想がよかった。

「いろいろ手違いがあって、返事が遅くなって申し訳ない。森さんの辞任申し入れは、物産に対する抗議であると、われわれは受け止めてるが、これは、それに対するわれわれの回答です。ちょっと読んでください」

戸崎は、用意していた手書きのメモを森に手渡した。

覚　書（案）

第一物産株式会社（以下甲と称す）と東洋水産株式会社（以下乙と称す）との間に今後乙の経営自主性を尊重し、更に相互協力を進める意味に於いて左記取決めを行う。

一、甲は乙の業績の早期安定、更に発展のため強力に支援する。

二、乙の経営者は全責任を以《もつ》て甲の乙に対する債権の確保をはかると共に早期返還に努めるものとする。

三、甲の乙に対する債権出資による増資引受け分は、乙の金利負担軽減の目的を以てなされたものであり、乙の代表者の要請があり、且《か》つ甲の乙に対する債権の充分なる保証措置が講ぜられたる場合は、何時にても額面価格を以て譲渡する。

四、甲の債権に対して乙の差入れるべき担保の評価価値が債権総額に満たない場合は、東水興合併時よりその含み益を差引きたる金額相当額は無担保とする場合もあることを甲は了承する。

五、甲は乙が独自の判断に基き甲以外の第三者と取引きすることを認める。但《ただ》し、この場合乙は前途に所要の金融措置を講じ、一切甲に金融面の皺《しわ》寄《よ》せをなさざることを確約する。また、乙は株式の譲り受け、債務の整理後と雖《いえど》も、甲との取引きを優先せしむるものとする。
六、今後甲の乙に対する資金援助方針は、一般金融情勢如何《いかん》によるも、原則として現状と大差なきものとし、また万一方針変更の場合も乙の通常経営に支障を来《きた》さざるよう乙に対処の余裕を与えるものとする。
七、甲は向う三か年間、乙の承諾なくして乙以外の第三者に第三項記載の株式を譲渡せざること。また商法上の株主として以外の権限は行使せぬことを約束する。

森は、時間をかけてゆっくりと黙読した。

メモから眼を上げた森に、じれったそうに戸崎が言った。

「どう。これなら、振り上げたこぶしを降ろしてもらえるでしょう」

「失礼ながらこれは戸崎さんの私案ではないんですか」

「違う。物産の総意だよ。森さんがこれを受け入れて辞意を撤回してくれれば、後刻、正式文書にすることを約束する。できればこの場で返事をもらいたいんだけどねえ」

覚書案の内容は、かねがね森が主張していたことである。

「正式に契約していただけるんでしたら、辞表は撤回します」

「ありがとう。一件落着だね」

森は、戸崎が差し出した手を握り返しながら、契約日時を特定すべきだと思った。

「いつ成文化していただけるんですか」

「稟議《りんぎ》を起こして、関係者の承認を取らなければならないので、多少時間はかかるかもしれないけど、可及的速やかに契約書にしようじゃない」

「よろしくお願いします」

戸崎を信用するしかなかった。

しかし、森から辞意撤回を引き出すだけが目的だったのか、いくら催促しても、物産側はのらりくらりとかわしつづけ、正式契約に応じなかった。

森は、何度第一物産に足を運んだかわからない。

遠藤が口惜《くや》しそうに言ったことがある。

「辞意撤回を表明するタイミングが早過ぎたんですよ。正式に契約して調印してからでも遅くはなかったんじゃないですか」

森は言い返すことができなかった。遠藤の言うとおりなのだ。

「もう切り札は使えませんよ」

「わかってるよ。いくらなんでも子供みたいに辞める辞めるってわめくわけにはいかんが、なんとかしなければ、おまえらに馬鹿にされるだけだ」

株の譲渡が実現しないまま一年二ヵ月が経過した昭和三十七年九月七日付で、第一物産、東洋水産、森和夫、三者間で、次のような覚書が交換された。

覚　書

第一物産株式会社（以下甲と称す）、東洋水産株式会社（以下乙と称す）、森和夫（以下丙と称す）の三者間において乙の経営発展に協力するため以下の通り覚書を交換する。

一、甲は乙の経営自由性を尊重し、業績の早期安定と発展のため強力に援助する。

二、丙は全責任を以て甲の乙に対する債権の保全に万全を期し、甲が必要とする担保措置実現に協力するとともに、その早期返済について最善の努力をする。

三、甲は乙の安定株主層造成のために向う一年以内の間に於て、甲はその所有する乙発行株式の内九万五千六百六十八株を限度として額面価格（一株につき五百円）で丙またはその指定人（甲丙協議し円満に決定する）に譲渡する。

四、甲は乙が営業上必要とする運転資金につきその都度事前協議の上必要な援助を行う。但し乙が甲以外の第三者と取引するため必要とする運転資金については、原則としては乙は別途調達するものとする。

五、前号による甲の乙に対する運転資金援助の方法につき金融情勢その他により変更を余儀なくされる場合、甲は事前に乙に連絡し、その営業に支障を生じないよう配慮する。

六、甲並びに丙はその所有する乙発行株式を本契約による以外に処分の必要を生じた時は事前に甲及び丙と協議し円満に行うものとする。

七、本覚書に定めのない事項並びに疑義を生じたときは甲の乙に対する経営援助の基本方針に従い甲丙相互協力の精神にもとづき協議し決定する。

そして翌日の九月八日付で森は戸崎食品部長に宛てて誓約書を提出した。

誓約書

今回当社株式を返還していただくに当り、御要請により別項当社の事情を御確認願った上左記の通り御誓約致します。

記

一、代表取締役たる森和夫はその職責上自己所有の当社株三万株を当社の貴社に対する借入金の保証として担保差入れに同意します。

二、同一の理由により同人の個人保証書を差入れます。

三、今後当社製品は従来通り御取扱いを賜りたく価格その他が同一条件であれば貴社に優先御願い申上げます。

四、借入金は昭和四十七年七月迄《まで》に必ず御返済申上げますが、年限内でも完済に努めます。

五、貴社以外との取引に当たっては万一にも貴社資金を利用等せぬことは勿論《もちろん》積極的に他社資金等の導入、活用をはかります。

右御誓約申上げます。

別項
一、当社は御承知の通り合併損失の整理が未完了にて特に設備の増強、従業員の待遇改善等緊急を要する問題が多く、且又借入金の早期返済をはからなければなりませんので、御取引等に当っては当社の利益を優先致し度《た》く存じますのでこの旨御了承願います。
二、貴社への差入担保は銀行、政府金融機関等より資金借入の場合は順位繰下げに同意し、又借入金の返済に伴い相応額の担保解除を御願い致します。

相手は、発行株式の七一・八パーセントを所有する大株主であり、融資を仰いでいる大商社の第一物産だとしても、東洋水産の製品を扱うことによって得ている口銭《こうせん》は決して少ない額ではない。

あまりにも遠慮し過ぎるきらいがあるのではないか、これでは屈辱的覚書であり、誓約書であると言われても仕方がない、と森も思わざるを得なかった。

だが、彼我の力関係からみても、とにかくなだめすかしながら株式返還を実現していくしかない。そのためには、ひたすら我慢に我慢を、辛抱に辛抱を重ねるしかなかった。

「ここまでやって、株を返してもらえなかったら、出るとこへ出るしかないですよ」

「そうやけを起こすな。俺がここまで耐え忍んでるんだぞ」

「社長はあきれるほど忍耐強くなりましたね」

遠藤から、変な褒《ほ》められ方をしたが、実際森の忍耐強さには遠藤ならずとも舌を巻くところだ。

第一物産が株式の譲渡を実行したのは、昭和三十八年二月十日である。

しかし全株ではなく、八十三万株であった。この結果、第一物産が所有する東洋水産株式は七一・八パーセントから二〇パーセント（三十二万株）に減少した。

ちなみに役員三七・八パーセント（六十万五千百六十株）、取引先等二九・二パーセント（四十六万七千六百三十株）、第一物産二〇パーセント（三十二万株）、従業員一二パーセント（十九万二千六百三十株）、東友会〇・九パーセント（一万四千五百八十株）が当時の東洋水産株式所有者別分布状況である。

東友会とは従業員持株会のことだが、東洋水産サイドで持株比率は五〇・八パーセントとなり、マジョリティを確保し、東水興との合併以来、二年半にして漸《よう》く独立を回復したことになる。

8

第一物産との永く厳しい抗争劇に終止符を打った数日後、森は、西伊豆の田子にある菩《ぼ》提寺《だいじ》の正法院に墓参し、亡き両親と姉ちかの墓前に報告した。

その日は凪《な》いで春のように暖かい陽気だった。

四歳で母やすを亡くし、十二歳で父和平と死別した森は、二十歳も年長の姉（二女）のちかに育てられた。養母でもあるちかは、物産と抗争中の昭和三十六年の夏に他界した。

「姉さん、やっと終わりました。あなたには話しませんでしたが、くじけずに初志貫徹できたのは、あなたと両親が見守ってくれたことと、よい部下に恵まれたからだろうと思います……」

森はちかの墓前で掌《て》を合わせて心の中で語りかけた。

何度、会社を辞めようと思ったことか。懐の辞表を物産の連中に叩《たた》きつけようと思ったことは十回やそこらではきかない。思い出すだに悔しさがこみあげてくる。

われながらよくぞ頑張り抜いた。自分を褒めてやりたい、と森は心底そう思った。

前後するが、第一物産は昭和四十三年十一月までに東洋水産の増資などにより、同社株式の売買を繰り返したが、譲渡株は三十三万三千四百六十六株に及んだ。この際、額面で譲渡することを約束していたが、八十円〜百二十円を主張して譲らなかった。

昭和三十九年八月に東洋水産の資本金は半額増資が行なわれ一億二千万円となったが、新株八十万株のうち六十四万株が株主に割り当てられ、十六万株を公募とし、株主総会の議決を経て八十円の価格で従業員に割り当てられた。この結果、第一物産の持株比率は一五・一パーセントに低下することになる。

東洋水産株式の額面が五百円から五十円に変更されたのは、前年三十八年一月である。

第一物産の支配下から名実共に独立を勝ち得た三十七年度（三十八年三月期）決算は、累積赤字を解消し、創立以来初めて利益配当（一割）を実施するという記念すべき年になった。

合併損失金の完全補塡《ほてん》に十年はかかるだろうとみられていたのだから快挙というしかない。

売上高は三十億二千四百六十四万四千円と前年度対比で五三パーセントも増加した。

「俺が第一物産との闘いでエネルギーの大半を割かれているときに、生産部門も販売部門も実によく頑張ってくれた。ロインの輸出で業界一位に、メカジキフィーレでは二位という実績をあげたことも特筆される。物産との闘いが逆に社員に大きなインセンティブをもたらしたのかもしれないなあ」

森は、遠藤たちを前にしみじみとした口調で述懐したものだ。

ついでながら第一証券のPR誌『暮しの窓』は当時次のような記事を掲載している。


近年大手水産会社は陸上部門に進出しておりますが、この部門は宣伝費などの販売経費がかさみがちで、あまり利益があげられないようです。

しかし、東洋水産の場合は、森和夫社長をはじめ社員全体が一体となって生産設備の合理化、品質の向上に努め、販売経費の引下げに成功しています。

そのため売上利益率はきわめて高くなっています。たとえば、ハム・ソーセージ部門などは今期前半の九月末日までに五億一千七百万円の売上げに対し二千八百万円の利益をあげ、売上利益率は五・五パーセントに達しています。同業他社の同部門の利益率は一パーセント程度ですから、この点東洋水産がいかに優れているかがわかります。

〝マルちゃん〟ブランドが誕生したのも、昭和三十七年のことだ。

この年の五月、東洋水産はインスタントラーメン〝ハイラーメン〟を発表した。

同社のインスタントラーメン第一号というべき〝マルト即席ラーメン味付〟は前年三十六年四月に発売された。当初ヒットを予感させたが、激しい競争のなかで伸び悩み、撤退を余儀なくされた。

東水興との合併による重圧が経営に重くのしかかっていた時期だけに、この失敗の打撃は、計り知れないものがあった。

インスタントラーメン第一号の失敗は加工食品分野での多角化の途《みち》を阻み、〝マルト〟ブランドの敗退を意味する。それだけではない。ひいては合併による負債克服にも重大な影響を及ぼし、深刻な経営危機を招きかねなかった。

それだけに〝ハイラーメン〟の発売は、背水の陣で行なわれたということができる。

〝ハイラーメン〟はヒットした。大成功と言えるほどの爆発的な売れ行きをみせた。

とくに静岡と新潟ではたちまちトップブランドにのしあがり、問屋からの注文に応じ切れないほどの活況をみせた。

インスタントラーメンを好んで食べるのは子供だから、子供に親しまれるマークを付けなければ販売促進に結びつかないことが身に沁《し》みてわかっていた販売部門は、新しいブランド名を懸命に考えた。

〝マンマル・マルトのマルちゃんが……〟というフレーズは、東洋水産のテレビコマーシャル第一号に使われたものである。当時、即席麵《めん》の販売部門を担当していた遠藤がこれを口ずさんでいて、「〝マルちゃん〟でいこうや。子供っぽくて可愛らしいから受けるんじゃないかなあ」と、なにかの会議で発言したのがきっかけで生まれたブランドである。

昭和三十八年二月に、小田原工場に〝ハイラーメン〟の新鋭機を取り付けた。

ミキサー複合、延べ機、定量切り出しが完全に自動化した新型機械だったが、機械を使いこなすまでがひと苦労であった。

新鋭機が稼働して十日も経たないところで、製品に異臭がある、揚げむらが多い——などの苦情が消費者から相ついで寄せられたのだ。

工場長の江口以下、生産現場は不眠不休で原因の究明に努めた。

油揚げ部分を旧型に取り替えて新旧とりまぜた機械で生産を再開したものの、原因究明までに四十日間も費やすことになる。

江口たちは徹夜作業の連続で、汗と油にまみれ、さながら顔は〝揚げむら〟そのものになった。

生産が軌道に乗り、飛ぶような売れ行きをみせた〝ハイラーメン〟は、〝マルちゃん〟

ブランドの誕生とも相まって上昇気流に乗ることができた。

第一物産との抗争を解決し、〝マルちゃん〟ブランドを誕生させた三十七年度は、東洋水産にとって企業の命運を分け時代を画した年に終わったのである。

第七章　順風満帆

1

森和夫がぶらっと営業部門の四階フロアにやってきた。ジャンパーに折り目のないズボンのラフな服装だが、さすがにゴム長は卒業していた。ゴム長の代わりにズック靴を履いている。

昭和四十年三月上旬の寒い日の夕方だったが、森はドアの前に佇《たたず》んで、窓際の営業部長席へ眼を投げた。

取締役第二営業部長の遠藤秀夫は電話中だったが、森と視線がぶつかったので、受話器を手で覆いながら、起立して声をかけた。

「社長、なにか」

「うん。ちょっとな。じゃああとで」

「すぐ終わります……」

遠藤は電話に戻ったが、三十秒ほどで切り上げた。

森は空いている椅子を遠藤のデスクに寄せて、腰をおろした。

「さっき、物産へ行ってきた。藤山氏が会いたいって電話をかけてきたんだ」

藤山了三は、第一物産食品部の次長である。

「藤山さん、どんな用件だったんですか」

「曙《あけぼの》漁業のハム・ソーセージを〝こけし〟印で売りたいからよろしく、ということだった」

「なんですって」

遠藤は、こっちに集まってくる周囲の視線に気づいて、声量を落とした。

「つまりウチの自社ブランド切り替えを承諾するっていうことですか」

「そうは言ってなかったが、反対し切れなくなったことは事実だろう。物産に話を持ちかけてから一年になるが、やっとゴールが見えてきたことになるわけだ」

森が、第一物産に対してハム・ソーセージを〝こけし〟印ブランドから自社ブランドに切り替えたい、と申し入れたのは前年の三月である。

東洋水産の〝マルちゃん〟ブランドが誕生したのは昭和三十七年五月だが、三十九年までは即席麺《めん》に限って使用されていた。

〝ハイラーメン〟につづいて三十八年八月に発売した〝たぬきそば〟も爆発的な売れ行きをみせ、〝マルちゃん〟ブランドは即席麺で定着したが、即席麺と並ぶ主力加工食品のハム・ソーセージは第一物産の〝こけし〟印ブランドが冠されていた。

森は、当初ブランドの切り替えには慎重だった。

「いつまでも物産の下請けにとどまっているいわれはないと思います。物産の連中は〝こけし〟印を過信してるんですよ。たいしたブランドでもないのに〝こけし〟印のお陰で、ウチのハム・ソーセージが売れてると勘違いしてるんです。ウチの製品が品質的に優れていることとわれわれが地を這《は》うような販売努力をしているからこそ、〝こけし〟印のハム・ソーセージは売れ行きが伸びてるんです。いまや二〇パーセントのシェアを確保し、同業他社が横ばいの中でここ一、二年ウチは年率三〇パーセントも伸びてますが、はっきり言って〝こけし〟印のブランドとは無関係ですよ」

「同じ苦労するんなら自社ブランドで苦労したいですよ。われわれは〝こけし〟印のブランドを強くするために頑張ってるようなものじゃないですか」

遠藤たち営業部門の面々が口々に自社ブランドへの切り替えを主張したとき、森は水をかけたものだ。

「ブランドを切り替えることのリスクも考えなければいかん。〝こけし〟印を他社ブランドとする認識はわれわれ東洋水産の者に限られている。取引先や消費者は〝こけし〟印イコール東洋水産のイメージが植えつけられているんだ」

しかし、物産と訣別《けつべつ》して自社ブランドに切り替えることができたら、どんなに胸がスーッとするかわからない。遠藤たちが言うように、第一物産食品部は〝こけし〟印＝第一物産という発売元のネームバリューこそがハム・ソーセージの売り上げを伸ばしている、と過信していた。

いや、食品部だけではない。経営トップまでが物産あっての東洋水産と思っているふしがあった。

東京水産興業との合併に端を発した株式の譲渡問題で第一物産との抗争が激化している最中に、社長の水野達三と会食したとき、「物産のブランドを外してモノが売れるのかね。それで困らないのか」と訊《き》かれたことがある。物産あっての東洋水産という認識がなければ出ない質問であった。

「なんとかやってゆけると思います」

森はそんなふうに答えたが、あのときの場面を思い出すにつけ、そして三年に及ぶ抗争の日々をふり返るにつけ、森の胸中はふつふつと滾《たぎ》りたってくる。

なにも感情的になる必要はない。ハム・ソーセージの自社ブランドへの切り替えは、社内に大きなインセンティブをもたらすと考えるべきかもしれないのだ。

少なくとも販売部門はやる気になっている。社員のやる気を引き出してこそ経営トップではないか。

森は、熟慮のすえ、自社ブランドへの切り替えを決断した。

森をして決断させた動機づけの一つにハム・ソーセージの品質に絶対の自信を持っていたことがあげられる。
三十七、八年の全国魚肉ソーセージ品評会で東洋水産が二回連続水産庁長官賞を受賞している点にも、このことは裏付けられていると言えよう。

2

森は何度第一物産本社ビルに足を運んだかわからないが、物産側の抵抗は予想どおり相当なものがあった。

年間二千万円の口銭を失うばかりでなく、〝こけし〟印のハム・ソーセージが消滅してしまうのだから、それも当然である。

「〝マルちゃん〟ブランドは、子供相手の即席麵だから通用したんで、ハム・ソーセージは〝こけし〟印じゃなければ絶対に売れませんよ。どこを押したらそんな無謀な考えが出てくるんですか。取引先を惑わせるだけじゃないですか。物産は断固反対します」

当時、第一物産食品部長だった伊原謙二は顔色を変えて言い立てたものだ。

「食品の生命はあくまでも品質です。〝こけし〟印に支えられている面がないとは言いませんが、品質と当社の販売努力によって、ハム・ソーセージは売れ行きを伸ばしていると信じています」

「信じるのは勝手だが、取引先や消費者を裏切るようなことを森さんはよくできますねえ。その結果、取り返しのつかないようなことになったら、どう責任を取るんですか。〝マルちゃん〟ブランドへ切り替えて、また〝こけし〟印に戻すなんてことはできっこありませんよ」

「おっしゃるとおりです。〝マルちゃん〟ブランドが失敗したら、ハム・ソーセージ部門から撤退するのみです。しかし、万々一にもそんなことにはなりませんから、ご心配なく」

そうしたやりとりを何回やったかわからないが、ひとたび言い出したらあとへは引かない森のねばり強さを知っている第一物産食品部は、ひそかに曙漁業に対してアプローチを始めた。

曙漁業は〝あけぼの〟のブランドで魚肉のハム・ソーセージを販売していたが、シェアが伸び悩み、工場の稼働率は低く、このためコスト高で赤字に苦しんでいた。

曙漁業は、北洋サケ・マス漁業の大手だが、ハム・ソーセージでは大苦戦を強いられていたことから第一物産の誘いに乗り気をみせ、交渉が急進展し、三月中旬には覚書を交わすに至った。

第一物産は、曙漁業に対して〝こけし〟印のブランドを与え、ハム・ソーセージの生産を委託する見返りにサケとカニの缶詰の販売権を取得するという内容だ。

電話で呼び出されて、おっとり刀で駆けつけてきた森に、藤山が誇らしげな顔で言い放った。

「森さん、物産は曙漁業に〝こけし〟印のハム・ソーセージをつくらせることにしたけど、おたくはそれでいいんですか。なんなら〝こけし〟印のハム・ソーセージ製造を二本立てでやってもらってもいいんですよ」

森は間髪を入れずに答えた。

「これで、自社ブランドの問題も解決しましたね。曙漁業さんのハム・ソーセージと当社のものとでは品質に差がありますから、同じブランドで販売することは考えられません」

「大きく出たなあ。ほんとうに大丈夫かなあ。老婆心ながら心配ですよ。〝こけし〟印を袖《そで》にしてやっていけるんですかねえ」

「お気を遣っていただいて恐縮です。ありがとうございました」

腰を上げかけた森を藤山は引き止めた。

「ちょっと待ってよ。物産はまだ東洋水産のブランド切り替えをOKしたわけではありませんよ。本日は、曙漁業との業務提携についてお知らせしたかっただけです」

藤山は、勿体《もったい》をつけているが、東洋水産を諦《あきら》めざるを得ないことは明らかであった。


昭和四十年五月十五日を期して、ハム・ソーセージを含めた東洋水産の全加工食品のブランドが〝マルちゃん〟になった。

東洋水産の営業マンは新ブランドのハム・ソーセージのサンプルを小売店一軒一軒に配布して歩いた。ブランドは変わっても品質に変わりのないことを懇切丁寧に説明して納得してもらわなければならない。根気と地道な努力を積み上げていくしかなかった。

ブランド切り替えの結果がどう出るか。ウラ目に出ないという保証はなかった。

森は、固唾《かたず》を呑《の》む思いで、六月の営業報告を待った。

「過去最高の売れ行きです。品質もさることながら営業マンの誠意とヤル気の賜《たまもの》だと思います」

「そうか。みんな危機感を持ってよく頑張ったな」

遠藤から報告を聞いたとき、森はうれしくて涙がこぼれそうになった。

四十年十二月に発売された月刊誌『暮しの手帖』は、魚肉ソーセージのメーカー別量目検査の実施結果を掲載したが、そのなかの一節に森は眼を細めることになる。

〝一流メーカー六社の中で、メーカーによっては七グラムのバラツキがあったが、バラツキの一番少ないのは東洋水産の二グラムである〟とあったからだ。

四十年度は売上高七十三億九千七百三十万円、利益一億二千五百九十万円、配当一割八分の好決算となったが、売上高の伸長率は二七パーセント、このうちハム・ソーセージは四〇パーセントの伸び率で、平均を大きく上回った。

資本金は四十年九月に六千万円増資されて一億八千万円になり、第一物産の持株比率は一五・一パーセントから一二・三パーセントに低下した。

前後するが、東洋水産に代わって〝こけし〟印のブランドを受け継いだハム・ソーセージは四年後に市場から姿を消すことになる。

このニュースに接したとき、森はなにがしかの感慨を覚え、遠藤に言ったものだ。

「商品は、精魂と愛情を込めて生産販売する気持ちがあってこそ育つんだな。ブランドが有名だからといってそれだけでお客さんがついてくるなどと考えるのは、思い上がり以外のなにものでもないんだ」

「物産の連中に聞かせてやりたいですね。いわば社長の好きな誠意とヤル気ってことでしょう」

爾来《じらい》〝誠意〟と〝ヤル気〟は東洋水産の社是になった。

3

負債総額四百八十億円で戦後最大といわれた山陽特殊鋼の倒産（三月）、山一証券に対する日銀特融（五月）などに象徴される〝四十年不況〟時に、東洋水産は業績を伸ばし業容を拡大する幸運に恵まれたが、天王洲《てんのうず》の冷蔵庫用土地の取得と冷蔵庫の建設は、乾坤一擲《けんこんいってき》の経営決断を要した。

天王洲は品川区だが、港南の本社から徒歩五分足らずの至近距離にあり、二千坪をまとめて買収できるというだけに、森は食指が動いた。

三十九年の秋ごろ、森に芝浦海苔《のり》組合が所有している土地二千坪が売りに出ている、と情報を教えてくれたのは地元の不動産業者である。

海苔の干し場になっていた土地だが、森は下見したあと、すぐ組合代表者の高木孝太郎に会った。

何回か会って茶飲み話をしているうちに気持ちがほぐれ、高木から「いろいろ引き合いはきているが、どうせなら森さんに買ってもらいたい」と言われるほどに親密度が増した。「僕は魚屋の倅《せがれ》なんです」と言って憚《はばか》らない森の飾らない人柄が気に入られたのだろう。

最終的に坪十万円で二億円の買収価格が提示され、森はこの件を役員会に諮《はか》った。

「冷蔵庫を増設するタイミングでもないし、土地だけ買っても、金利負担を考えると気がすすみませんねえ」

「遠藤、これだけまとまった土地はもう出てこないかもしれんぞ」

「それにしても二千坪は大き過ぎますよ。半分の千坪でいいんじゃないですか」

「二千坪まとまってるから資産価値があるんだよ」

正面切って反対した役員は遠藤ぐらいだが、ほとんどの者が懐疑的であった。

しかし、四十年二月に天王洲の土地は取得され、問題は冷蔵庫を建設するタイミングをどうとらえるかに焦点がしぼられてきた。

冷蔵庫事業は、昭和三十七年頃から輸入貨物の増加などによって好況を呈したため、各社が競って新増設を実施した結果、四十年ごろから一転して庫腹が過剰気味になった。そのうえ不況で荷動きが鈍化したため、冷蔵庫業者は保管貨物の奪い合いを演じ、荷引きのための値下げ競争に明け暮れていた。

既設の冷蔵庫が低稼働率で四苦八苦している最中に、新冷蔵庫の用地を買収し、建設にかかるなんて気が知れない、というのが業界の一般的な見方であった。

無謀と映るのは当然と思えるほど環境は悪かったが、森は役員会を説得した。

「無謀という見方が諸君の中にも、業界の中にもあることは承知しているが、それはきわめて近視眼的な見方に過ぎません。現在の不況は、循環的なもので日本経済の高度成長の基調はなんら変わっていない。大量生産、大量消費の時代を迎え、大消費地の冷蔵庫は庫腹が五千トン以上でなければ経営的に成り立たないと言われるようになってきています。当社も品川冷蔵庫だけではジリ貧状態でやがて業界から取り残されてしまうでしょう。冷蔵庫という事業の柱を太くしておく必要があると、わたしはかねがね考えていました。だとすれば、金融が緩んで、資金繰りが楽になっているいまこそ冷蔵庫を建設するチャンスではないのか、設備投資の停滞で建設費が割安ということも利点の一つでしょう。もちろん、完成後の採算を考慮するのは当然です。そのためには荷役、冷却の効率を高め、仮に保管料を二分の一にしても引き合うようなものをつくらなければならないと思っています」

四十年十月に第一期五千トンの天王洲冷蔵庫の建設方針を決定した役員会で、反対論は出なかった。

資金調達計画の稟議書《りんぎしょ》が関係役員に回されているとき、常務に昇格していた遠藤が、取締役経理部長の杉江勇に稟議書に判をついたあとで溜《た》め息《いき》まじりにぼやいた。

「大将がどうしてもやるっていうものを反対するわけにもいかんが、これで東洋水産も終わりだな」

杉江は聞き咎《とが》めた。

「これで東洋水産も終わりだ、なんて穏やかではありませんねえ。どうして役員会で反対しなかったんですか」

「社長がすっかりその気になってるんだから反対したって始まらんよ」

「そういう考え方はおかしくありませんか」

「杉江さんは賛成ですか」

「ええ。わたしは、社長の説明を聞いて、なるほどって思いましたが」

「ふうーん。森田も江口も、口には出さないけど、反対なんじゃないかな。この時期にバカでかい冷蔵庫を建設するなんて論外だよ」

杉江は、豆陽中学で森のクラスメートである。中央大学の法科を出て、農林中金に就職したが、森からスカウトされた。三十九年五月に東洋水産の取締役に就任、経理部長を委嘱されている。

敬虔《けいけん》なクリスチャンで、真面目な人柄だけに、遠藤の態度は気になった。

森にご注進に及ぶというよりも、遠藤ほどの男があれだけ言うのだから冷蔵庫建設計画について心配にならないほうがおかしい。

杉江は、遠藤とのやりとりを森に話した。

「なんだ遠藤のやつ、そんなこと言ってるのか」

「もう一度、計画を見直す必要はありませんかねえ」

「ないだろう。ま、俺も一〇〇パーセント自信があるわけではない。不安がないと言えば嘘になるが、八〇パーセントぐらいの自信はある。リスクが二〇パーセントなら、リスクに挑戦する価値はあるんじゃないのか。俺の判断を信じて従《つ》いてきてもらいたいなあ」

「わかりました」

「ところで産銀のほうは大丈夫か」

「ええ。産銀の中小工業部は基本的に問題はないと言ってくれてます。農林中金の口添えもありますから、産銀の融資については心配ないと思います」

冷蔵庫の建設費は約三億円だが、この相当部分を日本産業銀行の融資に期待し、杉江が産銀の中小工業部と接触中であった。

結局、東洋水産は産銀の長期融資が得られ、四十一年一月早々に冷蔵庫建設に着手することになる。

不況期で、建設業者の手がすいていたこともあって、工期は六カ月に短縮され、七月十五日には完成に漕《こ》ぎつけた。

着工時と完工時では、冷蔵庫業界を取り巻く環境が激変し、完成直前から貨物の寄託申し込みが殺到した。

僥倖《ぎょうこう》としか言いようがないさまがわりである。

庫内が冷え切らぬうちに待ちかねたように夜を徹して大量の貨物が入庫されてゆく光景を誰が予想したろうか。

八月十日に新冷蔵庫が関係者に披露され、完成レセプションが行なわれたが、満庫のレセプションは過去に例がなかった。

天王洲の大型冷蔵庫は、三階建てで荷役の合理化、迅速化に新機軸をこらし、建物は低層建築を用いた。

冷蔵庫正面前の道路から直接二階にも通じる車の搬入路が設けられ、一階、二階を並行して荷役が可能であること、冷蔵庫裏の水路を利用して艀《はしけ》から貨物を直接搬入することができ、しかも一階の冷蔵室はマイナス三十度以下の低温を維持し船凍マグロ等の保管を可能にしたことなど、陸海両面から一度に何口もの複数作業が行なえるように工夫された画期的な冷蔵庫であった。

レセプションの席上、ついきのうまで「無謀」「暴挙」と口をきわめて批判していた業界の人たちは、「森さんの先見性には脱帽する。東洋水産は恐るべき会社だ」と讃辞《さんじ》と羨《せん》望《ぼう》のないまざった言葉を森に寄せた。

「ツイていただけです」

森は謙遜《けんそん》したが、これほど当たるとは思わなかったにしても内心期するところがあったので、会社経営について自信を深めたことはたしかである。

レセプションで、森がビールを遠藤のグラスに注ぎながら、冷やかし半分に言った。

「おまえ、これで東洋水産も終わりだって言ったらしいなあ」

「そんなこと言いましたっけ」

「杉江から聞いたよ」

遠藤は首をすくめた。

「俺はイチかバチかの大博打《おおばくち》を打ったつもりはないぞ。こんなにうまくいくとは思わなかったが、成算はあったんだ」

「とにかく社長はツイてますよ。ツキの有無が経営トップの一番の要素なんでしょうねえ。ツイてるトップを戴《いただ》いて、われわれは幸せですよ」

遠藤は冗談めかして返したが、本音でもあった。

4

昭和四十一年は、天王洲の冷蔵庫建設を含めて、東洋水産が企業基盤を強化し、一大躍進を遂げた年だが、森和夫にとって忘れられない事件は、経営危機に陥っていた田子製氷の再建に乗り出したことである。

従兄《いとこ》の鈴木治之助を通じて、田子製氷株式会社の経営危機を伝えられたのは、この年の初夏のころである。

田子製氷は、森の故郷、西伊豆の田子に、厳父の森和平が日の本冷蔵の資本参加を得て大正八年十一月に設立した冷蔵会社だが、和平の没後、長兄の重衛が代表取締役に就任し、経営を引き継いだ。

和平の経営手腕によって高収益会社として静岡県下でも聞こえていたが、放漫経営で業績不振が表面化し、倒産の危機に見舞われていた。

鈴木治之助は、東洋水産の株式五万三千株を所有する株主の一人であり、公私共に森を支援しつづけてきた男だが、重衛の依頼を受けて、森に救済を求めてきたのである。

東洋水産の社長室で、鈴木の話を聞き終えて森は深い吐息をついた。

「田子製氷がそんなひどい状態になっているなんて夢にも思わなかった」

「和夫さんに助けを求めるくらいだから、よくよくのことなんだよ」

「それにしても何故、僕に直接言ってこなかったんですかねえ」

「重衛さんの気持ちもわかるなあ。面と向かって和夫さんに頼むのも気が引けたんだろう。長兄の面子《メンツ》もあるしねえ」

「会社が潰《つぶ》れるかどうかっていうときに、面子もくそもないでしょう」

森は、腹立たしかった。

明治二十八年十二月生まれの重衛は、末っ子の森より二十一も年長で、七十一歳になる。末弟に頭を下げたくないんなら、最後まで意地を通せばいいではないか。

しかし、鈴木を介してであれ、話してもらえてよかった、と森は思い直した。厳父が育てた会社を潰さずに済むかもしれないと考えればめっけものではないか。

「兄に会いましょう」

森はぽつっと返した。

森は、日を置かずに田子へ出向き、重衛に会って会社の経営内容を詳細に聞き出した。

「僕個人としては田子製氷を再建できるものなら再建したいと思います。親父が手塩にかけて育てた会社をこのまま潰してしまうのは忍びないですから」

「なんとかお願いできないか」

重衛は苦渋に満ちた表情で、頭を垂れた。

「打つ手はいくらでもあったでしょうに。漁船向けの製氷業が、冷凍技術の発展で立ちゆかなくなったことはわかります。しかし、環境の変化に対応してこそ、経営者じゃないんですか」

「おまえの言うとおりだ。わたしは無能な経営者だった」

「役員会に諮《はか》らなければなりませんが、仮に東洋水産が再建に乗り出すとして、あなたには退任してもらうことになりますが」

「もちろんだ。わたしが責任を取るのは当然だよ」

田子製氷は、四十一年八月に五百万円の資本金を一千五百万円に増資、東洋水産は全体の五五パーセントの株式を取得し、再建に取り組むことになった。森は、直ちに従来の製氷、冷蔵、冷凍業に加えて、冷凍食品の生産を加えるなど事業を多角化することによって経営を軌道に乗せることに成功し、翌年から田子製氷は黒字経営に転じた。

5

昭和四十一年九月に、東洋水産は一億二千万円増資し、資本金は三億円になった。三対一の株主割当(発行価格五十円)と百二十万株の第三者割当による増資だが、この段階で東京、大阪、名古屋の三証券取引所第二部に同時上場するための最低条件(資本金三億円以上)をクリアし、資本金の面では上場資格が得られたことになる。

昭和四十二年三月時点における東洋水産の上位株主は東洋倉庫二六・六四パーセント、森和夫一〇・八五パーセント、第一物産七・三九パーセント、田子製氷六・六七パーセントなどで、第一物産が一二・三パーセントから大きくシェアを下げたことが目立つ。

第三者割当は、いわば第一物産の持株比率を相対的に引き下げることを狙って行なわれたとみてよかろう。ちなみに東洋倉庫も、田子製氷同様、東洋水産の子会社である。

昭和四十一年度の東洋水産の業績は、売上高九十億円(対前年度比二二パーセント増)、利益一億五千二十万円(同一九パーセント増)、配当一割八分(据置)であったが、快進撃をつづける東洋水産に対して、各証券会社から株式上場の働きかけが活発に行なわれるようになるのは、四十一年秋ごろからで、社内のムードも上場に向けて醸成されてゆく。

四十二年度の業績は売上高九十八億七千二百六十万円(対前年度比一〇パーセント増)、利益一億五千八百六十万円(同五パーセント増)、配当一割八分(据置)と売上高は百億円の大台にあと一歩のところまで迫るが、四十三年の年明け早々に、森は上場を睨《にら》んで、安定株主工作へのアプローチを開始した。

東洋水産の株主構成をみると、グループ企業、役員、従業員などの身内にかたよっているが、安定株主を社外に求めるとすれば取引先の銀行および保険会社などの金融機関が無難ということになってくる。

森は、遠藤、杉江と意見を調整したうえで銀行、保険会社の意向を打診してみた。

その結果、当時は非上場の株式を金融機関に保有させることは必ずしも容易ではなく、婉曲《えんきょく》に断るところも少なくなかった。

「日本産業銀行を当たってみたらどうでしょうか」

杉江に言われたとき、森はかぶりを振った。

「いや。産銀がウチあたりの株を持ってくれるとは考えられんな。鉄鋼や電力などの基幹産業ならいざ知らず、中小企業のウチなんか相手にしてくれんよ」

「産銀から融資を受けたときも社長は、同じようなことを言ってましたけど、産銀はちゃんと融資に応じてくれたじゃないですか」

「しかし、融資は担保能力があったからこそ応じてもらえたが、出資となるとそう簡単じゃないぞ。現にどこもOKしてくれないじゃないか。しかも産銀は都市銀行以上にプライドが高い。中小企業に毛の生えた程度の東洋水産を相手にしてくれるわけがないよ」

「わたしは、産銀が出資してくれる可能性はあると思います。産銀は中小企業を育成することに理解があると聞いてますけど」

「きみがそこまで言うんなら、ダメモトで一度当たってみようか。当社は従業員も千人を超えてるので中小企業の域を出てるとも言えるし、三十七年以降一割以上の配当を堅持してるんだから、そう卑屈になることもないかな」

森は微笑を浮かべて返したものの、あまり気はすすまなかった。

ともかく、当たるだけは当たってみるが、産銀の態度がけんもほろろだったらそれまでである。

森は、二月上旬のある日、日本産業銀行本店に有川光雄中小工業部次長を訪問した。

当時、産銀本店は、丸の内の新本店ビルを建設するため、東京駅南口の仮店舗にあった。

森が恐る恐る切り出してみると、「前向きに検討させていただきましょう」と、思ってもみない有川の返事であった。

「額面に対して、どの程度評価すべきなのか、産銀なりの査定方式がありますから、過去の業績、今後の収益見通しなどについて資料を出していただけますか。事務的な連絡は経理部長さんにでもお願いしましょうか」

「よろしくお願いします」

森は、話がうま過ぎるような気がした。

天下の産銀に株主になってもらえるなど夢にも思わなかったことが、かなえられる可能性が出てきたのである。

杉江が何度か産銀に足を運んで打ち合わせを行ない、二月下旬には、産銀から回答がもたらされた。

一株百三十円で十万株保有する、という結論であった。

森は、まさに欣喜雀躍《きんきじやくやく》する思いであった。

産銀が株式を保有してくれたことの波及効果は、森の予想をはるかに超えていた。

二の足を踏んでいた五井銀行、栄光生命、東都火災海上などが次々に株式の保有に応じると言い出したのである。

「産銀が百三十円と評価し、しかも株主になるっていうことなら、ウチもぜひ持たしてもらいましょう」

「産銀に折り紙をつけられたんなら問題はありません」

五井銀行などの担当者は口々にそんなせりふを吐いて、森を驚かせた。

四十三年三月に、東洋倉庫などの保有株から、産銀、五井銀行、栄光生命に各十万株、東都火災海上に七万株が譲渡され、東洋水産の安定株主工作は急進展し、この年十一月、五億円への増資が実施されたのを機に上場準備室が設置された。

第八章　株式上場

1

東洋水産がアラスカに進出したのは、昭和四十一年七月のことだった。

森和夫にアラスカのスジコ事業を手がけてみないか、と熱心にすすめたのは、野田貿易食品部長の平岩大介である。

野田貿易は取引先の一つだが、平岩は晩春の某日、森を訪ねてきて、この話を持ち出した。

「森社長は海外事業に関心はないようですが、国内にとどまっていたんでは時代に取り残されてしまいますよ」

「海外事業に関心がないなんてことはありませんよ。海外ですぐに利益が出るような事業がおいそれとみつかるとは思ってませんが、大いに関心はあります。少なくとも社員に国際感覚を身につけさせたいとは考えてます。現に幹部社員を欧米、東南アジア、アフリカなどへ派遣して、研修させてるんですよ。国際化が時代の要請だという認識は、いくら魚屋のわたしにもありますよ」

森は、冗談めかして言い返したが、平岩のもの言いに反発する気持ちもあって、少しむきになっているようだと自分でも意識した。

「社長がそういう考えなら話は早いですよ。どうです。アラスカで仕事をやる気はありませんか」

「アラスカっていうとスジコですね」

「そうです。さすがいい勘してますねえ」

「太陽漁業や曙漁業などすでに九社もアラスカのスジコ事業に進出してますからねえ。ウチあたりの中小企業が新規参入できる余地があるんでしょうか」

森は考える顔になった。

アラスカは水産業が盛んである。サケの缶詰生産がその主力だが、欧米人はスジコの食習慣がないので、缶詰製造の過程で廃棄処理されていた。

これに眼をつけた日本の水産業者が昭和三十七年ごろから競って現地に進出したのである。すでに過当競争下にあるのではないか、と考えて、森が二の足を踏むのももっともだった。

「なんせアラスカは広いですからねえ。まだまだ参入の余地はありますよ。問題はリスクの度合いですが、ひとつ本腰を入れて検討してみませんか。たいしたリスクはないと思います」

「いったい、どのくらい損すると考えたらいいんですか」

「まあ、一千万円ってとこですかね。でも二年目から利益が出ますよ」

「そんなにうまくいくんですかねえ」

森は思案顔でつづけた。

「どっちにしても一千万円なら、丸損でもたいしたことはありませんね。授業料と考えれば安いもんですよ」

「そう言っていただければ気が楽です。さっそく現地の缶詰業者と折衝していいですか」

「一応役員会で相談してみないと……」

「なに言ってるんですか。社長がその気なら問題はないでしょう」

平岩はにやりと表情を崩した。

「それで、現地との折衝は野田貿易さんにおまかせするとして、ウチはなにをすればいいんですか」

「腕のいい技術者を集めることです」

「ウチはスジコの生産を手がけたことはないから、技術者がいません。技術者を集めるのがひと苦労ですねえ」

「なんとでもなりますよ。森さんは社員を大事にする人ですから」

真顔でそんなふうに言われるとおもはゆい。

「ウチの連中には人使いの荒いやつだって思われてますよ」

森は苦笑した。しかし、社員を粗末に扱ったつもりはない。社員を大事にすることにおいては人後に落ちない自信はあった。

森がアラスカ進出計画を役員会に諮《はか》ったところ、首をかしげる者が多かった。

「アラスカは遠過ぎますよ」

「アラスカでスジコ事業をやってるのは大手ばかりでしょう。タイミング的にも遅いんじゃないですか」

反対論は予想されたことだが、森はやる気だった。

「平岩さんの話では、まるまる損しても一千万円で済むということだった。将来に備えて海外勤務の経験を積むいいチャンスじゃないか。労多くしてたいした儲《もう》けにはならんかもしれない。それどころか、一千万円捨てることになるかもしれないが、好むと好まざるとにかかわらず海外志向を強めていかざるを得ないとすれば、アラスカでトレーニングするのも悪くないぞ。いろいろ意見はあるだろうが、わたしはアラスカのスジコ事業に取り組みたいと思うんだ。森田どうかねえ」

「いいでしょう」

森田はむすっとした顔で答えた。

「気のない返事だなあ」

森は笑いながら言って、一同を見回した。内心社長の道楽が始まったと思っている者がいないとも限らないが、正面切って反対する者はいなかった。

アラスカのスジコ事業は、現地の缶詰加工業者と技術提携、業務提携することによって成り立つ。すなわち日本企業が現地で技術指導して塩蔵加工したスジコを商社を通じて日本へ輸入するのである。技術指導して現地工場の生産に協力する見返りにスジコの加工製品を独占的に購入するわけだ。

東洋水産は四月下旬の役員会でアラスカ進出計画を正式に決定した。

役員会が終わり雑談になったところで森が言った。

「同業他社は生産性の向上に重点を置くあまり熟練の技術者を多数現地に派遣してるようだが、ウチはちょっとやり方を変えようと思うんだ」

「どう変えるんですか」

「技術者は必要最小限にしぼるんだよ」

森は、呆気《あっけ》にとられている森田にやわらかな眼差《まなざ》しを返しながらつづけた。

「ウチは社員教育が最大の目的なんだ。その結果、利益が出ればこんなありがたいことはないが、そんなにうまくはいかんだろう。前にも言ったが、俺は将来の海外事業に備えて、アラスカで勉強できればいいと思っている。だから社員を主体としたチームを編成したいんだよ」

それでも、井上靖喜、高木清二らベテランの技術者をスカウトして、十五人のチームが七月上旬に羽田を発《た》ちアラスカへ向かった。

井上は五十三歳。海軍兵曹長から大手水産会社に転じた変わりダネだが、若い作業員を五人連れて東洋水産に転職してきた。その水産会社が経営不振で人員の縮小を余儀なくされたときに希望退職に応じたのである。

高木は、森の父方の従兄《いとこ》で、森より四つ齢上《としうえ》だが、ちょうど別の大手水産会社の定年退職にぶつかり、森の誘いに二つ返事で応じた。

井上も高木もスジコの関係では熟練の技術者である。ほかに若い技術者が五人。十五人のうち八人は、東洋水産の生え抜きだが、いずれも心身共に健康で屈強な若い社員であった。

2

森は、チームが離日したひと月後に、野田貿易の高月好英のアテンドでアラスカ入りした。

いわば陣中見舞いと視察をかねて現地に乗り込んだのである。

めざすナクネックまでアンカレッジからアメリカ国内航空のプロペラ機で二時間足らずだ。

ナクネックはアラスカ半島の付け根に位置し、ブリストル湾に面した漁村である。

六月から九月までの夏場のシーズンには、出稼ぎの季節労働者で人口は通常の十倍ほどに膨らむが、いつもは百人足らずの寒村だ。

缶詰工場宿舎の一角に井上たちは寝泊りしながら、現地の労働者を指導して、スジコづくりに励んでいた。シアトルあたりからアルバイトに来ている白人の学生やら、北欧系あり、中国系あり、そしてエスキモー、インディアン系などの人々まで、種々雑多な労働者を相手に身ぶり手ぶりで塩蔵加工を教え込むのだから、苦労のほどは察して余りある。

森は、黙って見物していられるほうではない。見ていられなくなって、ラインに入って作業に加わる。いちどラインに入ると、抜けるに抜けられず、数時間も立ち詰めの作業に耐えなければならない。塩水を使う作業のきつさは相当なものだ。ほんとうは割り切って抜け出せばいいのだろうが、そのぶんラインの労働者に負担がかかると思うと、そんな気になれないのだ。作業に参加したお陰で、森はえらい目に遭った。風邪をひいたのだ。

日中は、けっこう気温が高いので、全身汗みずくになる。夜は気温が急降下するので汗をかいたぶん躰《からだ》が冷え切ってしまうのだ。

発熱するほどではなかったから、翌日も、やめようと思いながらやっぱりラインに入ってしまった。

もっとも若いやつに負けられぬ、という気持ちもないではない。

「こんなところで病気で寝込まれたら大変ですからやめてください」

「年寄り扱いするな。僕は井上さんや高木さんより若いんだよ。きみらとは鍛え方が違う。まだまだ負けんよ」

夕食のとき若い者に注意されて、見得《みえ》を切った手前もある。

しかし、三日つづけて、さすがの森も音《ね》を上げた。

こむらがえりを起こすほど疲労困憊《こんぱい》の極に達し、どうにも立っていられなくなったのだ。

だが、作業員が覚え込むまで、つきっきりで指導に当たる技術者の苦労を思えば、弱音を吐くわけにはいかなかった。

技術者たちは一週間連続で、毎日の睡眠時間はわずか三時間という過酷な労働条件を強いられるときもあった。

「カネもいらん。なんにもいらない。欲しいのは睡眠だけだ。ただ眠りたい」

そんな悲鳴が森の耳にも聞こえてきたことがある。

ナクネックのほか、オーゼンヤ、クラワークでもスジコ生産に従事した関係で、チームは五人ずつ三班に分かれたが、森はナクネックで引き返したりせず、三カ所すべてを見て回った。

森がアラスカでいちばん驚いたことは、エスキモーの顔があまりにも日本人のそれに近いことだ。

つい日本語で話しかけたくなるほどで、実際「おい、頑張ってるな」などと声をかけてしまい、きょとんとした顔をされて、バツの悪い思いをしたこともある。

森の率先垂範が功を奏したわけでもあるまいが、アラスカのスジコ事業は初年度から黒字という予想外の結果をもたらした。

初年度の生産量は六十八トンにとどまったが、年々作業能率も向上し、四年目の四十四年には三百四十八トンの生産量に達した。収益性も高く、四十四年は二億円の粗利益を上げるまで業績を伸ばした。

海外事業と言えば、沖縄への冷凍魚輸出もその一つと言える。

沖縄は、昭和四十七年五月十五日に日本に返還されるまで米国の統治下にあり、通貨はドルで、日本人の出入国にはパスポート、ビザが必要であった。

沖縄への冷凍魚輸出は、東洋水産を以《もっ》て嚆矢《こうし》とする。

大小六十の島から成る沖縄は、周囲を海に囲まれているので水産業が盛んと思われがちだが、事実はまったくその逆である。

近海は珊瑚礁《さんごしょう》のため海水はきれいだが、潮の関係で多獲性の魚類は生息していなかった。

森たちは、そこに目をつけたのである。

まず現地の合資会社Ⓚ冷凍と取引を始めた。東洋水産は生産者兼貿易商社としてドル立てでサバ、イカ、サンマなどの大衆魚を輸出、四十四年には冷凍運搬船をチャーターして、釧路《くしろ》、八戸《はちのへ》、大船渡《おおふなと》からも沖縄へ直送することによって運賃コストの軽減を図った。それまでは東京近辺に集荷してから沖縄へ輸出していたのである。

大衆冷凍魚の対沖縄輸出で、東洋水産は他社を圧し、シェアは六〇パーセント、取引高は年間三千九百トン、五億三千万円にまで伸ばした。

さらに、沖縄のマグロ漁船が漁獲物を本土へ持ち込み輸出していることに着目、他社に先がけて冷凍マグロを一括して年間輸入する契約を結んだのも東洋水産である。

アラスカ、沖縄の海外事業も業績に寄与し、東洋水産の四十四事業年度の売上高は百六十億六千七百七十万円、利益は二億五千百万円、配当も一割五分を維持した。対前年比で売上高は三五パーセント、利益は三七パーセントの伸長率である。

ちなみに売上高が百億円の大台を突破したのは四十三事業年度（百十八億九千万円）であった。

3

株式上場へのアプローチは四十三年から本格的に始まり、上場準備室長の斎田成は、部下の松本保之と二人で証券取引所へ日参することになる。

斎田は、昭和四十一年七月に五十三歳で東洋水産の嘱託に迎えられた。

三十八歳で日産汽船の経理部長になったが、海運業界の再編成後、丸五証券に転じ、丸五証券系列の丸協食品の社長になった。丸協食品は甲府でビーフンを生産したが、経営難に陥り、丸五証券から再建を求められた東洋水産は、同社を買収、その後〝甲府東洋〟に社名変更された。

森は、斎田に初めて会った日のことを印象深く憶《おぼ》えている。

「丸五証券の社長に頼まれたので、斎田さんには嘱託でお願いしますが、当社に馴染《なじ》まなければ三カ月の試用期間で辞めていただくこともあり得るので、その点は含んでおいてください」

「ああそうですか。逆にわたしのほうから一ヵ月で辞めることもあるかもしれませんよ」

斎田はきっとした顔で言い返してきた。

森は向こう気の強い斎田に手応《てごた》えを感じた。

森は、斎田に一年間、子会社の東洋倉庫を担当させたあと、本社に呼び戻し経理部課長に起用した。

経理規定を作成したのは斎田である。

計数に明るく、東洋水産の組織化、体制固めに斎田は力量を発揮、四十三年十一月には上場準備室長になり、四十四年五月の総会で取締役に選任され、上場準備室長はそのまま委嘱された。

三ヵ月前の四十三年八月に東洋水産健康保険組合が設立された。従業員一千人以上の法人で、公租公課を完全に納入していること、事業経営上法令違反がないこと、治療費の組合負担率が政府管掌の国民健康保険の水準を上回ること——など厳しい条件をクリアした結果である。

いわば健康保険組合の設立は、社会的に一定の評価が得られたことを意味する。

この時点で東洋水産の従業員は一千二百三十五人だが、森はつねづね「社員の健康の維持、増進のためにも早く健保組合を設立したい」と願っていただけに、厚生大臣から認可が得られたときはうれしかった。

「地方に転勤する社員に、住宅で苦労をかけるようなことはしたくない」

これも森の口ぐせだったが、東京から遠距離の工場や出張所ほど社宅の整備を急ぎ、三十九年十月に札幌市手稲《ていね》にラーメン工場を建設したのを機に、琴似《ことに》と梅園に社宅を建設した。

山中湖畔に保養寮〝山中湖寮〟が完成したのもこの年の暮れである。八畳二間、六畳三間の小ぢんまりした寮だったが、フルシーズン利用者でにぎわった。

四十一年六月には財団法人中小企業レクリエーションセンターが建設した会員制の総合レジャー施設〝富士箱根ランド〟の会員になった。

森が上場準備室開設直後に、冗談ともなく斎田に言ったことがある。

「当社は社員の福利厚生には相応の努力をしているし、厚生大臣が健保組合の設立を認可してくれたぐらいですから、大蔵大臣も株式の上場を認可してくれるんじゃないでしょうか」

「おっしゃるとおり健保組合の設立はアピールすると思います。なんとか四十四年末には上場に漕《こ》ぎつけるように頑張りますよ」

「斎田さんにまかせておけば安心です」

「わたしも初めての経験ですから、さっぱり勝手がわかりません。試行錯誤を繰り返すでしょうが、まだ一年ありますから、なんとかなると思います」

東京証券取引所引受審査部との接触も、当初はまるで禅問答のようなことから始めなければならない。

創業期の企業は生産、販売に追われて、とかく資料の整理がおろそかになりがちである。東洋水産もその例外ではなかった。

ともあれ、東洋水産は四十四年中にも株式を東証二部に上場する計画で、大蔵省および東京証券取引所に申請し、取引所引受審査部との折衝をすすめた。

過去三年間の利益、利益率が基準に合致しているのは当然だが、経理のデータに加えて管理組織が万全かどうか、企業の将来性はどうかなど審査部の審査は厳しく、書類の作成だけでも上場準備室の仕事量は膨大なものになった。もちろん経理部、総務部がバックアップするが、取引所の若い担当者は重箱のスミを突っつくように瑣事《さじ》瑣末なことまで指摘してくる。

子会社、田子製氷を再建する際、法定準備金の取り崩しを総会に諮《はか》っていない手続き上のミスを突かれたこともその一つである。

子会社との決算期の整合なども指摘された。八社存在する子会社を東洋水産に合同すべきではないか、と内政干渉まがいのことも言ってくる。

地域社会との結びつきを考え、地元に根をおろし地場産業として発展していく必要がある——などいちいち文書で回答しなければならない。

離職率の高さを問題視されたとき、斎田は懸命に反論した。

「一〇パーセント台の数字は、パートタイマーのアルバイトを含めたもので、同業他社と比べて当社は定着率の高さを誇っています。内容をよく見てください」

企業の将来性について議論しているときに審査部の担当者から「冷蔵庫の庫腹が三万トンを切ってるようでは話になりませんね」と言われたことがある。斎田は反論できなかった。

森は、斎田からその話を聞いたとき血相を変えた。

「そんなことはない。たしかにウチの庫腹量は二万八千トンで三万トンを切っているが、決して小さくはない。業界三位で、大手で立派に通ってるんです。その場できちっと、なぜ切り返さなかったんですか」

「申し訳ありません。わたしの勉強不足です」

斎田は頭を下げるしかなかった。

森が社内の反対を押し切って、天王洲の冷蔵庫建設を推進した事情を知っていれば、対応のしようもあったろう。言われっ放しで取引所から帰ってくることはなかった。

森は、取引所の係長クラスから社長面接で呼び出されたことがある。

「水産会社が上場されるなんて何年ぶりですかねえ。旧《ふる》い産業で低成長産業というイメージがありますが、社名をカタ仮名に変えるとか、変更するつもりはありませんか」

「当社は決して水産会社ではありません。総合食品メーカーを志向し、現に即席麵《めん》、ハム・ソーセージ、缶詰などを幅広く手がけております。しかし、東洋水産の社名にいろいろな思いがありますので、社名を変更するつもりはありません」

「冷凍食品の先行きについてどう考えてますか」

「冷蔵庫の能力は業界三位で、大手であることを自負しておりますので、冷凍食品については大いに関心を持ってますが、まだはっきりした見通しを持っているわけではありません」

森は気負わずにたんたんと答えたが、それがいけなかったらしく、あとで「東洋水産の社長はビジョンがなさ過ぎる。しょせん中小企業の親父で、上場なんて背伸びしても始まらないのではないか」という意味のことをくだんの係長に言われて、斎田はそれこそ眦《まなじり》を決して審査部の次長と課長に直訴した。

「当社の社長はどこかの社長のようにハッタリをかましたりしません。けれんみのない人で、誠実で正直な人です。社名に水産がついているから、あるいは冷凍食品の将来性について大きなことを言わなかったからといって、どうしてビジョンがないなんて言えるんですか。当社の上場志向に疑問があるようなことを言われるなんて心外です」

斎田の勢いに、取引所の担当者はたじたじとなった。

株式上場は四十五年以降にずれ込むことになったが、申請を取り下げて再申請するように取引所から要求されたとき、斎田は継続審議を主張してやまなかった。再申請となれば、一からやり直しで、またすべったのころんだのとムダなエネルギーを使わなければならない――。

取引所側が折れて、東洋水産の東証二部上場案件は継続案件扱いとなった。

4

昭和四十五年六月下旬の某日、森がいつものとおり朝七時半に出勤すると、斎田が社長室の前で待っていた。

その日は定例役員会の日だったが、斎田は役員会の前に森と意見調整しておきたいことがあったのである。

役員会は朝八時から始まるが、役員会があろうとなかろうと、社長の森が早朝出勤を励行しているので、全役員が八時までには出勤する。これは役員に限らない。少なくとも管理職で、八時以降に出勤する者は一人もいなかった。

どうしても社長をつかまえたかったら、七時半に出社すればなんとでもなる。

「主幹事の件ですが、社長は村野証券じゃなければいけませんか」

「村野証券の力は強いからねえ。とくに拘泥《こうでい》してるわけではないけど、やっぱり村野証券が無難かなと思ってるが、異論がありますか」

「当社が業界トップで隆々と栄えている企業ならわたしも村野証券でよろしいと思いますが、おとなしく地道に行こうと考えるんでしたら興日証券のほうがベターじゃないかと思います。興日証券は地味な感じはしますが、誠心誠意やってくれるような気がするんです」

「いいでしょう。斎田さんがそう思うんなら、興日証券でいきましょう」

森があんまりあっさり答えたので、斎田は拍子抜けした。むろん、それだけ自分を信頼してくれていると思うと、悪い気はしない。

「村野証券は、日華食品の主幹事だから、僕もちょっと気持ちがひっかかってたんです」

「そう言えば、日華食品の主幹事は村野証券でしたねえ」

日華食品は、関西系の即席麵会社で、東洋水産のライバルだが、同社は昭和三十八年に上場していた。

「それから、副幹事のなかに三水証券を加えるかどうかいかが致しましょう」

「そんな大きなシェアを与える必要はないでしょうが、入れといたらどうですか」

斎田がわずかに首をかしげてから、言った。

「実は、きのう小森社長と大野副社長がわたしを訪ねてきました」

「毎日、証券会社に押しかけられて、斎田さんも楽じゃないですねえ」

「まったく参ってます。仕事になりません」

「三水証券の大野副社長は日本産業銀行のOBじゃなかったかねえ」

「そのとおりです。よくご存じですねえ」

森は、一度憶《おぼ》えた人の名前を忘れることはなかった。昭和四十五年五月現在で東洋水産の社員は一千四百五十人だが、工場の女子社員に至るまで一人残らず名前と顔が一致するほどで、森は記憶力の良さをひそかに誇っていた。

「小森社長が、東洋水産が産銀から融資を受けられるようになったのは、大野副社長が口添えしたからだと言ってましたが、事実ですか」

「大野さんはそれを肯定したんですか」

「そう言えば大野さんはなんにも言いませんでしたねえ。小森社長が一人でまくしたててました。森社長は義理を欠くようなことができる人ではないだろうとも言ってましたよ」

「産銀から融資を受けられたのは、杉江の大学時代のクラスメートが産銀の中小工業部にいたことと、農林中金が口添えしてくれたからで、杉江君の功績だと思ってたがなあ。ついでに言うと、株を持ってもらったのも杉江君のサジェッションを受けて、僕が当時の有川次長に会って、直接頼んだんです」

「そうすると、大野さんが口添えしたというのはフィクションでしょうか。なんとなくそんな感じもしたんですけど。小森さんっていう人は、相当ハッタリの強い人ですから」

森は眉《まゆ》をひそめた。産銀の息がかかった証券会社なら副幹事に加えてもいいと思ったのだが、気持ちが変わった。

「三水証券のことはちょっと考えさせてください」

森は、役員会では「株式上場に際して主幹事を興日証券にしたいと思います」と発議するにとどめ、副幹事のことについては言及せず、役員会のあとで、杉江常務を社長室に呼んだ。

「三水証券の大野副社長は産銀のOBだが、きみ、面識はあるの」

「いいえ」

「ウチが産銀と取引できるようになったのは大野さんが口を利いたからだと小森社長が斎田さんに言ったらしいが事実だろうか」

「それとなく、有川さんに事実関係を確認してみますが、そんなことはないと思いますよ」

「そう。わかった」

森は、確かめるまでもないと思った。

小森の発言を黙って聞いている大野の態度は不可解である。副社長の大野がその場で、社長の小森をたしなめるのは、そんなに勇気を要することだろうか——。

5

九月二十八日の朝、森は斎田たちと一緒に東京証券取引所に足を運んだ。

やっと株式上場に漕ぎつけたのである。

取引所が査定した売り出し価格は百三十五円であった。初取引価格は百九十五円。

取引所の担当理事から、「水産の社名で二十円ほど損をしましたね」と言われたが、食品産業が低成長産業とみられて軽視されがちであったとはいえ、東洋水産の実力を考えれば、関係者間で寄り付きの百九十五円に不満が残るのは当然であった。

午前十一時から兜町《かぶとちょう》記者クラブで記者会見が行なわれたが、控室で待機しているときに、興日証券の引受担当常務の中畑実が森に近寄ってきた。

「森さん、初めての記者会見で緊張して、とちらないようにしてくださいよ」

森は返事のしようがなかった。

これでは緊張をほぐすどころか逆に助長するようなものではないか。

記者会見は、なんとか無難に切り抜けたが、会社の概況を説明するときに一カ所とちってしまい、森は顔を赧《あか》らめることになる。

森たちは取引所から会社に戻って昼食会に臨んだ。

役員、幹部社員たちとビールで乾杯してから、森が挨拶《あいさつ》に立った。

「本格的に準備に入ってから二年以上経ちましたが、本日、東証二部へ上場の運びとなりました。思えば長い道程でしたが、これでやっと一人前になれた、と言えるかと思います。昭和二十八年三月に、当社の前身である横須賀水産を設立して、森田君、江口君たち五人で仕事を始めてから今日まで十七年になりますが、十七年前、株式を上場できる企業になれるなどとは夢にも思いませんでした。それどころか、いつ潰《つぶ》れるか、いつ投げ出そうか、薄氷を踏むような毎日の連続でした。第一物産との抗争にもよくぞ耐えてきたと思います。ほんとうに感慨無量です……」

森は、熱いものがこみあげてきて、次の言葉を押し出すまで数秒ほど要した。

「役員も社員も心を一《いつ》にして、誠意とヤル気をモットーに一つ一つ積み上げてきたからこそ、今日の東洋水産があるんだろうと思います。会社と名の付くものが全国に百五十万社、資本金百万円以上の会社だけでも四十八万社存在すると言われていますが、上場企業はわずか二千社足らずです。今年は上場ラッシュで、すでに四十社近く上場されましたが、時代の脚光を浴びている花形産業であったり、大企業系列の毛並みのいい企業がほとんどで、当社のように特別な資本系列や金融系列もない、食品会社という地味な会社が上場されたケースは珍しいと言われてます。このことは当社の堅実な経営方針なり着実な業績が審査当局に認められた結果と申せましょう」

森はビールをひと口飲んで話をつづけた。

「わたくしは、ずいぶん前から社員の皆さんに、持株を奨励してきましたが、上場によって持株の資産的価値が高まり、業績のいかんが株式配当のみならず個人的な財産の増減に結びつくわけですから、持ち前のヤル気に一層拍車がかかると思うのです。すすめられるままに当社の株式を買っていた社員の皆さんも、わたくしの真意を理解してくださったのではないでしょうか」

森は、会議室の隅々に眼を遣《や》りながら最後をしめくくった。

「わたくしは、さっき感慨無量と申しました。そこにはたしかに満足感もありますけれど、反面〝えらいことになった〟という緊張感もあります。なぜならば株式の上場によって社会的評価が高まったということは、とりもなおさず社会的な責任、使命が大きくなったことを意味するからです。株式の上場に酔うことなく、わたくしは皆さんの先頭に立って、力をふりしぼり、汗を流して頑張ってゆくつもりです。いつの日にか一部上場替えになり、再び祝杯をあげられる日を期して、共に誠意とヤル気で頑張ろうじゃないですか」

盛大な拍手を聞きながら、森は、これでいい気になっていてはいけない、気持ちを引きしめよう、と思いつづけた。

第九章　環境の激変

1

東洋水産の株式が東京、大阪、名古屋の各証券市場で第二部から第一部へ指定替えになったのは、昭和四十八年八月一日である。

四十五年九月二十八日の東証二部上場からわずか三年後のことだ。同時に指定替えになった二十一社の中でも目立つ〝スピード昇格〟であった。

当時、指定替えの条件は①資本金が十億円以上であること②浮動株主数が二千八百人以上であること③東京、大阪、名古屋のうちいずれか一ヵ所の取引所での売買高が月平均二十万株以上であること④過去二年間一〇パーセント以上の配当を維持していること――などだが、東洋水産がこれらの条件をクリアしていたことは言うまでもない。

東洋水産は相次ぐ生産販売網の拡充や冷蔵庫の増設に伴って、毎年増資を実施してきた。東京証券取引所上場後の資本金推移をみると、四十六年十月七億五千万円、四十七年九月九億円、四十八年三月十二億円となっている。

大阪、名古屋両証券市場に上場したのは四十七年九月だが、東証第二部ではその七ヵ月前に株価指数採用銘柄に指定され信用をゆるぎないものにしていた。

同年八月、東洋経済新報社は『株式ウイークリー』で、東洋水産株を〝安定成長株として大いにその力を見直してよい株〟と評価している。

四十八年には浮動株主三千四百九十名、浮動株式は七百六十四万株となり、発行済株式の三一・八パーセントに達した。東証における同年前半の月平均売買高は三十万株を超え、こうした証券市場の実績面でも一部指定替えは当然と言えた。

二部上場時の初値は百九十五円であったが、一部指定替え直後の株価は四百八十円前後、三年足らずの間に二・五倍近い上昇を示したことになる。

四十八年三月期は売上高三百十億円、税引後利益四億六千万円で、いずれも前期比一六パーセント増、配当は創立二十周年記念配当三パーセントを上乗せして一八パーセント。二部上場直前の四十五年三月期と比較して売り上げ、利益とも二倍に伸ばした。業績の向上が株価に反映していることを裏付けている。

一部指定替えは、図らずも創立二十周年と重なり、その記念事業のようなことになったが、指定替え当日の役員会で、森和夫はたんたんとした口調で言った。

「三年前に株式上場を果たしたときは、やたら気持ちが高揚して、ほとんど夢心地だったが、一部に昇格したからといって、不思議なことにさしたる感慨はないねえ。企業内容が成熟してきたからそれを当然だと思う気持ちがあるんだろうか。ほんとうはもっと喜んでいいのかもしれないが」

「そうですよ。三年足らずの指定替えは大変な快挙なんですから、もっと喜んでいいし、もっと誇っていいんじゃないですか」

森は常務の遠藤秀夫に笑顔を返した。

「遠藤だって三年前の興奮ぶりに比べたら、ずいぶん冷静じゃないか」

「たしかに三年前のアトモスフィア（熱気）はありませんけど、一部と二部では格が違いますから、大企業になったかな、っていう感じはします」

森は笑顔を消して、真顔になった。

「ウチは大企業ではないよ。少なくとも中小企業精神を忘れるな、と俺は言いたいね」

「社長の言ってることは大企業病になるな、初心忘るべからずってことでしょう」

「それもあるが、大企業なんて思い上がりも甚だしい。俺は魚屋の親父だと思ってるんだ」

後日、森は遠藤とそんなやりとりをしたことを思い出しながら、社内報に次のように書いた。


一部上場を機会に特に最近の環境変化に対処し、次の事項を再確認されたし。
一、当社は大企業ではない。中小企業精神を忘れるな。
a　今こそ機動力、開拓精神が必要。
b　「頭脳で勝負」とか「働き過ぎ是正」等、表面カッコいいようなことは言うな。

二、「ヤル気と誠意」こそインフレ対策の基本であり、新分野開拓、海外進出、あるいは土地、株式投資等は決して激動期対策の本筋と思っていない。

三、協力企業、下請企業への一部業務委譲を励行せよ。但《ただ》し、投資、保証等に伴う指導、統制等は当然のことだ。

四、好みで仕事に差をつけるな。これは公私混淆《こんこう》にほかならない。

計画や既存の慣行は勿論《もちろん》尊重すべきだが、反面、この激動期には柔軟で機敏な対応がなければ取り残される。

役員会のあとで、森が遠藤に言った。

「創立記念日に社員に紅白の饅頭《まんじゆう》を配っただけだったが、それでいいのかねえ。一部上場替えでイベントでもないかな」

遠藤は、森の胸中を測りかねて、わずかに首をかしげた。

「ほんの思いつきだが、野球大会でもやったらどうかねえ。遠藤、ちょっと考えてみてくれよ」

遠藤は、総務部長の山田林三たちと相談してプランをまとめた。

十月十三日の日曜日に大宮の健康保険組合大宮総合グラウンドで、全社的な野球大会が開催されることに決定したのは八月下旬の役員会である。

〝マルちゃん杯争奪全国選抜野球大会〟と銘打ち、本社、工場、営業所、出張所、そして子会社など、すべてが参加してトーナメント方式で行なわれた。参加チームは北海道チーム（札幌工場、札幌出張所、釧路東洋）、東北チーム（仙台出張所、八戸東洋、大船渡東洋、東洋冷凍、福島東洋）、関東チーム（埼玉工場、川崎工場、小田原工場、相模《さがみ》工場、甲府東洋）、本社チーム（本社、東洋ミート）、西日本チーム（焼津《やいづ》工場、福岡工場、名古屋出張所、大阪出張所、新東物産、田子製氷）の五チームである。

当日はあいにく天候には恵まれなかったが、小雨煙る中を森の始球式で始まり、熱戦が繰り広げられた。女子従業員の応援合戦も華やかに展開されて、大会を盛り上げた。

〝マルちゃん杯〟は関東チームが獲得したが、社員が喜ぶ姿を見ていて、自前のグラウンドを持たせてやりたいと森は思った。

東洋水産が三年後に浦安に五千坪の野球場を購入したのは、森の英断である。

取締役経理部長の杉江勇は、長銀の経理部長から「資金繰りのために遊休資産の球場を売却したがっている会社があるのですが、買ってやっていただけませんか」と相談をもちかけられたとき、即座に首を左右に振った。

「とてもとても。当社にそんな実力はありません」

「坪十五万円ですから値ごろというか、お買いになって損はないと思いますが」

「ウチの社長は不動産投資は嫌いなんです」

杉江は、森に話すまでもないと思ったが、一応雑談の中で耳に入れた。

「長銀が野球場の出物があるから買わないかと言ってきましたが断りましたよ」

「場所はどこだ」

「浦安です」

「それは近くていいじゃないか。いくらするんだ」

「七億七千万円です。坪十五万円で七億五千万円、それに付帯設備が二千万円です」

「それは買い物だなあ」

森はこともなげに言った。

杉江は冗談かと思ったが、次の森の言葉で顔色を変えた。

「杉江、断る手はないぞ。銀行からそういう話がもたらされるということは、それだけ東洋水産が信頼されてるってことだよ」

「ない袖《そで》は振れませんよ」

「カネは銀行から借りればいいじゃないか。とにかく物件を見に行こうや」

杉江は、森の積極的な反応にたじたじとなりながらも、言い返した。

「野球場を持てるほどの身分じゃないと思いますけどねえ。ウチはそんな大企業じゃありませんよ。財務体質を強化すべきだし、生産設備の増強等で資金需要も多いときに、野球場でもないでしょう。ウチあたりには夢のまた夢みたいな話ですよ」

「きみの言ってることはもっともだが、社員の福利厚生も大事だぞ。俺自身、つい最近まで自前の野球場を持つのはまだ十年早いと思っていたが、十年後に東京周辺でそんな出物があるかどうかわからない。少し無理をしてでもその夢を社員に与えてやろうじゃないか」

森は、何人かの役員や総務の担当者と浦安へ行き、野球場を見て即決した。

「巨人軍の多摩川球場なんかよりよっぽど立派じゃないか。身分不相応とは思うが、思い切って買おう。俺たちの後につづく者たちがこのグラウンドを潰して生産施設に利用することを考えるかもしれないが、それならそれでいいじゃないか」

野球場一面、全天候型テニスコート二面、脱衣場、シャワー室、休憩室を完備したクラブハウスもあり、本社から車で四十分の至近距離に位置していることが、なによりも森をその気にさせた。

数次にわたる交渉を経て、東洋水産が七億六千万円で〝浦安球場〟を購入し、社員たちをして〝思いもかけなかったでっかい賞与〟と喜ばせたのは、五十一年十一月のことである。このグラウンドは〝マルちゃん浦安球場運営会〟によって管理、運営されることになった。

2

しかし、一部上場指定替え当時は浦安球場を持つことなど実際、夢のまた夢であった。

森が社内報で指摘したとおり東洋水産を取り巻く環境は大きく変化し、激動の時代へ突入しつつあった。

第二次田中内閣が物価安定緊急対策を閣議決定したのは四十八年八月三十一日だが、七月を境に原料、資材の世界的不足傾向が急速に強まり、東洋水産に例を求めればラーメンを揚げるラード・パーム油は少なくとも年内にも供給力が半減する、ホットワンタンの容器の必要量確保が困難、食品包装に不可欠の段ボールが近く原紙割当てに移行する、工場で必要とするモーター一つとっても発注から納入まで半年を要する——などの現象がみられるほどモノ不足とインフレーションの昂進《こうしん》ぶりは凄《すさ》まじいものがあった。

同年十月六日の第四次中東戦争の勃発《ぼっぱつ》に端を発したオイルショックの襲来は、世界経済を大混乱に陥らせた。とくに原材料を輸入に依存している日本にとってオイルショックの影響は計り知れないほど大きく、まるで日本列島全体が火事場騒ぎのような現象を呈した。

「千載一遇のチャンスなどと馬鹿なことを言った石油元売会社の幹部がいるが、イージーな値上げをするな。耐えられるだけ耐えろ」

森は販売部門に命じたが、相次ぐコストプッシュに耐え切れるわけがなかった。

小麦粉は四〇パーセントの値上率だったが、ラードと段ボールは二倍、カップと袋に至ってはなんと二倍半から三倍に引き上げられたのである。

「即席麵《めん》だけでも十二月から値上げしましょう。飛ぶように売れてますが、このままでは売れば売るほど赤字が嵩《かさ》むだけです」

販売担当常務の森田啓次は嚙《か》みつかんばかりの顔で言い募ったが、森は「なんとか年内は辛抱しよう」と押し返した。

だが、年明け早々、値上げに踏み切らざるを得なくなり、東洋水産はとりあえず袋麺に限って五〇パーセント値上げし、六十円の新価格を実施した。

先物買いによる仮需要の増大と大幅値上げは、のちに三つの問題を生むことになる。

一つは、即席麺業界が公正取引委員会からヤミカルテル（価格協定）と見做《みな》されて、協定破棄の勧告を受けたことだ。

「裁判で争う選択肢も考えられるが、そんなものにエネルギーを費やすのはどうかと思うな。公取の勧告を受け入れるしかないだろう」

いわば森の政治的判断で、東洋水産は袋麺を五十円に値下げすることになる。

二つ目は、即席麺の日付問題であった。

すなわち、消費者の買い急ぎによって、生産が追いつかないほど売れに売れた即席麺は、一時的なパニック現象が終息したのと値上げが重なって、四十九年二月ごろから急速に需要が冷え込んだ結果、夏ごろになると、パニック時に問屋や小売店に大量納入された製品が滞留し、古い製品の処理問題が表面化したのである。

この問題に対して東洋水産は、即席麺業界のなかでは明確で素早い対応ぶりを示した。例によって、社長のツルの一声である。

「製造後、半年以上経ったものはマーケットから回収しよう」

東洋水産に各メーカーが呼応して、これを機に業界では〝賞味期間六カ月〟の表示が徹底されることになる。

もう一つの問題は、売上げ不振とメーカー間の乱売合戦である。

これも仮需要の後遺症と言えるが、新規参入も加わって秋の需要期に入っても定価五十円の袋麺が三十五円から四十円で市場に氾濫《はんらん》しているほどシェア争いと乱売合戦は、色濃く影を落とした。

メーカー各社は、新製品によって消費者の目先を変えようと躍起になった。

東洋水産初のカップ麺〝ホットラーメン〟は五月に発売されたが、先発メーカーに伍《ご》していくには力量不足を否めなかった。〝うすくちラーメン〟〝ダブルラーメン〟なども売り出したが、ヒットするまでに至らなかった。

3

悠揚《ゆうよう》迫らぬ顔をしているというわけにもいかないが、大将が不景気な顔をしていたのでは社員の士気に影響するので、森は通常のペースを崩さないように心がけた。

森は若いころから早朝出勤を励行していたが、昭和四十六年四月から週三日間一日置きに朝の一時間、英会話のレッスンを受けるため三十分早めて七時に出社するようにしていた。

株式が上場されようが一部指定替えになろうが、魚屋の親父は魚屋の親父だと思っていた森は、社長専用車を乗り回すような真似はしなかった。四十八年六月に千住から田園調布に引っ越したので、ずっと通勤の便がよくなった。

東急目蒲《めかま》線で目黒へ出て、山手線で品川駅で下車し、長い地下道を歩いて、会社までドア・ツー・ドアで約五十分。

五十五歳の誕生日に、一念発起して英会話の習得に挑戦しようと心に誓ったのだが、オイルショックで視界ゼロといわれた先行きの見通しが立たないときもレッスンは休むことなくつづけられた。

教師のブロンドのヤンキー娘は細面の美人である。ファーストネームはリサ。月謝は時給三千円。早朝の特訓だけに教える側も教えられる側も気合いが入ったが、森自身は遅い上達ぶりをもどかしく思っていた。こんなことならもっと若いうちから始めるんだった——。

しかし、最低五年はつづけようと内心期するものがある。どうせ三日坊主だと社員から陰口を叩《たた》かれたに相違なかったが、三年目に入って周囲の者たちも本物だと思うようになった。

以前は、街で外国人を見かけると、道を訊《き》かれやしないかと気遣って逃げるようにしていたが、個人レッスンのお陰で、そんなこともなくなった。それどころか逆にこっちから気軽に語りかけるほど心臓が強くなった。

英会話の習得に熱が入っているのは、海外事業を睨《にら》んでのことで、意地でやっているわけではなかった。

東洋水産はアラスカのスジコ事業につづいて四十七年五月から即席麵の対米輸出に本格的に取り組み始めた。同年十二月にはロサンゼルスに現地法人マルチャンINCを設立した。

ロサンゼルス郊外のアーバインに五・七エーカー（約七千坪）の工場用地を二十万ドルで購入したのは、四十八年七月のことである。

森が渡米する機会も増えていた。英会話のレッスンは必要に迫られて始めたとも言える。森に、アメリカに資本進出して即席ラーメンを生産してはどうか、と熱心にすすめてくれたのは第一物産常務の佐藤達郎である。

佐藤とは、昭和二十六年からのつきあいで、森にとって恩人の一人である。第一物産との抗争中も、なにかと気を遣ってくれた。

「即席ラーメンのスープは、アメリカ人の嗜好《しこう》に合ってるんじゃないですか。ラーメンそのものも悪くないと思います。日系人の人口もけっこう多いですし……。定石どおり輸出品でアメリカのマーケットを打診してみたらどうですか」

第一物産のサンフランシスコ支店長として永年アメリカで生活してきた佐藤の言葉だけに説得力があった。

輸出量も順調に伸びており、現地生産を始めても採算ラインに乗る見通しも出てきた。あとは工場建設のタイミングをどうとらえるか――。社員は固唾《かたず》を呑《の》む思いで、森の経営英断を待っていた。

そこへオイルショックである。

森は四十九年二月にアメリカに出張した際、現地の大手損保会社の米人役員から「これで高度成長を謳歌《おうか》してきた日本経済もおしまいですな。日本丸は沈没寸前じゃないですか。資源を持たない国の弱さが露呈されたんです」という意味のことを言われた。

「いま現在は混乱してますが、必ず立ち直りますよ。日本は過去幾多の混乱、危機を乗り越えてきました。日本国民の能力をあなどらないほうがいいですよ」

森は、そんなふうに答えたものだが、社内でも「心配するな。火事場騒ぎは一過性のものだ。とくに食品業界は、景気に左右される度合いが少ないから、あわてる必要はない」と言いつづけてきた。

ただ、アーバインでの工場建設については先送りせざるを得ないだろう——。

政府の金融引き締め政策によって、資金調達計画にも狂いが生じていた。

日銀はインフレーションを抑制するため公定歩合を再三再四にわたって引き上げ、四十八年十二月以降九パーセントと空前の高金利時代を迎えていた。わずか半年ほどの間に公定歩合は四パーセントも上昇したことになる。

4

〝AF2問題〟が食品業界に与えた衝撃の深さは、オイルショックの比ではなかった。

厚生省国立予防衛生研究所食品衛生部の研究グループが〝AF2は肝臓で解毒されず、しかも肝臓内で本来の性質を変えた未確認物質になり、その毒性はAF2よりさらに強い〟と発表したのは四十九年五月十六日だが、すでに一年前から、消費者運動などによって社会問題化していた。

AF2とは〝2—（2—フリル）—3—（5—ニトロ—2—フリル）アクリル酸アミド〟の商品名だが、昭和四十年七月、厚生省は食品衛生調査会が安全性の根拠とした大阪大学医学部M教授のラットによる実験データにもとづいて、AF2を合成殺菌保存料として許可した。

これによってAF2は魚肉ハム・ソーセージ、食肉ハム・ソーセージ、ベーコン、豆腐、魚肉ねり製品などに使用されるようになった。

四十八年三月、国立遺伝研究所のT遺伝部長が厚生省に〝AF2に突然変異作用がある〟という主旨の報告書を提出したことが発端で、消費者運動に火がつき、ヒステリー的な社会現象へと発展してゆくが、某大手メーカーは四十九年二月ごろからAF2を抜いた魚肉ハム・ソーセージをチルド（低温保存）で販売し始めた。

このニュースを聞いたとき、森は怒り心頭に発した。

「業界全体が危機に瀕《ひん》しているときに、抜け駆け的なこんな行為がゆるされていいんだろうか」

役員会で森は大声を放った。

「俺は社長に会って抗議する。火事場ドロボーと変わるところがないじゃないか。だいたいボツリヌス菌対策はどうなってるんだ。食中毒のほうがもっと危険だろう。AF2を使用しないことは消費者の安全上、大問題なんじゃないのか。深川どう思ってるんだ」

取締役研究部長の深川清司は、眼鏡の奥で眼をしばたたかせた。

「AF2の安全性について厚生省の判断が示されていないにもかかわらず、売らんかなの姿勢はおかしいと思います。メーカーの良心にもとるんじゃないでしょうか。ただ、厚生省は消費者運動の高まりと新聞のキャンペーンで、だいぶ動揺しているようですから、冷静に科学的な判断を下せるかどうか心配です」

「砂糖だって塩だって、摂取し過ぎれば躰《からだ》に毒だ。AF2にしても、魚肉ハム・ソーセージ一キログラムに対して、わずか〇・〇二グラムの使用量に過ぎない。マウスやラットの飼料にAF2をどの程度混ぜて実験したか知らないが、二〇ppmの微量なら問題はないはずだ。厚生省が使用禁止措置を講じるとしたら納得できんなあ」

深川は考える顔になった。

せっかちな森を十秒も待たせたらカミナリを落とされる――。

深川は急いで考えをまとめた。

「AF2を殺菌保存料として使用しているのは日本だけです。欧米に例がないだけに、厚生省も判断に悩むところでしょうが、これだけ騒ぎが大きくなりますと、使用禁止に踏み切るかもしれませんねえ。アメリカでしたら疑わしきは禁止するデラニー条項が適用される可能性があると思います」

「ヒステリーとムードに敗れ去らねばならんのか」

森はうめくように言って、天井を仰いだ。ハム・ソーセージは、東洋水産のドル箱である。それだけにダメージも大きかった。

消費者の不信感が募り、魚肉ハム・ソーセージの売り上げは減少している。AF2製品を取り扱わないスーパーが出現するに及んで、森の胸中も揺れていた。

森は、AF2使用禁止に備えて製造方法を研究するよう深川に命じたが、なにかしら割り切れない気持ちだった。


四十九年四月下旬の某夜、魚肉ハム・ソーセージ協会会長の北村健次郎から、森の自宅に電話がかかってきた。

森は同協会に三人いる副会長の一人である。

「厚生省は食品衛生調査会にAF2使用禁止の方向で答申させると思いますが、即時使用禁止、即時回収というようなことになれば、潰《つぶ》れるメーカーも出てきますよ。東洋水産さんは大手だし、総合食品メーカーですからそんなことはないでしょうけど、中小のメーカーは潰滅《かいめつ》的な打撃を受けます。それこそ社会問題ですよ」

「ウチだって大変ですよ」

「森社長さんは、鈴木善幸さんと親しいんでしょう」

「ええ、学校の先輩ですから……」

「多少の猶予がないと、ほんとうに業界はパニック状態になると思います」

「わかりました。善幸さんにすぐ会いましょう」

日を置かずに森は、砂防会館の自民党本部に総務会長の鈴木を訪問した。

「ＡＦ２問題で、きみの業界は大変なんだろう」

総務会長室のソファで向かい合うなり鈴木のほうから切り出してくれた。

「そうなんです。オイルショックと重なって、いつ潰れてもしょうがないような状態です。ＡＦ２問題はわれわれにとって死活問題です。しかし厚生省が禁止の判断を下せばそれに従うほかはありません」

「魚肉ハム・ソーセージは日本人の貴重な蛋白源《たんぱくげん》を担った画期的な製品だが、ＡＦ２問題で縮小均衡の方向に向かうのかねえ」

「現実に売れ行きが落ちてますが、それ以上にマーケットからの回収を即時実施しろということになりますと、中小メーカーは資金的な余裕がありませんから、すぐ潰れてしまいます。使用禁止についても、感情論というかエキセントリックな感じがしてますが、少なくとも即時回収だけはなんとか回避したいとわれわれは願ってます」

「水産業界、食品業界の事情はよくわかってるつもりだよ」

鈴木は、秘書を呼んで、水産庁長官を電話口に呼び出すよう指示した。

電話はほどなくつながった。

「魚肉ハム・ソーセージ業界の窮状はわかっているのか。実態を把握して、厚生省によく話したらいいな。ＡＦ2問題は冷静に受け止めるべきだと思うが、即時回収はいくらなんでも性急過ぎるように思うがどうかねえ」

鈴木が電話を切ってから森に言った。

「僕に会ったことは伏せといたほうがいいよ。初めて食品安全性問題がクローズアップされて、みんなナーバスになっているからなあ。厚生省もだいぶうろたえている」

森は黙って低頭した。

5

四十九年八月二十二日、厚生省は食品衛生調査会の答申を受けて、ＡＦ2使用を禁止した。使用禁止措置が告示されたのは同月二十七日だが、東洋水産は直ちにＡＦ2使用製品を市場から回収、在庫品を含めて廃棄処分した。政府の判断が示された以上従うのは当然だが、東洋水産の、問屋、マーケット、小売店からの回収期間はわずか一カ月に過ぎなかった。

九月下旬の役員会で、深川が森に訊《き》いた。

「今年四月に入社して焼津工場に配属された篠田を憶《おぼ》えてますか」

「うん。静岡大を出た男だな。篠田がどうした」

頭の中で名前と顔がすぐ一致した。

「回収品を焼却処分するときに涙がこぼれて仕方がなかったと話してました。現場の連中は、丹誠込めて作った食品を工場から送り出すときは、心が弾むものです。それがどっともの凄《すご》い量で返品されてきて、毎日、毎日焼却作業に追われるっていうんですから、切ない気持ちになりますよ。一年生社員にはこたえたと思います」

「俺もショックだよ。東水興との合併で赤字を抱えて途方に暮れたこともあるが、なんとか頑張って赤字を克服した。経営権を第一物産から取り戻してからは快進撃をつづけ、一部指定替えになった直後にAF2騒ぎだものなあ」

森田がぼそぼそした口調で口を挟んだ。

「販売第一線の連中も泣いてるよ。地を這《は》うような営業努力をして、街のお菓子屋さんや酒屋さんの店頭までマーケットをひろげてきたのに、どんどん他社製品に切り崩されていくんだから、身を切られるように辛《つら》いだろう」

「神に与えられた試練と思うしかないな。わが社始まって以来の経営危機だが、俺はへこたれんぞ。みんなも元気を出してくれ。俺たちがいつまでも嘆いてたんじゃあ、社員の士気にかかわるよ」

森は一同を見回しながら声高に言ったが、実際、負けてなるものかと思っていた。

東洋水産はAF2を除いたチルド商品で当座を凌《しの》いだが、当時はまだ低温流通ではスーパーや生鮮食料品店の冷蔵ケースのスペースに限度があったため、五十年二月から、水分活性法と高温高圧殺菌法（レトルト製法）を併用することになった。

もっとも、ボツリヌス菌などが増殖しやすい水分を除去する水分活性法は味覚が落ちる難点があったから、レトルトに適さない大型ハムに限られ、コスト高を招くレトルト製法を主力とせざるを得なくなる。製法転換によって低温流通から常温流通に変えていったが、輸送コストの上昇も馬鹿にならなかった。

厚生省が提示した製造基準、保存基準を遵守するのは当然だとしても、ハム・ソーセージの売り上げ減は前年比三八パーセントにも及んだ。

それ以上に経営を圧迫したのはＡＦ２製品の回収による損害である。

なんと十億円にも達したのである。

四十九年度決算は、麺《めん》製品の値上げがあったにもかかわらず売上高は四百四十億円で横ばい、税引後利益は四億二千六百万円で三六パーセントの減益となった。

断腸の思いで、東洋倉庫の跡地四百坪を五億円で売却し、特別利益を計上したうえでの決算だから、実質赤字である。

五十年三月上旬の寒い朝、英会話レッスンを終えたあとで、森は、遠藤、森田両常務を社長室に呼んだ。

「四月に大幅な機構改革をやりたいと思ってるんだ。目的は販売網の整備、強化に尽きるが、事業本部制を採用したい。社員は危機感を持っていると思うんだ。だからこそ〝ホームヘルパー〟なんていうアイデアも出てきた。トップダウンだけでなく、ボトムアップで若手から、こういう提案が出てきたことがうれしい。いつの世でも、いつの時代でも社員が危機感、緊張感を持つことはいいことだよ」

ホームヘルパーとは、前年十月に発足した制度で、従業員の家族による販売促進補助活動のことだ。発足当初は、市場調査に限られていた。

マーケティング・リサーチと言えば聞こえはいいが、従業員の家族（多くの場合、主婦）がマルちゃん製品を取り扱っていない店をリストアップし、セールスの活動に反映させようという試みである。

本社から始めたが、各地の事業所にもひろがり、いつしかホームヘルパーの活動内容は店頭チェックにとどまらず、販売面にも協力していくことになる。

〝全員セールスマン〟をモットーに難局を乗り切ろう、と東洋水産の社員は燃える集団と化していった。

森が事業本部制への移行を決意した背景に〝全員セールスマン〟〝ホームヘルパー〟があることは言うまでもない。

当時、各地の営業所、出張所は本社営業第二部の管轄下にあった。営業第一部が担当する冷凍魚類を除くほとんどの商品は営業第二部で生産から販売まで管理されていた。

「これだけ品数が増え、多様化してくると一つの部で管理するには無理が出てくるのは当然だ。だから、主要商品別の事業本部制を採用して、営業所、出張所を営業第二部から切り離して独立させる。本社と工場に併設されている場合は工場に所属させ、関係会社と併設の場合は社長の俺が見るか、工場長の管轄下に置く」

「つまり製販一元化と責任体制の明確化っていうことですね」

「そのとおり」

森は、遠藤にうなずき返してから、話をつづけた。

「工場、営業所、出張所を独立採算制にし、それぞれ単独の収支をはっきりさせる会計制度にしたい。それと、もう一つ……」

森は、二人に等分に眼を遣《や》ってから居ずまいを正した。

「事業本部を統轄する営業本部長は俺がやる。文字どおり〝全員セールスマン〟でいこう。森田、意見はないか」

「ありません。社長が熟慮のすえ判断したことに意見などあるはずがありませんよ」

「全社員がヤル気と誠意で力いっぱい頑張るしかないと思うんだ。それには俺が陣頭指揮に立つのがいいと思う」

「社長はいつでも陣頭指揮に立ってますけど営業本部長の肩書に意義があるんです。社内に大きなインセンティブを与えることになりますよ」

遠藤がうわずった声で返した。

四月一日付で実施された機構改革の中で〝販促チーム〟が発足したことも特筆される。

ＡＦ２問題の影響で激減したハム・ソーセージの巻き返しを中心に、だしの素の流通促進、小売店の動向や消費者情報の収集のほか、東京を中心に小売店をこまめに巡回して、マーケットの拡大に販促チームは奮闘した。各地の営業所の販促活動の応援にも駆けつけ、販促チームはハム・ソーセージの失地回復に大きく寄与した。

後年、森が私財を投じて財団法人〝東和食品研究振興会〟の設立を文部省に申請したのは、AF2問題の厳しい経験に根ざしている。

同財団法人は五十一年十一月、文部大臣の認可を得て設立されたが、ここには、食品の安全等に関する科学的根拠を自ら求めて食品メーカーの良心に従った製品をつくり、食品業界の発展に微力を尽くしたい——そのためには民間の研究体制を確立する必要がある、という願いが見てとれる。

第十章　〝赤いきつね〟のCM攻勢

1

英会話教師のリサが社長室から出て行くのを待っていたようなタイミングで取締役研究部長の深川清司が顔を出した。

昭和五十年五月中旬の某日午前八時過ぎのことだ。

「おはようございます」

「おはよう」

「英会話レッスンを始められてもう丸四年になりますねえ。こんなにつづくとは思いませんでした」

「あと一年はやるつもりだ。五年やってものにならなかったら、俺はよっぽど頭が悪いんだよ」

「カンバセーションは頭の問題じゃないと思います。鸚鵡《おうむ》返しに何度も何度も反復するしかないんです」

生意気なことを言うやつだ、と森の顔に書いてある。

「きみ、多少はできるのか」

「ええ。ほんの少々ですが」

「ほーう。いつ習ったんだ。きみの学生時代は敵性語の英語なんて勉強するわけがないよねえ。アルファベットも満足にできなかったはずだがなあ」

「そうなんです。ヨコ文字にはアレルギーを起こすようにしつけられました。社長もご存じのとおり昭和二十三年に水産講習所を出て鈴鹿の小さな水産会社に入社したんですが、なにか勉強しようと思いましてねえ。どうせやるんなら一番嫌いなものに挑戦しようと考えたわけです。まずラジオにかじりつきました」

「平川唯一《ただいち》の〝カムカム英語〟だな。あれは一世を風靡《ふうび》したねえ」

「はい。そのうちラジオだけではもの足りなくなりまして、教会へ押しかけてアメリカ人の牧師から教わりました。四日市港に入港する外国船の船員ともつきあったりしたんです」

「それじゃあ筋金入りだ。深川は見かけによらずガッツがあるなあ。俺なんかのひよっ子とはわけが違う。深川のことだから、その後もずっとやってるんだろう」

「そうでもありませんけど、社長の熱意にはかないませんよ」

「アメリカへ行って挨拶《あいさつ》もできないようじゃあ、しょうがないものなあ」

森はにやっとして、声をひそめた。

「先生が美人じゃなかったら、とっくにやめてたよ。美人は得だねえ」

「たしかに美人ですねえ。いまリサさんと廊下ですれ違いました」

秘書の西森マリ子が煎茶《せんちゃ》を淹《い》れてきてくれたので話が中断した。

マリ子は、森と同郷である。英国人の母を持つハーフで、森より六つ齢下《としした》だ。学生時代ハンサムで心やさしかった森は、マリ子にとって憧憬《しょうけい》の人であった。客船〝龍田丸《たつた》〟のデッキで、水産講習所の学生だった森に馳走《ちそう》になったカレーライスの美味《おい》しさと、ひそかに胸をときめかせたことは、生涯の思い出である。子供のころずいぶんいじめられたが、森はいつも庇《かば》ってくれた。

マリ子が森の引きで東洋水産に入社したのは昭和四十七年だが、夫の西森哲郎は同社の系列会社に勤務している。

西森は大学を出て間もないころ、親の反対を押し切ってマリ子との結婚を強行し、勘気を被ったが最近になって勘当が解けた。森がひと肌脱いだからだ。森は西森の両親に会って、諄々《じゅんじゅん》と説いたのである。

「マリ子さんは、西森君よりだいぶ齢が上ですが、西森君には勿体《もったい》ないくらい素晴らしい女性です。敬虔《けいけん》なクリスチャンで、西森君がカソリックに帰依《きえ》したのもマリ子さんの影響でしょう。その宗教にも不満があると言われてしまえばそれまでですし、わたしは人に説教できる身分でも立場でもありませんけれど、夫婦の情愛、親子の情愛についてはわかってるつもりです。人の心がわかるようにならなければとも思ってます。夫婦とはまことに不思議なものですが、西森君とマリ子さんはどこへ出しても恥ずかしくない仲の良い夫婦です。西森君のご両親がそれを認めないという法はないんじゃないでしょうか」

湯呑《ゆの》みに手を伸ばしながら森がマリ子を見上げた。

「サンキュウ、茶が飲みたかったんだ」

「申し訳ございません。きょうは少し遅れてしまいました」

「気にしなくていいんだ。僕のプライベート・レッスンにまでつきあうことはないよ」

マリ子が引き下がったあとで、森が訊《き》いた。

「ところでなにか用があるんだろう」

「はい。山中孝太郎がおもしろいアイデアを出してくれまして……」

山中は入社十年足らずの研究部員である。

「あぶら揚げをうどんの中に入れたらどうかって言うんです。市原（千葉県）の業者が持ってきたふりかけの中に入っていた小さな揚げがヒントらしいんですが、これは保存が利かないし、小さ過ぎて問題になりませんけれど、揚げを大きくして、保存が利くようになれば、いけるような気がします」

「きつねうどんっていうわけだな」

森は湯呑みを口へ運んでぐっと身を乗り出した。

「営業が頑張ってくれたお陰で〝カップ入り天そば〟の売れ行きが好調です。二匹目のどじょうにならないとも限りませんが、営業にも聞いてみたんですが、ネガティブな意見はありませんでした。研究部あげて鋭意取り組みたいのですが……」

「いいじゃないか。やれよ」

〝カップ入り天そば〟は、カップ麵《めん》和風化の第一号商品である。五十年二月に初めて東北地区で発売したが、流通段階の評価も高く、マーケットは拡大の傾向を示しており、近く関東地区でも発売する予定だった。

五年前に大ヒットした〝天ぷらそば〟をカップに入れただけのことだが、和風化路線を追求し、差別化を図った商品ということができる。

昭和五十年五月現在の研究部員は、深川部長以下十五人だが、カップ入りきつねうどんの商品化に寝食を忘れて取り組んだ結果、八月にはメドがついた。

山中の京都大学時代のクラスメートが富士製油の研究開発部門で大豆蛋白の高度利用、付加価値向上を目指していたことが、揚げの開発に結びついた。いわば東洋水産と富士製油の利害が一致したと言える。

〝マルちゃんのカップうどんきつね〟と命名されて九月から販売したが、日本の風味をキャッチフレーズにした積極的な販売戦略が功を奏し、爆発的な人気を呼んだ。文字どおり飛ぶような売れ行きで、販売の弱い大阪、九州などでも猛烈な荷動きを示し、たちまち生産が間に合わなくなった。

渥美清を起用したテレビ・コマーシャル〝揚げの厚みが違います〟も受けた。

2

〝カップうどんきつね〟は、森和夫の営業本部長兼務時代に生まれたが、東洋水産始まって以来の大ヒット商品になった。

焼津、相模、埼玉の三工場を主力に子会社の甲府東洋、それに新東物産の製麵機を一ライン増強するなど大増産体制を敷いたが、それでも販売に追いつかず、新川食品、鈴木麵などに生産を委託しなければならないほどだった。

十一月下旬の役員会で、販売担当常務の森田が上気した顔で発言した。

「〝カップうどんきつね〟の大ヒットによって、伸び悩んでいた関西、九州などの西日本でも飛躍的にシェアを伸ばし、〝ホットワンタン〟〝うすくちラーメン〟などを含めた当社のカップ麵の生産量は月間ベースで百万ケースを超えました。業界シェアも三〇パーセントを占め、二位に躍進しました」

森が森田の話を引き取った。

「〝カップうどんきつね〟は、西日本からマーケットがひろがっていったな。大阪営業所の井本君が、問屋から早く持ってこい早く持ってこいって催促されるなんて信じられない、夢のようだ、と話してたが、日華食品の強い地域だけに販売で苦労してるから、連中のうれしい悲鳴もよくわかるよ」

「波及効果が凄《すご》いですよ。マルちゃんブランドは名実共にナショナルブランドの地位を確保したと思います」

遠藤の声もうわずっている。

数カ月前までの沈滞ムードが嘘のように役員会は活気がみなぎっていた。

役員会は朝八時から始まるが、九時半の終了後の立ち話で、深川が森に言った。

「社長、いまふと思いついたんですけれど、〝カップうどんきつね〟の特許を申請しておく手はありませんかねえ。特許はともかく、容器の意匠登録だけでもしておくほうがいいと思うんですが」

「昔からあるきつねうどんだからなあ。揚げや容器で苦労したきみたちの気持ちもわかるけど、うどんで特許でもないだろう。そんなのはフェアじゃないよ」

「他社が類似品を出してきたらどうしますか」

「ウチは製品の差別化で対抗すればいいんだ」

「わかりました」

深川は首をひねりながらも森のおおらかさが胸にひびき、その場で引き下がった。

五十一年一月にはカップ麺の生産が月産百二十万ケースに達した。〝カップうどんきつね〟だけで日産九十万食に及び、快進撃はとどまるところを知らず、一大ブームを巻き起こした。

3

五十一年四月下旬の某日朝、遠藤が社長室にぶらっと顔を出した。

「昨夜、中部銀行の八重洲《やえす》支店長と飲んだんですが、豊醤油《しょうゆ》の経営を引き受けてもらえないかって頼まれました。累損《るいそん》が四億五千万円ほどありますが、土地を三万坪保有してますから、経営次第でなんとでもなるんじゃないかって言ってました」

「たしかあの会社はパチンコ屋とボウリング場経営に乗り出して裏目に出たんじゃなかったかね」

「そうなんです。オーナー社長の坂田氏は東大工学部出身の秀才ですが、技術屋オンリーみたいな面があるんですかねえ」

豊醤油は、愛知県知多《ちた》郡武豊町《たけとよちょう》に本社工場を持ち、醤油、味噌《みそ》、はるさめ等を生産している食品中堅メーカーだ。創業は大正八年、昭和二十八年に名古屋証券取引所第二部に上場、五十一年当時の資本金は二億円、年商五億五千万円、中部銀行がメインバンクであった。

「上場停止寸前に追い込まれて、刀折れ矢尽きた状態ですから、中部銀行としても再建の引き受け手を必死に探しているんじゃないですか」

「証券の幹事会社は興日証券だったな」

「ええ」

「興日証券にも一度様子を聞いてみたらどうかな。中京地区に生産拠点が欲しいところだから、案外当社にとっても悪くない話かもしれないぞ」

遠藤は、直ちに杉江たちに豊醤油の経営内容の調査を命じた。

森が調査結果を踏まえて、坂田寿一と取締役相談役の山口元男に会ったのは二カ月後である。

坂田は二代目で、年齢は五十前後、山口は坂田の従兄《いとこ》で古稀《こき》を迎えたと思えるが、後見人ともいうべき立場にあった。

坂田と山口は、森を東洋水産に訪ねてきたのである。

「お呼び立てするようなことになってしまって申し訳ありません」

森はいつもと同じ半袖《はんそで》の作業衣に、ズック姿ながら、鄭重《ていちょう》に二人を迎えた。

名刺を交換したあとで森が言った。

「率直に申し上げますが、パチンコとボウリングはいただけませんねえ。食品会社には馴《な》染《じ》まないと思います。経営を多角化したいというお気持ちはわかりますが、食品会社のイメージを損なってまでやるべき事業だったのでしょうか」

「おっしゃるとおりです。弁解のしようがありません」

もっぱら山口が話し、寡黙な坂田はうなずくだけだった。

父親が築いた企業を事実上倒産させるようなことになったのだから断腸の思いに違いなかった。森には坂田の胸中が痛いほどよくわかる。

「ということはパチンコ、ボウリング事業から手を引いてもいいわけですね」

「はい」

「不採算部門のはるさめの生産は中止するべきでしょう。経営者にとって事業から撤退することほど辛い選択はないが、撤退の決断も大切ですよ」

「まったく同感です。異議はございません」

「遊休資産を処分して負債の軽減を図る必要があると思いますが、どうお考えですか」

「すべて東洋水産さんにおまかせします。ただまことに僭越《せんえつ》ながら、従業員を犠牲にしたくないというわたくし共の気持ちを汲《く》んでいただければありがたいのですが」

山口にならって、坂田も深々と頭を下げた。

「おっしゃることはよくわかります。そのためには東洋水産が仕事を持ってゆかなければなりません。幸い中京地区に生産拠点がありませんから、当社のニーズを満たしてくれる面も大いにあるんです」

坂田から吐息が洩《も》れ、山口はホッとした面持ちで低頭した。

東洋水産は八月に、豊醤油の株式を六〇パーセント取得し、再建に乗り出したが、百円を大きく割り込んでいた豊醤油は急騰し、三百五十円まで上昇することになる。

森は、森田を豊醤油の社長に送り込み、自分は監査役に就いた。

坂田は会長に就任し、山口も取締役相談役に留《とど》まった。

豊醤油は十月からだしの素、十二月から生ラーメンの生産を開始、五十二年九月から即席麺とスープ、五十三年二月からワンタン、三月には蒸し焼そばが加わった。

こうした東洋水産からの受託生産によって豊醤油の売上高は一挙に十五億円と三倍に膨らんだ。この結果、五十三年十一月期の第三十八期決算では四年ぶりに累積赤字を解消して再建を果たした。

「〝カップうどんきつね〟の成功がなかったら、豊醤油の再建に乗り出す余裕なんてなかったろうなあ」

前後するが、森が出張で上京した森田にしみじみとした口調で話したのは五十一年十二月上旬のことだ。

「株はバカに上がってますけど、すべてはこれからですよ」

「従業員のモラールはどうなんだ」

「やっと少し活気が出てきました。会社が潰《つぶ》れるかどうかの瀬戸際でしたから、沈滞ムードはひどいものでしたけど、新商品の生産が始まって、われわれの意のあるところもわかってきたんじゃないでしょうか」

「人間ヤル気をなくしたらおしまいだよ。坂田さんには悪いけど、そういう経営をしたことに問題があると思うな。経営トップに限らない。工場にしても営業所にしても、工場長なり所長がどれだけ部下の気持ちをつかむか、どれだけ従業員のヤル気を引き出すかによって、ずいぶん違ってくると思う」

森は、腹立たしそうに顔をしかめて話をつづけた。

「たとえばの話、神戸工場のていたらくはどうだ。工場長に問題があると思うが違うかねえ」

「まだもたついてるんですか」

「うん。完成してから二ヵ月にもなるというのに満足に稼働したことは一度もない」

「最新式の機械ですからこなすまで多少時間はかかりますよ。中谷君は頑張り屋ですから、もうちょっと長い眼でみてやってください」

森田は、神戸工場長の中谷を庇《かば》った。

「選んだ側にも問題があるかもしれないな。俺は中谷に期待してたんだがねえ」

森と森田の話題にのぼった神戸工場は、五十一年二月に着工、九月に竣工《しゅんこう》した。

神戸市深江浜《ふかえはま》の食品コンビナートの一画に五千坪の用地を確保したのは四十六年七月で、五十年一月に製品倉庫と事務所が建設された。

〝カップうどんきつね〟の大ヒットで、関西地区に生産拠点を設ける必要が生じたため、念願の工場建設に踏み切ることになったが、神戸工場は粉の供給から最終工程の製品箱詰めまで一貫して生産できる最新鋭の自動化設備が採り入れられていた。

森が苦笑しいしい森田に言った。

「きみは俺のことをせっかちだと思ってるかもしれないが、選手交代は早ければ早いほどいいんだよ。人選ミスの咎《とが》めは甘んじて受けるが、いつまでもだらだらやらせるのは本人のためにもよくないと思うな。適材適所ということもあるから、本人には別にチャンスを与えればいいだろう」

森田はあいまいに微笑したが、森のいらだつ気持ちもわからなくはない。

〝カップうどんきつね〟が売れに売れて、生産に追われているときに頼みの新鋭工場がトラブっているのだから、それも当然だった。神戸工場は売れ行き絶好調の需要期にタイミングを合わせて、建設されたのである。

しかも女子従業員の主力を子会社の甲府東洋に缶詰にして実習させるなど準備万端整えたうえでのスタートだった。

わけても自動箱詰機がくせもので、スムーズに動かないばかりか、箱を押し潰すなどトラブルが絶えなかった。

焼津工場から旧式のコンベアを運び込んで人海戦術で箱詰作業をしたり、女子従業員を再教育したり、徹夜で機械を改良するなどさんざん手こずらせたすえ、神戸工場が本格的に稼働するのは年が改まってからだ。

4

〝カップうどんきつね〟の大ヒットによって五十年度は売上高五百十六億円（対前年度比一七パーセント増）、税引後利益九億三千万円（同一一八パーセント増）と空前の好決算となった。

有力業界紙の〝食糧タイムス社〟が五十一年十二月、五十一年商品開発大賞の授賞対象に〝カップうどんきつね〟を選んだが、授賞理由を次のように紙面で報じた。

この種の和風うどんは、東洋水産が初めてではなく、以前にも2～3の中堅メーカーで発売し、それなりの人気を集めていたから、うどんをカップに入れたという面でのアイデアが生かされたのではない。にもかかわらず、この〝カップうどんきつね〟が一大ブームとなったのは、

①これまでになかった新しいタイプのドンブリ型容器

②やや関西風の薄口醤油でかつおだしをたっぷりきかせた味

③太目のめん

④油揚げ、玉子、かまぼこ、ふ等うどんにマッチしたかやくを採用

といったことが奏功し、消費者にアピールしたものと思われる。

森は、授賞式の翌朝、山中を社長室に呼んだ。

「〝カップうどんきつね〟のアイデアを出した山中になにか褒美《ほうび》をやらなければいかんと思ってあれこれ考えたが、こんなもので勘弁してくれ」

森は、豪華な化粧箱に入った高級ブランデーを山中に手渡した。

「こんな高価なものをいただいてよろしいんですか」

「どうせ到来物なんだ」

「光栄です。勿体《もったい》なくて飲めませんから、家宝として大切にします。棚に飾って、毎日眺めてるだけでも、気分がいいですよ」

「飾っておくものでもないだろう」

笑みをたたえた山中の顔を見て、森は少し照れ臭くなった。

森が社内表彰制度を考えたのはこのときである。

5

深川が予想したとおり〝カップうどんきつね〟に追随した類似品が続出し、カップ入り和風うどんメーカー数は一年足らずの間に二十社にも及んだ。

とくに日華食品は、派手なテレビ・コマーシャルで大攻勢をかけ、東洋水産のシェアを侵食した。

五十一年度決算は売上高六百二十四億三千四百万円、税引後利利益九億三千五百五十万円で、増収増益となった。しかし、五十二年度が売上高六百九億七千百万円、税引後利益七億百万円と減収減益を余儀なくされたのは〝カップうどんきつね〟のシェア減退によるとみてさしつかえない。

売上高が落ち込んだのは昭和三十年来なかったことだけに、森のショックは大きかった。

六月の決算役員会で、森は率直に不明を恥じた。

「オイルショックとAF2問題でダメージを受けた四十九年度でさえ、なんとか減収はまぬがれたのに、五十二年度はひどいことになった。容器の意匠登録だけでも考えたらどうかという深川の進言をしりぞけたことが悔まれるよ。企業のトップとして詰めの甘さを反省しなければならないと思っている。もっと冷静に対応すべきだった」

「日華食品にはクレームをつけてもよかったんじゃないですか。あの会社はフェアじゃないと思うんです」

「度量を示したと言えば、いい恰好し過ぎになるが、貸しをつくったと考えるしかないだろう」

森は、悔しそうな顔をした役員に優しい眼差《まなざ》しを注いだ。悔しいのは俺も同じだが、いまさら愚痴をこぼしても始まらない——。

森は急いで気持ちを切り替え、明るい顔で一同を見回した。

「それよりテレビ・コマーシャルを変えたらどうだろう。ちょっとマンネリになってるから、この際、広告代理店も含めて選手交代したらどうかねえ」

「それはいい」

「賛成です」

全役員が賛成し、異論は出なかった。

「関東急行の後藤昇さんや中川社長とは面識があるから、関東エージェンシーの前田社長を紹介してもらって相談してみようかねえ」

森はすぐさま行動に移った。関東急行グループの総帥、後藤と腹心の中川は「願ってもないことです。さっそく前田を差し向けましょう」と言ってくれたが、森は前田の許《もと》へ足を運んだ。

「関東エージェンシーは全社を挙げて東洋水産さんを応援させていただきます。というより東洋水産さんに賭《か》けようじゃないですか。エースクラスを三人張り付けます」

前田の意気込みに、森は圧倒された。打診、相談と軽く考えて出かけて来たのだが、あとへは引けなくなり、それこそ関東エージェンシーに賭けてみよう、と思わざるを得なくなった。

事実、前田から東洋水産の担当に指名された星野、若林、佃《つくだ》の三人は頼もしい男たちだった。

関東エージェンシーが提示したプレゼンテーションのなかで、テレビ・コマーシャルに起用するタレント候補として武田鉄矢と榊原郁恵の二人の名前があげられていたが、森は武田鉄矢なるタレントを知らなかったので後者を推した。

広報部長の松下卓郎は、森と意見を異にした。

「山田洋次監督の〝幸福の黄色いハンカチ〟に抜擢《ばってき》されて、素晴らしい演技をしたタレントです。歌手ですが妙に存在感があるんですよ」

「関東エージェンシーはどっちがいいって言ってるんだ」

「どちらかと言えば武田鉄矢です」

「それじゃあ、それで決まりじゃないか。俺は素人だから、専門家のきみたちにまかせるしかないよ」

森は釈然としなかったが折れた。自説に固執するほうではない。

残る問題はキャッチフレーズである。

〝マルちゃんの熱いきつね〟で決まりかかったが、〝熱いうどん〟が日華食品のテレビ・コマーシャルのフレーズにあったことに気づき、「あの会社は、平気で人の真似をするくせに、そういうことにはうるさく言ってくるぞ。いさぎよしとせんな。やめよう」の森のひと言でボツになった。

「〝マルちゃんの赤いきつね〟はどうでしょう。きつねは赤いから、いいんじゃないですか」

「うん、いいだろう」

松下の提案を森は即座に了承した。

〝マルちゃんの赤いきつね〟は、大ヒットし、シェア奪回を果たした。

昭和五十三年秋から始まった〝マルちゃんの赤いきつね〟のテレビ・コマーシャルを契機に、東洋水産の業績はふたたび上向きに転じた。

ちなみに五十三年度の決算は、売上高六百六十七億一千四百五十万円（対前年度比九・

四パーセント増)、税引後利益八億三千六十万円(同七・九パーセント増)の増収増益となった。

そして、テレビ・コマーシャルの成功は、武田鉄矢をも大きく押し上げていくことになる。

6

東洋水産は、石油危機とAF2問題のダブルショックによって経営環境が悪化したため、米国工場の建設を凍結していたが、森がゴーサインを出せたのも、もっぱら〝カップうどんきつね〟が大ヒットしてくれたお陰である。

東洋水産が米国法人のマルチャンINCを全額出資(資本金十万ドル)で設立したのは、昭和四十七年十二月だが、四十八年七月に取得した五・七エーカーの工場用地については二年以内の着工を義務づけられていたので、五十年七月がタイムリミットであった。

しかし、アセスメント(事前環境調査)等との関係で、若干の猶予が認められ、東洋水産が役員会で最終的にラーメン工場の建設を決定したのは五十年十一月、そして翌年四月に現地で建設工事に着手した。

ロサンゼルス郊外オレンジカウンティはその名のとおりオレンジ畑が点在し、太陽がふりそそぐ南カリフォルニア特有のたたずまいをみせていたが、アーバイン地区は日本企業の進出を含めて工業団地へと変貌《へんぼう》を遂げつつあった。

森は、マルチャンＩＮＣの工場建設が本格化するにつれて米国出張も多くなったが、五十一年九月下旬の渡米直前に、子会社の甲府東洋を訪問した。

甲府東洋は、米国向けに輸出している即席麵（ラーメン）も製造している関係で、米国派遣要員がトレーニング中であった。森は超多忙のなかを陣中見舞いに駆けつけたのである。

中野幸雄をリーダーに、平井文樹、瀬川豊、望月和夫、古里親、兼重信英、木田進の七名は八月上旬から甲府東洋の本社工場で研修に入っていた。

中野は三十七歳だが、平井以下はいずれも二十歳代の若い技術者である。七人は、合宿さながら社宅の二間に寝泊りし、三度の食事はすべて工場の食堂を利用した。

森は、七人と食堂で昼食を共にしたが、会社が大きくなって、社長と話す機会などめったになかったから、感激と緊張でどの顔も湯上がりのように上気していた。

ビールで乾杯したあとで森が挨拶した。

「きみたちの研修もそろそろ二カ月になるがあと一カ月頑張ってくれ。運動部の合宿みたいに狭いところでさぞ苦労していると思うが、アメリカへ行ったらこんなものでは済まないぞ。脅かすわけじゃないが、まず日本語は通じないと思ったほうがいいな。日本式の常識を振り回してもダメだ。郷に入っては郷に従えと言うが、最低限日常の英会話ぐらいできるようにならなければいかん。英会話を少し齧《かじ》ったくらいで偉そうなこと言うなと叱られるかもしれないが、努力すれば努力しただけのことはある。俺の場合は年寄の冷水みたいに見られたに違いないが、やってよかったと思う。五年間なんとかつづけたが、言い訳めくけれど時間がゆるされればもっとつづけたかった」

「アメリカでは会議も英語なんでしょうか」

誰かに真顔で質問されたので、森も真顔で返した。

「アメリカ人が入っているときは、それが原則だろう。日本人同士が日本語で話した場合は、いまなにを話したのか必ず通訳して教えてやるべきだと思うな。その程度の配慮はあって当然だ。日本資本の企業に入社するんだから、日本語を話せるガッツのあるヤンキーもいるだろうが、あんまり当てにしないほうがいい」

「まいったなあ」

深刻そうに顔を歪《ゆが》めた者もいる。

森はその顔に笑いかけた。

「これじゃあ陣中見舞いに来たんだか、脅かしに来たんだかわからなくなったが、きみたちは俺の眼鏡にかなったエリートだ。よく心臓英語と言うが、心臓も並以上だと信じている。自然体で大丈夫だよ。案外、日本へ帰るのが厭《いや》だなんて言い出すかもしれないぞ」

中野たちがこのときの森の話を厭でも思い出すのは、二カ月後のことだ。

当然ながら七人が甲府東洋で合宿研修中もアーバインでは工場の建設工事が進行していた。

建設チームの苦労はひとかたならぬものがあった。

東洋水産にとってすべてが初めての経験だからとまどうことが多かった。米国の建設業界の状況やシステムが呑《の》み込めていないし、建設手続きのための諸官公庁との交渉や契約書の書き方さえもわからないのだから仕方がない。

マルチャンＩＮＣが加島建設の現地法人、加島アソシエイツに工場の設計、建築を発注したのは、日本語が通じると考えたからだが、その期待は見事に裏切られた。加島アソシエイツは電気、蒸気関係の日本人技術者がおらず、他社に委託する関係で会議は英語ですすめざるを得なかったのだ。

おまけに数値の単位はフィート、ポンド、ガロンなどだから、いちいち換算しなければならない。

日本なら着工後の追加工事も可能だが、アメリカでは手続きが煩雑なうえに費用は二倍も要する。また市のインスペクター（検査官）から日本の建築確認に当たる検査を受けるに際して統一基準がないことやインスペクターの考え方に左右されるため時間がかかり過ぎることも建設チームの目算違いであった。

一フィートに何インチの釘《くぎ》を何本打つかまで建築契約書に明示させられる始末である。一事が万事でこの調子だから、計画立案の段階で、日本でトレーニングしたことは、ほとんど意味をなさなかった。

もっとも中野たち七人のチームは、機械の据《す》え付け、工場の立ち上がり、機械操作などを担当するために派遣されたので、建設初期の苦労は経験せずに済んだが、それでも現地採用技術者との打ち合わせで、意思の疎通にどれほど神経を遣わされたかわからなかった。

森が九月下旬に渡米したのは、ジェネラルマネージャー（総支配人）のジョージ・デラードと打ち合わせをするためである。

デラードをマルチャンINCのジェネラルマネージャーにどうかと推薦してきたのは大手広告代理店だ。日本の音響機器メーカーの米国法人でジェネラルマネージャーとして実績があり、なかなかの遣《や》り手という触れ込みだった。

デラードはイタリア系アメリカ人で、年齢は四十四、五歳。鼻下に髭《ひげ》をたくわえているせいか、にやけた感じはするが、押し出しも堂々としており、悪くはないだろう、というのが森の第一印象だった。

デラードは端《はな》から年俸七万ドルを要求するほど自信満々の態度で、その点も森の気持ちに訴えかけるものがあった。

「わたしはマルチャンINCのオーナーでもあり社長でもあるが、わたしの代行として経営を取り仕切ってもらえますか」

「まかせてください。わたしは過去に失敗したことは一度もありません」

「音響機器メーカーと食品メーカーでは違うと思うが」

「要はマルシャンラーメンを全米で売りまくって儲《もう》ければいいんでしょう。お安いご用ですよ」

「失敗したらどうしますか」

「失敗、ご冗談でしょう。わたしの辞書に失敗なる言葉はありません」

初対面のときから、まるで自信と誇りが背広を着てるような男だった。

森は、五カ月前の一九七六年（昭和五十一年）四月に、デラードをジェネラルマネージャーとしてスカウトした。

第十一章　闘争宣言

1

マルチャンＩＮＣの総支配人としてイタリア系アメリカ人のジョージ・デラードをスカウトしたとき、森和夫に反対した男が一人だけいた。

米国で公認会計士の資格を持つ竹中征夫である。

竹中は、ロサンゼルスに本部を持つ全米最大の公認会計士事務所ピート・マーウィック・ミッチェル（ＰＭＭ）で日系企業を担当する筆頭パートナーである。

昭和五十一年四月当時三十四歳。一九六五年（昭和四十年）ユタ大学経済学部会計学科を首席で卒業、六七年（昭和四十二年）に公認会計士の資格と米国の国籍を取得、入所後八年でＰＭＭ最高地位のパートナーに昇進し、最年少パートナーの記録をつくった俊秀である。

ロサンゼルス日系人社会の実力者として知られているが、森は米国へ進出する方針を決断した直後に知人から竹中を紹介された。

森はデラードの採用を決めた直後にロス市内５５５サウスフラワーストリートにあるＰ

MMのオフィスに竹中を訪ねた。

「ジョージ・デラードをご存じですか」

「ええ。ティアックの現地法人でジェネラルマネージャーをやっていた男でしょう」

「デラードをマルチャンINCでジェネラルマネージャーとして使うことにしました」

竹中はしかめた顔を斜めに倒した。

「賛成できませんねえ」

「えっ、どうしてですか。いろんな人の意見を聞きましたけど、反対論は出ませんでした。竹中さんが初めてですよ」

「堅実経営をモットーとしてきたティアックと折り合いがつかなくて辞任した人ですよ。なんというか、けれんが強くて森さんとは肌合いが違うし、セールス・ボリュームを広げさえすればモノが売れると考えてるような人ですからねえ」

「たしかに、わたしの辞書に失敗なる言葉はないなんて大口を叩《たた》いてましたから、ちょっとどうかなという気もしますが、それがアメリカ流なんでしょう。アメリカで仕事をやる以上はアメリカ人に経営をまかせるぐらいの気持ちにならなければいけないと思うんです」

「デラードと雇用契約を結んでしまったんですか」

「ええ」

「それじゃあ、わたしがなにを言っても始まりませんねえ」

「デラードに賭《か》けるしかないと思います。見どころがあると高い点数をつけてくれた人も多いし、案外やってくれるんじゃないかと期待してるんです」

「わたしの言ったことは杞憂《きゆう》に終わりますよ。きっとデラードも頑張るんじゃないですか」

「ありがとうございます。肝心の用件を忘れてました。マルチャンＩＮＣの会計監査の件よろしくお願いします」

「承知しました。ご健闘をお祈りします」

二人は、笑顔で握手して別れた。


昭和五十一年十月上旬の某日、ロサンゼルスからの帰途、森は飛行機のリクライニングシートに背を凭《もた》せながらイングルウッド空港まで見送ってくれたデラードのにやけ面を瞼《まぶた》に浮かべ、連鎖的に数カ月前の竹中とのやりとりを思い出していた。

今回の米国出張は二週間にわたったが、国内、海外を問わず森は秘書を従えたりせず、いつも一人で行動した。

デラードの意見を容《い》れて、南カリフォルニアの大手スーパーの幹部やチーフバイヤー、マルチャンＩＮＣで起用するブローカーなど百人ほどを招待し、市内のホテルでパーティを開催して、前景気を盛り上げたが、席上デラードはスピーチのなかで「マルシャンラーメンは日ならずして全米一のブランドになるだろう」とぶちまくった。

アメリカ人はマルチャンと言えず、マルシャンと発音する。

袋麺の〝ラーメンシュプリーム〟とカップ麺の〝スープンヌードル〟を五十二年（一九七七年）初めから現地生産する手筈《てはず》になっていたが、デラードは地道なところがなさ過ぎる、と森は思わぬでもなかった。

2

五十一年暮れに、ニューヨークから東洋水産社長の森に国際電話がかかった。

相手は、米国第一物産社長で、本社の副社長を兼務している佐藤達郎であった。

「ロスの工場は完成したんですか」

「いいえ。工事が遅れてますから、二月ごろになると思います」

「それにしてはテレビのコマーシャルを派手にやってるじゃないの。マリー・アルバゲッティという美人歌手を使ってマルチャンラーメンのイメージコマーシャルを全米で流してますねえ。僕はニューヨークでNBCテレビを見て、びっくりしたんです。もちろん、森さんは承知してるんでしょう」

「いいえ。初耳です。アルバゲッティなんて歌手の名前も知りません」

「人気のピークは過ぎたが、アメリカでは一流で通ってるし知名度も高い。相当なギャラを払ってるんじゃないですか」

「マルチャンＩＮＣの経営はデラードにまかせるつもりですが、工場も完成しないうちからＣＭでもないでしょう」

「同感だねえ。だってどこのスーパーへ行っても、まだマルチャンラーメンを置いてるところはないんですから」

「デラードには現場の状況をしっかり把握するように注意しておいたのですが、そんなＣＭだけ先走るようなことをして、困ったものです」

「しかし、テレビＣＭは広告会社なりテレビ局と契約してのことだろうから、いまさらやめるわけにもいかんでしょうねえ」

「とにかく事実関係を調べてみます」

佐藤は、森の後見人ともいうべき立場にある。

その佐藤が心配してニューヨークから電話をかけてきたのだから、ほっておくわけにもいかない。

森はロスのマルチャンＩＮＣに国際電話をかけたが、デラードは外出して席を外していた。

電話に出たのは、デラード付秘書のヤンキー娘だった。

日本語は通じないので英語でやりとりすることになる。

森は、本社から派遣しているマネージャークラスの松本保之を電話口に呼び出すよう命じた。

「きみ、もうテレビCMをやってるそうだが、工場も完成しないうちから、ちょっとやり過ぎじゃないのか。いつから始めたんだ」

「一週間ほど前からです。社長はご存じかと思ってました」

「冗談言うなよ。二カ月前にロスに出張したときも、デラードからそんな話は出なかったぞ。きみたちに相談はなかったのか」

「まったくありません。すべてデラードの独断です。スーパーマーケットから問い合わせは殺到してますが、現場は対応しようがなくて閉口してます。いったいなにを考えてるんですかねえ」

松本の口調は、デラードに対する不信感に満ちていた。

これでは先が思いやられる——。

森は眉《まゆ》をひそめながら気持ちを取り直して、やわらかく返した。

「デラードはジェネラルマネージャーには違いないが、だからといってなんでもかんでもかれの言いなりになることはないだろう。どんどん意見を言って欲しいなあ。きみらスタッフとデラードとの対話不足がいちばんいかんのだよ」

「わかりました」

どこか投げやりな返事である。

「ほんとうに頼むぞ。テレビCMの件は俺から注意しておく。デラードなりに考えがあるんだろうし、わたしがいちいち口出しするのもどうかと思うが、まだCMを流すタイミングではないよ。外出先から帰ったら、わたしに連絡するように伝えてくれ」

「ここのところ事務所に顔を出してませんが……」

「どこへ出張してるかもわからんのか」

「申し訳ありません。社長へ告げ口するようでなんですが、デラードはほかに仕事を持ってるんじゃないでしょうか。音響機器のブローカーのような……」

「なんだって。そんなことで支配人が務まるのか」

森は声を荒げたが、松本を怒鳴るのはお門違いだと気づいて声量を落とした。

「連絡がつき次第、デラードに必ずわたしに電話するように言ってくれ。ところで中野たち元気でやってるか」

「はい。みんな元気です」

「そうか。みんなによろしくな」

デラードは翌日の朝、電話をかけてきた。

「テレビ・コマーシャルのことはどういうつもりなのかね。ある商社の人から注意されたが、まだそんな時期ではない」

「マルシャンINCのことはわたしにおまかせください。悪いようにはしません。マルシャンラーメンのイメージを消費者に植えつけておく必要があるんです。マルシャンINCは後発メーカーですから、いまからPRしてちょうどいいんです」

こう自信たっぷりに言われると、押し返せなかった。

「重要な案件についてはわたしに相談してもらいたいな。日常の経営執行権はきみにゆだねてるが、マルチャンＩＮＣの社長はわたしなんだからねえ」

「テレビＣＭぐらいはわたしにまかせてもらえませんか。まだ業績をうんぬんするのは早過ぎますが、問題は結果だと思います」

「わかった。テークノートしておくよ」

森はなにかしら煙に巻かれたような感じだったが、たしかに経営は結果がすべてである。電話を切ってから、ほかに仕事を持っているのかと詰問するのを忘れたことに気づいた。

3

マルチャンＩＮＣの工場は昭和五十二年三月上旬に完成した。当初の生産能力はラーメンシュプリーム、スープンヌードル各一ラインで、ラーメンシュプリームは日産（八時間稼働）三千二百ケース（一ケース二十四食入り）、月産（二十一日稼働）六万七千二百ケース、スープンヌードルは日産六千二百ケース（一ケース十二食入り）、月産十三万二百ケースであった。

所要資金は、土地代二十六万ドル、建屋九十六万ドル、機器百四十一万ドル、合計二百六十三万ドル。

対ドル円レートが二百八十円の時代だから、邦価換算で七億三千六百四十万円、東洋水産本社の年間利益に匹敵する投資額である。

三月十五日の夜、アーバインのマルチャンINC本社工場内の倉庫を飾り立てて、竣工《しゅんこう》披露パーティが行なわれた。

竣工パーティの日取りが決定した直後、広報部長の松下卓郎が社長室にやってきた。

「水沢アキが竣工式に出席したいと広告代理店を通して言ってきましたが、どうしましょうか」

水沢アキは当時、東洋水産のテレビ・コマーシャルの一部に起用されていたタレントである。

「アメリカへ行ったことがないのでできたらこの機会にお願いできないか、ということです」

森は考える顔になった。

「デラードから、アナ・マリー・アルバゲッティをパーティに出席させたいと連絡してきたが、バランス上、水沢アキに出席してもらうのも悪くないな。招待してあげたらいいよ。ただし、なにか事故が起きてもなんだから、代理店の担当者に同行してもらったらどうだ」

水沢アキは森和夫、深川清司らと共に渡米、あでやかな振《ふ》り袖《そで》姿で錦上《きんじょう》花を添え、アルバゲッティや女性ピアニストらと交歓、日米親善にひと役買うことになる。

パーティ会場には、日本から乗り込んだ森たち十数人を含め約百五十人が詰めかけ、盛況だった。

デラードはホスト役として笑顔を振り撒《ま》きながら会場内を歩いていたが、このときが得意の絶頂だったと思える。

一九七七年(昭和五十二年)三月期決算でマルチャンINCは百四十四万八千ドルの欠損を出し、七八年四月以降も赤字は増えつづけた。

ひどい月は二十万ドルもの赤字を出した。

七月中旬に、森は常務取締役の福井誠治を伴って渡米した。

森が初めて渡米したのは昭和三十年九月だから、もうふた昔になるが、第一物産の前身である第一通商のニューヨーク支店駐在員時代の福井にニューヨークやボストンで世話になったことがある。

そのときの縁で福井は昭和四十八年に第一物産から東洋水産に転じた。

渡米する前に、森は福井を社長室に呼び、深刻な面持ちで切り出した。

「俺と一緒にアメリカへ出張してもらいたいが、どうかねえ」

「喜んでお供します」

「デラードに引導を渡す時期だと思うんだが、微妙な話だから、俺の語学力では無理だ。きみに通訳を頼みたいんだよ」

東京外語大出の福井は語学が堪能《たんのう》で、きれいな英語を話す。

「それと、一カ月ほどロスに滞在してもらおうか」

「もちろんけっこうですが、わたしになにかお役に立つことがありますか」

「デラードの尻《しり》ぬぐいみたいな嫌な役回りだが、マルチャンＩＮＣの現況を洗い出して欲しいんだ。支配人代行のつもりでひと頑張りしてもらいたい。きみには国内でやってもらうことがあるから、駐在してもらうわけにはいかないが、ひと月ならなんとかなるだろう」

「ひと月やふた月は大丈夫ですよ」

「デラードのやつ、とんだ食わせ者だったなあ。結局、俺に人を見る眼がなかったんだよ。失敗なる言葉は自分の辞書にないなどとぬかしたが、管理能力もないし指揮官の器でもない。まるで詐欺に遭ったようなものだよ」

「しかしあの男は妙に人なつっこくて、調子のいいところがありますから、社長ならずともだまされますよ」

「うん」

「デラードが開き直るなり、辞任を渋るようなことになったらどうしますか」

「具体的な再建プランがあればともかく、そんなものがあるわけがない。だいいち開き直れる立場でもないだろう。テレビＣＭのタレント起用をめぐってバックマージンを受け取った事実もあるらしい。その気なら背任罪で告訴することだってできると思うが、そんな恥の上塗りみたいなことはもちろんやらないけど、解任を甘んじて受けなければならないのがデラードのいまの立場だよ」

森は吐息まじりにつづけた。

「最初のボタンの掛け違いは大きいなあ。勉強したと思って諦《あきら》めるしかないが、それにしてもこの授業料は高くついたねえ」

「そうですねえ」

二人とも出るのは愚痴と溜《た》め息《いき》ばかりであった。


デラードは、森と福井の前で顔を上げなかった。

肩を落としてうなだれているデラードと、わずか四カ月前竣工披露パーティで愛想を振り撒いていたデラードが同一人物とはとても思えなかった。

「きみはラーメンの製造コストを無視してただ安売りして量をさばけばいいと考えていたようだが、それでは赤字は増える一方ではないのかね。しかも現実には価格を下げてもマーケットはひろがらなかった。ライバル品に比べて粗悪品とみなされるだけだ」

福井が通訳しているときもデラードはうつむいたままだった。

「テレビCMを派手にやったらしいが、CM費を含めて販売経費を掛け過ぎたことにも問題があるな」

「ブランドの知名度を上げることが先決だと思ったのです」

「きみが生産部門にフル操業を指示したお陰で倉庫はラーメンの山だが、在庫にコストがかかることは知っていたんだろうねえ。また時間の経過につれて商品価値を失うことは考えなかったのか」

「マルシャンラーメンはもっと売れると思ったのです」

「マルチャンＩＮＣはすでに二百万ドルの赤字を抱えているが、きみはどんな再建策を考えているのかね」

デラードは答えられなかった。

「きみは公私混同もあったようだし、マルチャンＩＮＣの業績が悪化している責任の大半はジェネラルマネージャーのきみにあると考えるが、異議はありますか」

デラードはやはり口をつぐんでいた。

「ジェネラルマネージャー職を解任させてもらいます」

デラードは黙ってうなずいた。


森は、デラードを解任した日の午後、ＰＭＭ公認会計士事務所に竹中を訪問した。

応接室のソファで挨拶《あいさつ》を交わすなり、森が言った。

「さっそくですが、きょうデラードを解任しました。四月に竹中さんにお目にかかったときはデラードの採用を決定したあとだったので、どうすることもできませんでしたが、初めに竹中さんに会ってれば、わたしの気持ちも変わったんじゃないかと悔まれます」

「森社長は率直というか謙虚な方ですねえ。森さんほどのオーナー社長になると自分の失敗は認めたがらないものです。こういうことをわたしの前で話題にされる森社長を尊敬します」

「デラードを採用したのはわたしです。自分のエラーを部下になすりつけるなんて卑劣なことは、わたしにはできないし、そんなことは社員にもゆるしません」

森は照れ臭そうにひたいのあたりに手をやった。

「わたしはデラードをマルチャンINCのジェネラルマネージャーに推薦した人の気が知れません。あのときはもうお決めになったと言われたので強く言いませんでしたけど、音響機器メーカーのティアックでかれは一度失敗した人間です。ああいう人を推薦した側の責任はないんですかねえ。デラードはいわばセールスマンに過ぎず、マネージメントできるタイプではありません。ティアックを追われたのもマネージメントの能力を問われたからです。わたしどもの事務所でマルチャンINCの財務のほうを見させてもらってますが、経費の使い方にしても無茶苦茶としか言いようがありません。まだネットワークも確立せず、品物もないうちからテレビに何十万ドルも掛けてイメージ広告をばんばん出すセンスもおかしいし、生産部門と販売部門が相互に不信感を持ち合って、バラバラになっているのも、デラードの責任です。わたしはあんまり出過ぎてもなんだと思いましたが、森さんにデラードを解任すべきだと進言するつもりでした。しかし、それもよしあしなんです。経営者によっては逆に意地になってしまう人もいますから。わたしが出る幕がなくてよかったと思いますが、はっきり言ってちょっと遅過ぎたんじゃないでしょうか」

「いまロスに一緒に来ている福井とも話したのですが、この授業料は高くつきました。しかし負け惜しみと聞こえるかもしれませんが海外事業の狙いの一つは従業員教育です。マルチャンＩＮＣを拠点に十三次に及ぶ研修団が米国へ来て研修を積んでるんです。デラードのお陰で出鼻を挫《くじ》かれたというか大きくつまずきましたが、わたしはマルチャンＩＮＣを投げ出すつもりはありません。ひとつお見限りなきようお願いします」

「もちろんお手伝いさせていただきますが、日華食品との特許係争問題も厄介な問題ですねえ。この問題もいろいろ影響しているかもしれませんよ」

「その点も竹中さんにご教示いただきたいと思っています」

森はソファから腰を上げて丁寧に一揖《いちゆう》した。

4

竹中が指摘した日華食品との特許係争問題は、思い出すだにはらわたが煮えくり返る——。

Ｎ新聞に〝日華食品、米国で特許確立。輸入差止め権も。東洋水産など大打撃〟の記事が掲載されたのは昭和五十一年六月十三日のことだ。

森はこの記事を読んだとき顔色が変わるのを覚えた。

日華食品が意図的にリークしたことは見え見えだが、米国で日華食品の特許が成立している事実はなく、明らかに誤報である。

森は役員会で怒りをあらわにして言った。

「ウチが米国で工場建設に着手したタイミングをとらえて、こんな脅迫的なことをするなんて絶対にゆるせない。米国特許の確立が事実ならともかく、N新聞ともあろうものがコンファームなしにこんなでたらめな記事を書くとは信じられんよ」

「工業協会を通じて文書で照会したらどうですか」

「そうだな」

森は遠藤専務に返してから、深川取締役のほうへ眼を流した。

「〝カップうどんきつね〟では平気でウチの真似をしておきながら、こういうアンフェアなことができる神経はどうにも理解できん。日華食品の企業モラルはどうなってるんだ。トップの人間性を疑いたくなるよ」

日華食品の社長は安東福一である。名うてのワンマン社長として聞こえていた。同社の子会社はすでに米国でカップ麵を生産、販売している。

同年六月十五日付で東洋水産は日本即席食品工業協会を通じて事実関係を確認すべく照会文書を提出したが、回答がないままに六月二十二日付のN新聞に〝アメリカで特許をとった顔〟と題する七段通しの記事広告が掲載された。

二つの記事の反響は大きく、東洋水産に与えた実害は小さくなかった。

二十二日の昼下がりに財務、経理担当の杉江常務がおっとり刀で社長室へ駆け込んできた。

「輸銀から三回目の送金をストップすると通告してきました。特許問題について詳しく説明を聞きたいと言ってます」

「問い合わせてきたのは輸銀だけか。市中銀行はどうなんだ」

森の激越な口調に気圧《けお》されて、杉江は伏眼がちにうなずいた。

東洋水産は、マルチャンＩＮＣの米国工場建設に際して、政府金融機関の日本輸出入銀行に融資を求めた結果、六十万ドルの融資が決定し、すでに二回外貨送金が実施されていたが、六月下旬に予定されている三回目の送金について輸銀は一時停止を通告してきたのである。

「日華食品の米国特許なんて存在しない。仮に将来登録されるようなことがあったとしても、そんなものに抵触するはずがない。きみ、このことを輸銀にきちっと伝えたのか。なんなら俺が輸銀に出向いて話すぞ。事実関係がわかれば送金停止は解除されるはずだ。市中銀行が心配するのもわかるが、日華食品のバケの皮はすぐに剝《は》がれる。うろたえることはないよ。冷静にことをわけて説明すれば済むことだろう」

そう言いながらも森は頭がくらくらするような怒りで、声をふるわせていた。冷静でいられるわけがなかった。

その日の夕刻、斎田常務が森に面会を求めてきた。

「さっき興日証券の引受部門の担当常務から聞いたんですが、日華食品の役員が二カ月ほど前に、興日証券にわざわざやって来て、ウチの増資の引き受けを中止するように申し入れたそうです」

「どういうことだ」

森は咄嗟《とっさ》には呑《の》み込めず訊《き》き返した。

「もちろん特許問題ですよ。マルチャンＩＮＣがアメリカでインスタントラーメンを生産販売することは不可能だから増資の引き受けはやらんほうが賢明だということなんでしょう」

「うう－ん」

森はうめき声を洩《も》らしてから、怒りに堪えるように奥歯を嚙《か》みしめた。

「ウチの幹事証券会社にまで圧力を加えるところをみると、本気なんでしょうか。ほんとうに米国特許に自信があるんですかねえ」

森の顔を見上げた斎田の表情が歪《ゆが》んでいる。

「こけ威《おど》しに過ぎん。それにしても質《たち》が悪過ぎるな。いくらライバル会社とはいっても限度を超えている」

森は怒気を含んだ声で返し、虚空を睨《にら》んだ。

輸銀が東洋水産の説明を了解してくれるまでに二週間ほど要し、マルチャンＩＮＣへの送金は一ヵ月ほど遅れた。

さらにマルチャンＩＮＣの建設現場が動揺していること、米国の取引先等の関係者がマルチャンＩＮＣの先行きを不安視している――などの情報がもたらされるに及んで、森の怒りは頂点に達した。

役員会で、森は眦《まなじり》を決して言い放った。

「こうなったら断固闘うぞ。法治国でこんな暴力的行為がゆるされていいわけがない」

こんなに血がたぎったのは、株式保有問題をめぐって第一物産と闘って以来ついぞなかった。

森は燃えさかる炎のように躰《からだ》中の血液が沸騰した。

この時点ではまだデラードがマネージメント能力を問われる以前だったので、特許問題に精通した米国人弁護士の推薦を求めたところ、プライス弁護士を紹介してきた。

プライスは三十一、二の若い弁護士で、優男といった印象だったが、ネゴシエーターとしても有能であり、正義派でもあったから、後年、森をして「デラードは一つだけいいことをしてくれた。それはプライスを紹介してくれたことだ」と述懐させることになる。

カップ容器に関する日華食品の米国特許が登録されたのは八月二十四日だが、これに対応する日本国内の実用案出願は昭和五十年十二月六日付で、特許庁が新規性なしとして拒絶査定した経緯があった。

N新聞は昭和五十一年九月三十日付朝刊で〝日華食品「カップ即席麵製法」でも米国新特許確立〟と報じ、同年十月二十二日付同紙朝刊には〝アメリカで二つの特許、アメリカでカップ麵を製造販売する場合、この特許を避けて通ることは至難とみられている〟という内容の半ページ大の記事広告が掲載された。こうなると、もはやキャンペーンである。

いわば、日華食品はN新聞を巻き込んでマルチャンINC潰《つぶ》しにかかったと言ってよい。

ちなみに日華食品の製法特許が米国で登録されたのは同年十二月十四日だが、この米国特許に見合う日本特許出願は、異議申し立てが成立し、昭和五十二年五月十日付で特許庁によって拒絶査定されていた。

プライス弁護士が「既存公知事実を隠蔽《いんぺい》したり実施不可能な内容をもって審査官をミスリードするなど不正な手段を弄《ろう》した上での特許登録」と報告してきたのを受けて、東洋水産はマルチャンINC名義で米国連邦裁判所に対し日華食品の米国特許（第一、第二）の無効および非侵害の確認を求める訴訟を提起した。

この訴えは、マルチャンINCが米国でカップ麺を生産する計画に対して、日華食品が虚構の米国特許を楯《たて》に製造中止の仮処分を申請する前に、同特許の有効性について裁判所の判断を求めたものである。

この提訴後六カ月ほど経過した一九七七年（昭和五十二年）六月二十七日付でマルチャンINCは連邦裁に対し、日華食品米国第一特許の無効、非侵害についてサマリー・ジャッジメント（略式審決）を申請した。

そして、デラードの解任とマルチャンINCの再建策を模索して、森が滞米中に、東京では東洋水産、日華食品の担当役員による交渉が行なわれている最中であった。

森はマルチャンINCの経営難と、特許係争問題の二重苦にさいなまれながら、負けてなるものかと闘志をみなぎらせていたのである。

5

昭和五十二年八月一日、米国から帰国した森は、日華食品の米国第一特許に対するサマリー・ジャッジメントの判決が非侵害との朗報に接した。

ところが、日華食品は同月五日〝マルチャンＩＮＣが日華食品の米国第二特許を侵害しているので、二百万ドルの賠償金を支払うよう〟連邦裁に提訴した。

のみならず五日後の同月十日付で〝マルチャンＩＮＣは米国日華の従業員を不正に採用し企業秘密を盗用した〟との訴訟まで提起したのである。

米国日華の旧従業員が二人、森に面会を求めてきたのは一年ほど前のことだ。

平野幸雄とクリフ・原田である。年齢は平野が四十がらみで、原田は三十二、三歳。二人とも米国日華に勤務していた経歴を持つ。二人は、米国日華工場でメキシカンなどの労働者を管理していた経験を活《い》かして、マルチャンＩＮＣで働きたいと望んでいた。英語と日本語が話せ、スペイン語も日常の会話ぐらいならこなせる、という触れ込みであった。

「どうして日華食品を辞める気になったんだい」

平野が答えた。

「あの会社は従業員を大切にしないし、トップのフィロソフィがどうも……。創業社長だから仕方がないとも言えますが、カマドの灰まで自分のもの、という意識が強過ぎます。

インスタントラーメンを発明したのは自分だと吹聴してますが、事実に反します。ご存じと思いますが、インスタントラーメンを鶏糸麵として初めに発明したのは陳という人で、安東さんはそれを盗んだんですよ。お話にならないくらいえげつない人なんです。その点、森社長は紳士だし、従業員を大事にする方だと聞いてます」

森は脇腹がこそばゆかった。

原田は口数が少ないが、平野は弁が立ち遣《や》り手という印象を与えた。米国工場の経験も買える。人手は欲しいが、いかんせんライバル会社に在籍していただけに迷うところだった。

何人かの役員の意見を聞いた結果、技術者でもないし、企業ノウハウをうんぬんするほどのこともあるまい、と判断して、二人をマルチャンＩＮＣのマネージャー格で採用することになった。

「企業秘密の盗用などという言葉はどこを押せば出てくるんだ。言いがかりというか恫喝《どうかつ》的な言辞ではないか。二百万ドルの賠償金も言語道断だ」

森が猛《たけ》り立つのももっともだった。

第十二章　交渉決裂

1

カップ麺《めん》の米国特許をめぐる東洋水産と日華食品の和解交渉は、昭和五十二年七月六日から八月三十日までの間に五回東京のホテルで行なわれた。

和解交渉は日華食品側の要請によるが、東洋水産は有本明、日華食品は戸上峰雄が交渉当事者で、二人は高輪プリンスホテルや京王プラザホテルなどのラウンジで会った。

有本は、昭和五十一年六月に食糧庁次長から東洋水産に転じ、常務取締役に就任した。年齢は五十二歳。

高級官僚にありがちの思わせぶりな語り口や勿体《もったい》つけた話し方はせず、飾らずに直截《ちょくせつ》にものを言う男だった。

ずんぐりした体型のせいもあるのだろうか、森和夫は有本に初めて会ったとき、役人臭のない気のおけない男、という印象を持ったのを憶《おぼ》えている。

森は、有本に総務部門を担当させた。特許関係を総務部が所管している関係で、日華食品との交渉に当たらせたわけだが、有本は嵌《はま》り役とでもいうのか、森の期待にたがわず奮闘した。

相手の戸上は色白でスリムな体型である。年齢は有本より四つ五つ上に見えた。言葉遣いも丁寧で紳士然としている。

しかし、えげつなさ、したたかさで名にし負う安東社長の意を体して、交渉の前面に出てきた戸上が日華食品の主張に固執するのは当然であった。

「企業防衛上、当社はカップ麺の米国特許を登録したのです。権利を守るのは当然ではありませんか。当社の米国特許を尊重してください」

「明らかに過剰防衛ですよ。特許として価値のないものを権利と認めるわけにはいきません。釈迦《しやか》に説法ですが、アメリカの特許法は日本と違って登録発表前の公告制度がないので、登録前の異議申し立てが事実上不可能です。日本なら異議申し立てによって特許性なしと査定されるものが登録されてしまったわけですから、裁判で当該特許の有効か無効かを争わざるを得なかったのです。当社の対抗措置は、それこそ企業防衛上ぎりぎりのものだったと思います」

「日華食品はインスタントラーメンのパイオニアであることを自負しています。アメリカのマーケットを開拓するためにどれほど苦労したか、有本さんはご存じないでしょう。当社が開拓したマーケットを東洋水産さんに侵されるわけにはいかない、というのが安東の考え方です」

「先発メーカーの苦労はわからないではありませんが、アメリカのマーケットを独占しようと考えるところに無理があるんです。しかもその方法論がひど過ぎます。新聞に虚偽の情報を流してまで当社の米国進出を妨害するようなやり方がゆるされていいわけがないんです」

痛いところをつかれて戸上は顔をしかめた。

有本は自分では声をひそめて話しているつもりだが、つい声高になりがちであった。

「日華食品さんは同業他社や資材供給者に対して非合法的とも思えるやり方で圧力をかけてきましたが、中小メーカーなどの弱者に対する恫喝《どうかつ》ぶり、横暴ぶりは眼に余ります。森が絶対にゆるし難いと思ったのはその点にあるんです。わたしは森から安易な妥協はするな、と厳命されてます。口はばったい言い方になりますが、わたしどもは業界全体のために、不正義と闘っていると考えてるんです」

両者の主張は平行線をたどり、交わることはなかった。

八月三十日の五回目の交渉で、戸上が妥協案を提示した。

「米国日華の二つの米国特許をマルチャンＩＮＣさんに一億円で供与するということでいかがでしょうか」

「森と相談しますが、多分返事はノーだと思います。後日、文書でお答えします」

有本が予想したとおり、森は一顧だにしなかった。

「ウチの製法は独自のものだ。あんなものが特許だなんて冗談じゃないぞ。只でくれてやると言われても断るよ」

東洋水産は日華食品に対して九月三日付で、受諾できない旨、文書で通告した。

2

社長付秘書の宮川真佐子から神戸工場に出張中の森和夫に電話がかかった。昭和五十三年七月二十一日午後三時過ぎのことである。

「ただいま安東さんとおっしゃる男の方から電話がございました。どちらの安東さんかとお訊《たず》ねしたのですけれど、なにもおっしゃいませんでしたが、お急ぎだということでしたので神戸工場へ出張中であることをお伝えしました」

「そう。安東ねえ。どこの人かなあ」

「そちらへ電話が入ると思いますが、よろしかったでしょうか」

「かまわんよ」

宮川真佐子は、社長付秘書になってまだ間がない。前任者の西森マリ子は、米国法人のマルチャンＩＮＣに夫の哲郎と転勤になった。

子供がいないので身軽だし、英語が話せるので、森は西森夫婦にマルチャンＩＮＣへの転勤話を持ちかけたところ、喜んで受けてくれた。

西森哲郎は、販売部門でミリタリー（軍）関係を担当し、マリ子は事務部門で頑張っている。

後任の宮川真佐子の年齢は三十がらみ、明るくて気働きのする女だ。

真佐子と電話で話している間に、工場長付の秘書嬢からメモが入った。

「さっそく安東なる人物から電話がかかってきたぞ。じゃあ予定どおりあしたの夕方東京へ帰るからな」

森はいったん電話を切ってから、また受話器を耳に当てた。

「森ですが……」

「安東です。出張先まで電話をかけて申し訳ないねえ」

「安東さんとおっしゃると、どちらの……」

「日華食品の安東ですよ」

「ああ、どうも」

「森君に至急お目にかかりたいのやが、東京へはいつ帰りますか」

「あす夕方帰りますが、ちょっと予定が立ちません。日華食品さんと違って貧乏会社ですから」

森は硬い声で返した。

顔も見たくない、と言えるものなら言いたいくらいだ。

安東福一とは、倶《とも》に天を戴《いただ》きたくない、とさえ思っていた。

「わたしも貧乏ひまなしの口で忙しいのはお互いさまやが、ぜひ会いたいですねえ。森君の都合に合わせてわたしが上京しますわ。東京のホテルで会いましょうか。あさって二十三日の午後二時ごろでどうでしょうか。あんたの会社は品川でしたな。東京プリンスが近くてええでしょう。ロビーで待たせてもらいます」

安東は押しつけがましくたたみかけてきた。

用件の察しはついていたが、森はわざと訊いた。

「お互い忙しい身で無理して会わなければならない緊急な用件がありますか。ご用向きはなんでしょう」

「もちろん特許問題ですよ。森君と腹を割って話したいと思うてますのや。虚心坦懐《たんかい》にあんたのご意見を拝聴させていただきますさかい、なんとか都合をつけてくださらんか」

虚心坦懐に人の話に耳を傾けるような男ではない。空々しいことを、と森は思った。

「特許問題でいまさら安東さんとお会いしても始まりません。裁判で決着をつけるしかないと思いますが」

「まあ、そう言わんで。とにかく会ってからにしましょうや。あさっての午後二時に東京プリンスホテルのロビーで待ってますう」

安東は返事も聞かずに電話を切った。

森が憂鬱《ゆううつ》な気分でその日東京プリンスホテルに着いたのは午後二時を二十分も過ぎたころである。

強引に人を呼び出したのだからこの程度の遅刻は当然だと思ったし、安東が待たされたことを根に持って帰ってしまえばそれまでである。むしろそのほうが気が楽というものだ。どうせ安東に会ったところで無意味である。それどころか不愉快な思いをするだけ損だ。森がドアを押して館内に入るなり、安東がつくり笑いを浮かべながらこっちへ近づいて来た。ドアのほうを気にしていたに違いないが、長身の森は眼につきやすい。

「お待たせしてどうも」

森は遅刻を詫《わ》びたが、頭を下げなければならないのは安東のほうだという思いのほうが強かった。

業界団体の会合やパーティで会っていたから初対面ではないが、まともに話したことは一度もなかった。

「わたしもいま来たところや。コーヒーでもどうですか」

「ええ」

ホテルのどこかに秘書を待たせているのだろうか、安東は一人であった。

メタルフレームの眼鏡の奥で険のある眼が光っている。そろそろ古稀《こき》に近いはずだが、肩を揺すりあげながらずんずん先を行く足どりは老人臭くなかった。

ラウンジのテーブルで向かい合い、ウエイターにコーヒーを注文してから、安東がにたっとした顔を森のほうへ寄せてきた。

「アメリカの裁判はひどいもんやねえ。あんたとこの弁護士にぎゅうぎゅうやられて往生したわ。まるで検事と一緒や」

「ああ、ディポジション（宣誓証言）のことですか。プライスから報告を受けてますが、大変だったようですねえ」

森は涼しい顔で返した。

ディポジションとは、双方弁護士による関係当事者の尋問で、法廷ではないが裁判所の管理下に置かれた予備裁判とも言え、日本の民事訴訟における準備書面に匹敵する。宣誓して証言しなければならないので、証言者のプレッシャーは小さくない。

安東のディポジションは七月上旬に四日間にわたって行なわれた。

安東は、プライス弁護士のディポジション要求に対して渡米する時間がないと拒んでいた。しかし、米国日華の社長を兼務している安東がこの二、三ヵ月の間に二度も訪米している事実をつかんだプライスは、裁判所に安東の召喚を要請し、これが認められた。

つまりロサンゼルスの連邦裁判所から法的に強制力を持つ召喚を受けて、安東はプライスらマルチャンＩＮＣ側弁護団の尋問を忌避できなくなったのである。

マルチャンＩＮＣ側の弁護団はプライスを主力に、クラウスナー弁護士、日系三世の竹内弁護士、それに竹中公認会計士がコーディネーター的な役割を担った。

一方、米国日華側は辣腕《らつわん》弁護士として知られるアームストロングを主任に、弁護士六人、ワシントンＤＣと東京から一流の弁理士三人を動員して総勢九人。米国日華側は質と量でマルチャンＩＮＣを圧倒しようと考えたのか、大弁護団を編成してディポジションに臨んできた。

森は、プライスから詳細に安東ディポジションの経過報告を受けていた。

一週間ほど前にプライスが来日したのである。

森は、福井常務に同席させてプライスの話を聞いた。

森はプライスと直接英語でやりとりすることもあるが、話の内容が専門的で複雑でもあったから、福井に通訳してもらう場合が多かった。

「フクイチアントウさんは苛《いら》だってました。最後のほうではタイガーバームとかいうシンガポール産の匂《にお》いの強烈な塗り薬をこめかみに塗ってたくらいですから、相当こたえたんだと思います」

「ミスター・プライスにやりこめられたということですか」

「少し懲らしめてやろうとは思ってましたが、やり過ぎたかもしれません。前歴について尋問したなかで、犯歴について触れてしまったのです。あれは相当ショックだったようです。フクイチアントウさんは一九五五年ごろ、大阪の信用組合の理事長をしていたのですが、信用組合の資金を小豆の買い占めに注ぎ込んで、背任罪で起訴されたのです。執行猶予になりましたが、犯歴であることには変わりません」

福井の詳細な通訳を聞いて、森は二度目の唸《うな》り声を発した。

「ミスター・プライスはどうしてそんなことまで知ってるんですか」

「わたしは大阪で訴訟にかかわった経験もあるんです。フクイチアントウさんのことは徹底的に調査しました。フクイチアントウさんは顔色を変えて〝前科などない〟と証言しましたが、事実ですか、と訊き返したところ〝記憶にない〟と言い直しました」

「前歴まで暴くのはどうなんでしょうねえ。本質とは関係ないわけだから」

森は、通訳をためらっている福井のほうへ眼を流した。

福井の通訳を聞いてプライスは貴公子然とした端整な顔を崩した。

「おっしゃるとおり失礼になったかもしれませんが、わたしは戦略的に攻めたつもりもあるんです。日華食品の米国特許の価値のないことについても充分理解してますし、インスタントラーメンの真の発明者がフクイチアントウさんではないことも承知してましたから、その点を引き出したかったのです。フクイチアントウさんの前歴をディポジションで明らかにしたことは、その意味で効果的だったと思います」

プライスはブラウンの毛髪を掻《か》き上げながら福井の通訳を聞いていたが、森がうなずいたので満足そうに眼を細めた。

「フクイチアントウさんの三日目のディポジションで、わたしは発明者としてなにをなしたかを細かく尋問しました。カップに入れる麺の数量がパテントに明記されていない事実も指摘しましたが、フクイチアントウさんの証言は支離滅裂で、米国特許の不合理性が立証され、第一特許も第二特許もその有効性に疑義のあることが明確になったと思います」

「ディポジションで、新聞に虚偽のニュースを流したり、登録もされていないのに〝アメリカで特許を取った顔〟などと、大広告を出したことも取り上げられたのですか」

「オフコース！」

プライスはめずらしく大仰なゼスチャアをみせた。

「フクイチアントウさんは新聞の独走だと言い出す始末です。これも減点です。記事のほうは言い抜けられても広告はクライアントの意思なしに掲載されるわけがありません」

「新聞の独走ねえ。ぬけぬけとそういうことが言える人なんだなあ」

森は呆《あき》れ顔で返した。


安東はプライスの名前を聞いて厭《いや》な顔をした。

「森君、悪いことは言わん。裁判はもう終わりにしましょうや。カネばかりかかってかなわんです」

「そうはいきません。裁判で決着をつけるのが筋ですよ。いきなり人を斬りつけるような真似をしといて、それはないでしょう。二年前のN新聞の記事と大広告のことは生涯忘れられないと思います。安東さんは新聞の独走とおっしゃったそうですね」

怒りを込めた眼で見据えられて、安東は視線をさまよわせた。

「わたしも忙しゅうて新聞広告までは眼が届かん」

安東に「悪かった」と頭を下げられたら、森の心象風景も少しは変わっていたかもしれないが、そのひと言で、森はカーッと躰《からだ》が熱くなった。

「時間がないのでこれで失礼します」

「ちょっと待ちいなあ。まだ話は終わっとらん。いま会《お》うたばかりやないですか」

安東の手を振り切りたいのを堪《こら》えて、森は椅子に坐《すわ》り直した。

安東は上眼遣いで森をとらえた。

「森さんはアメリカの裁判に出るつもりですか。えらい目に遭いますがな」

「そのつもりです。逃げ隠れする必要はまったくありません。自然体であるがままを証言すればいいと思ってます」

「そんな生やさしいのと違いまっせえ。何年かかるかしらんが、このまま裁判をつづけるのはカネをドブに捨てるようなものですがな。裁判はやめにして手を握りましょうや」

「そんなヤミ取引みたいなことは断じてできません。プライス弁護士が言質《げんち》を与えてしまったので拒み切れませんでしたが、日華食品さんはマルチャンINCの工場査察を強行しました。ここまで損なわれた両者の信頼関係を当事者能力で取り戻すことは困難だと思います」

米国日華の関係者がロサンゼルス・オレンジカウンティのマルチャンINC本社工場を査察したのは昭和五十二年十一月二日の午後で、この間、工場の操業はストップし、業務を妨害されたことは紛れもない事実であった。

「若い連中は血の気が多いから、ま、そういうこともあったやろうが、お互い訴えを取り下げて仲良うやろうやないですか。東洋水産さんが先輩の顔を立てて、ちょこっと色をつけてくれればええんです」

「安東さんと握手する気にはなれませんが、参考までに伺いますけれど顔を立てて、色をつけるとは具体的にどういうことですか」

「第三者に仲介してもらうのがええのと違いますか。大物政治家がええでしょう。福田赳夫さんでも、田中龍夫さんでも喜んで間に入ってくれますがな」

森はしかめっ面で、コーヒーをすすった。

安東が福田赳夫との昵懇《じっこん》の仲を各方面でひけらかしていることはつとに知られていた。それを無言の圧力にして、即席麵業界をわがもの顔でのし歩いている、と森の眼にも映っている。

森が黙りこくったので、安東はおもねる口調になった。

「そう言えば森君は鈴木善幸さんと親しいそうやねえ。なんなら福田さんと鈴木さんに斡《あっ》旋《せん》してもろうてもええですよ」

「鈴木善幸さんは学校の先輩ですから眼をかけてもらってますが、こんな問題を持ち込むのは筋違いですよ。あなたは政治家を使うのを常套《じょうとう》手段にしてるようですが、あまりいい趣味とは言えませんねえ」

今度は安東のほうが顔をしかめる番だった。

森は、かまわず皮肉たっぷりに言い放った。

「政治家を使うほうが裁判をつづけるよりよっぽどおカネがかかるんじゃないですか」

「選挙のときに多少応援するだけですわ」

「とにかくいま安東さんとアンダー・ザ・テーブルで握手する気にはなれません」

森は言いざま伝票をつかんで立ち上がった。

3

二日後の七月二十五日の午後、森は安東から二度目の電話を受けた。

会議中にメモを入れられたのである。

「大阪からかけてるのや。ええからつなぎいな」

安東は、秘書の宮川真佐子を一喝したという。

「森ですが」

森はあからさまに不機嫌な声を押し出した。

「会議中にすまんことです。先日は失礼しました……」

安東はどこ吹く風でつづけた。

「さっそくやがロスへ行くいうのは本気ですか」

「行きます」

森はにべもなく返した。

「政治家を間に入れるというのは、お気にめさんようやから撤回しますう。そやかていつまで裁判つづけてもあかんでしょうが。和解したほうがお互い損がないのと違いますか。もう一度会《お》うてくださらんか」

安東はぐっと下手に出てきた。ほとんど猫撫《ねこな》で声に近い。

「申し訳ありませんが、お会いする気持ちになれません。お会いしても意味がないように思います。わたしのディポジションの日取りも決定してますので……」

「やめときなはれ。あれは、肚《はら》が立つだけで一文の得にもなりまへん。和解しましょう。トップ交渉で手を打とうやないですか」

「会議中なのでこれで失礼します。どうも」

「もしもし、もしもし……」

遠ざける受話器から懸命に呼びかける声が聞こえたが、森は電話を切った。


八月四日に渡米し、十八日に帰国するまでに森のディポジションは都合三回行なわれた。福井が通訳兼オブザーバーとして出席した。

場所は、ダウンタウンの555サウスフラワーストリートに面したアーコ・プラザビル内キンドール・アンダーソン法律事務所の会議室である。

森は勢い込んでロスへやって来たが、プライスに釘《くぎ》を刺された。

「余計なことはあまり発言しないようにしてください。英会話はかなりできるようですが、英語は使わず母国語でお願いします。なんならイエスかノーだけでもけっこうです」

「言いたいことは山ほどあります。イエスかノーなんて、そんなのは困りますよ」

「イエスかノーは極端ですが、しゃべり過ぎるのはよくありません。向こう側の不利になることをいくら話しても証拠として採るか採らないかは向こう側の決めることで、あまり意味がないのです。饒舌《じょうぜつ》はとかく矛盾を生みやすいし、揚げ足を取られてもつまらないじゃないですか」

プライスは顔に似合わずきついことを言う。

第一回目のディポジションは、雷鳴が轟《とどろ》く悪天候の日に行なわれた。

眼下にヒルトンホテルが見える会議室の大テーブルに十数人が着席した。

森は起立し、右手を小さく上げて日本語で宣誓した。

「良心に従って真実を述べることを誓います」

米国日華側の弁護団は手ぐすね引いて森を待っていたはずなのに、型どおりの人定尋問から始まり、氏名、生年月日、経歴などを細かく訊《き》かれた。

昼食を挟んで午後からのディポジションで核心に入った。

――ラーメンの製造方法をご存じですか。

「だいたい承知してます」

――水分はどうなってますか。

「いろんなケースがあると思います。詳しいことは知りません」

――平野幸雄さんを知ってますか。

「はい。マルチャンINCの社員ですから」

――平野さんが米国日華の社員であったことはご存じでしたか。

「はい」

——森さんがスカウトしたのですね。

「違います。わたしが平野君からマルチャンＩＮＣへ入社したいという主旨の手紙をもらったとき、平野君は米国日華を辞職していました」

——平野さんからラーメンの製造法について聞いたことはありませんか。

「ありません」

——なにか示唆を与えられたこともないのですか。

「はい」

——平野さんはラーメン工場の建設中になにか意見を言ったのではありませんか。

森は考える顔になった。

「一つだけあります。便所の位置が悪いんじゃないかと。それだけです」

日本語だからすぐに笑ったグループと十数秒後にくすっとやったグループに分かれるのは仕方がないが、森は尋問者をまっすぐとらえて、真顔で言い足した。

「冗句ではなく事実です」

ふたたび忍び笑いが洩《も》れた。

初日のディポジション終了後、竹中が表情を輝かせて森に握手を求めてきた。

「パーフェクトです。実にロジカルで堂々たるディポジションでしたね」

「いやあ、プライスに注意されて余計なことをしゃべらなかったのがよかったですかねえ」

森は照れ臭そうにゆがめた顔でつづけた。

「ほんとうは欲求不満なんです。あれも言いたい、これも言いたかったと思ってたんですけどねえ」

「まだ二日ありますが、森さんのディポジションは安心して聞いてられますよ。こういう言い方はどうかと思いますが、どこかの社長とは経営理念というか基本的な姿勢が違うし問題意識も違います。自由経済のなかで全部俺のものだという縄張り意識を持つこと自体ナンセンスなんですよ。フリー・コンペティションのアメリカへ来て、ラーメンの市場を独占しようなんて発想が通用するわけがないんです」

「それもそうですが、問題はそもそも日華食品の価値がゼロということなんです」

プライスがこっちへやって来て廊下の立ち話に加わった。

「次回もきょうのような調子でお願いします。いまアームストロングにミスター・モリは必要ならいつまででもロスに滞在してディポジションに出ると言っていると話しておきました。ディポジションを厭がってるフクイチアントウさんとは違うとも」

「こんな程度では少しもの足りないんだけどねえ」

森がわずかに眉《まゆ》をひそめると、プライスは肩をすくめた。

森がディポジションのためロサンゼルスに滞在中の八月十二日、日華食品は米国商務省特許局に対し、カップ麵の容器に関する米国第一特許の権利を放棄する旨申請した。

そして九月八日にはカリフォルニア連邦裁に対し、日華食品の米国第二特許をマルチャンＩＮＣが侵害しているとの訴えを取り下げると共に、マルチャンＩＮＣから出されている同特許の無効確認の訴えを却下して欲しい旨申請した。

このことは日華食品側が安東、森などのディポジション、さらにはマルチャンＩＮＣ工場の査察などを通じて、特許係争で勝ち目のないことを認識した結果と受け取れる。

ただし日華食品側は米国第二特許の消滅を回避するために、連邦裁にマルチャンＩＮＣの無効確認訴訟の却下を求めたことになる。

連邦裁判所が十月十六日付で日華食品の申請を否認したことによって、両社の特許係争はマルチャンＩＮＣ側が原告の立場に替わって継続されることになった。もっとも〝マルチャンＩＮＣが米国日華の従業員を不正に採用し企業秘密を盗用した〟とするカリフォルニア州地裁に対する訴えの原告は日華食品なので、連邦裁と州地裁では両者の立場は逆になる。

十一月二十四日に、森は再び渡米した。

四月下旬から十二月上旬にかけて、マルチャンＩＮＣの早川工場長、平野マネージャーらのディポジションに備えての渡米だが、森は社員の士気を高めるためにも特許係争では常に矢面に立つ決意を示すつもりもあった。

森は、マルチャンＩＮＣ側がディポジションで尋問を受けるときは必ずオブザーバーとして傍聴するようにしていたが、一度珍しく安東と出くわしたことがあった。

自身のディポジションで懲りている安東が顔を見せるとは意外だったが、ディポジションのあとで、安東に呼び止められた。

「森君、ちょっと」

「なにか」

「マルチャンＩＮＣは赤字で苦労しとるそうやねえ。いちど相談に乗ろうか」

「ご冗談を」

「僕は本気や。ニューオータニに泊っとるから、今夜にでもめしを食わんか」

「…………」

「部屋は×××号室や。電話をかけてもろうて、食堂で会《お》うてもええですよ」

森は、身内が火照《ほて》っていた。

マルチャンＩＮＣが経営難に陥っているのは事実だが、おためごかしに「相談に乗る」とは聞いてあきれる。足もとをみてつけ入ろうとの魂胆だろうが、人を見くびるのも大概にしてもらいたい、と森は思った。

「今夜は先約がありますから」

「あすでもええですよ」

「どうも」

森は背中を向けたが、安東のだみ声が追いかけてきた。

「電話を待ってますから」

森はかたくなにふり返らなかった。

4

帰国して三日後の十二月中旬の某日、有本常務が社長室にやって来た。

「戸上さんに会っていただけませんか。ぜひとも社長にお目にかかりたいとさっき電話がありました」

「たしか戸上氏は代表権を持った専務に昇格したんだな」

「ええ。それだけに和解交渉をまとめたいところなんでしょうねえ」

「ロスで安東社長から食事を誘われたが、もちろんそんな気になれなかった。戸上氏でもやっぱり気がすすまんねえ」

「あの人は紳士ですよ。わたしの気のせいかもしれませんけど、戸上さんは特許問題では心ならずも安東社長の指示に従っている、気持ちに咎《とが》めるものがある、といった感じがしてなりません。挨拶《あいさつ》ぐらいのことで具体的な提案があるとも思えませんが、わたしに免じて受けていただけませんか」

「わかった。そうしよう」

戸上が森の日程に合わせて、十九日の午後、東洋水産本社に森を訪ねて来た。

戸上は腰の低い男だった。

応接室で名刺を交換してからも、何度も腰を折った。茶をひとすすりしたあとで戸上が切り出した。

「わたくしと致しましては、なんとか年内に幕を引きたいと願っておりますが、森社長さんのお考えはいかがでしょうか」

「わたしは意地とか面子《メンツ》で、裁判をやっているわけではありません。日華食品さんのやり方が、リーディング・カンパニーにあるまじき暴力的行為だと考えたからこそ闘ってるんです。アンフェアが過ぎるとは思いませんか」

森に凝視されて、戸上はうつむき加減に言った。

「いきさつはありましょうけれど、いま必要なことは双方が訴えを取り下げることではないでしょうか。裁判費用も嵩《かさ》んでおりますし……」

「和解したいというお申し出は本気ですか。ウチが意匠・商標を侵害していると日華食品さんに訴えられたのはつい二週間ほど前ですよ。これも言いがかりです。和解したいと考える者の取るべき態度でしょうか」

日華食品が〝マルチャンＩＮＣは米国で日華食品（米国日華）の意匠・商標を侵害している〟と連邦裁に提訴したのは十二月六日である。

戸上は気まずそうに頬をさすりながら返した。

「裁判のテクニックとしていろんな考え方があると思いますが、もちろん和解ということとになれば、この訴えを含めて取り下げるのは当然です。双方とも勝訴の見通しが立たないのですから、痛み分けとでも言いますか、和解する以外にないと思うのです」

「わたしは勝訴の自信があります。事実ウチが特許を侵害していないことを日華食品さんは認めたじゃないですか。虚偽の新聞記事と広告によって当社が受けたダメージは小さくありません。ウチがもっと小さな会社でしたら泣き寝入りしてたかもしれませんが、日華食品さんの弱い者いじめに対して、なんらかの社会的制裁が必要だと思ってるくらいです」

森は話しているうちに心がたかぶり、上体が前のめりになっていた。それに気づいて、バツが悪そうな顔で躰《からだ》をソファに凭《もた》せかけた。

「失礼ながら安東社長は臆面《おくめん》がなさ過ぎます。わたしは恥を知らない人間だけにはなりたくないと思ってます」

戸上が面を上げた。その顔に朱が差している。

「ディポジションで、東洋水産さん側の米国人弁護士が安東の前歴に言及したと聞いてますが、安東は相当ショックを受けたようです」

「その点は行き過ぎがあったかもしれませんが、臆面がなさ過ぎるという意味は、当社に対する攻撃の方法論について言っているんです。あまりにも悪質であり、低劣ですよ」

戸上はふたたびうつむいて、思い出したように湯呑《ゆの》みに手を伸ばした。

「有本と話してください。本日は失礼しました」

森のほうから話を切り上げて中腰になった。

第十三章　〝あいさつ料〟の怪

1

ノックの音を聞いて、森和夫は書類から眼を上げた。

「どうぞ」

「失礼します」

社長室にあらわれたのは、有本常務だった。

昭和五十四年一月三十日午後三時過ぎのことだ。

有本が外出先から帰社するなり社長室へ直行してきたことは背広姿でわかる。

森はグレーの作業衣を着ていた。この作業衣は社長も平社員もない。

「ひどいもんですよ。話になりませんん」

有本は興奮した面持ちでソファに腰をおろした。

森が有本の前に坐《すわ》った。

「どんなふうにひどいんだ」

「なんなら社長のディポジション（宣誓証言）を止めてやってもいいと安東社長は言って

るそうです」

二月中旬にロサンゼルスで森のディポジションが二日間予定されていた。

「なるほど、僕のディポジションを中止することが和解への第一歩というわけだな」

森は眼鏡を外して、苦笑をにじませた眼をこすった。

有本はついさっきまで日華食品の戸上専務と高輪プリンスホテルのラウンジで話していたのである。

「恩着せがましくそんなことを言われる筋合いではありません。安東氏はなにか勘違いしてるんじゃないでしょうか」

「安東氏はプライスにぎゅうぎゅうやられて懲りたんだろうが、去年の八月のときもそうだったけど僕はディポジションを苦痛だと思ったことはないよ。平野がディポジションで喋《しゃべ》り過ぎて、マルチャンＩＮＣにおける自分の存在意義みたいなことに触れたため、向こうは鬼の首でも取ったようなつもりなんだろうが、平野の雇用が企業秘密の漏洩《ろうえい》に結びつくなんてロジックが通用するわけがないんだ。その点は今度のディポジションではっきりするだろう。日華食品側が中止したいと言ってきても、そんな気はないな。僕は証言したくてうずうずしてるんだから、それを中止してやるとは笑止千万だ。ディポジションには何度でも応じるよ」

「おっしゃるとおりです。それが和解の条件なんて笑わせるなって言いたくなりますよ」

「きみはその場できちっと切り返しておいたんだろうな」

「もちろんです。社長に伝えるまでもないと言いました。戸上さんも安東さんに尻《しり》を叩《たた》かれて、子供の使いみたいな役回りをやらされてますが、本質はわかってると思います。だからこそときおり苦渋に満ちた表情を見せるんですよ。立場上、本音が言えなくて気の毒で見ちゃあいられません」

カップ麺《めん》をめぐる東洋水産と日華食品の特許係争は、足かけ四年になろうとしている。ロサンゼルスのディポジションでは鋭角的な対立を見せながら、東京では有本―戸上会談で和解の方途をさぐるという変則的な動きになっていた。

もっとも和解交渉に積極的な態度を示しているのは日華食品だけで、東洋水産側はきわめて受身であった。というより、裁判で黒白をつけるべきだと森は考えていたのである。

プライス弁護士からの連絡によれば、日華食品は、一九七九年（昭和五十四年）一月十八日付でロサンゼルス連邦裁に対して、日華食品の米国第二特許（カップ麺の製法特許）を東洋水産が侵害していないとの理由から、東洋水産側が提起している同特許の無効確認訴訟は却下されるべきだとして、再びこの旨を申し立てたという。

前年十月十六日付で、連邦裁に否認されているにもかかわらず、日華食品が再申請したのは米国第二特許の虚構性の露呈を恐れたからにほかならない。

特許係争の帰趨《きすう》が東洋水産側に有利に展開していることは、誰の眼にも明らかだった。

社長付秘書の宮川真佐子が緑茶を運んできた。

有本が湯呑《ゆの》みに手を伸ばしながら訊《き》いた。

「社長は予定どおりロスへ行かれますか」

「行くよ。二月八日に日本を発《た》つ。ディポジションのためだけでロスへ行くわけではないけど……」

マルチャンＩＮＣの経営危機は、東洋水産にとって最大の経営課題である。森は三週間ほどロスに滞在して陣頭指揮を執るつもりだった。

2

森のディポジションは二月十四、十五日の両日行なわれた。

〝企業秘密の盗用〟を引き出そうと日華食品側の弁護団は躍起になったが、虚偽から事実を立証することは不可能である。

十六日の夜八時過ぎにプライス弁護士がアーバイン・ホテルに投宿中の森と福井を訪ねて来た。

三人は森のベッドルームで長時間話し合った。

「本日午後五時から六時まで、日華食品側弁護団のアームストロング弁護士、渡部弁護士、隅田弁理士の三人と会合を持ちました。和解についての打診と考えていいと思います」

森は、福井の通訳を待たずに首をかしげた。

プライスは直接、森の理解を求めるように、ゆっくり話してくれるのでほとんど意は通じる。

「アームストロング氏は、〝ミスター・モリは日華食品の人々から勇気ある人だと思われている〟と話してましたよ」

「それはリップサービスもしくはアイロニーですよ」

プライスは、しかめ面の森に笑いかけた。

「ノー、本心だと思います。フクイチアントウさんの恫喝《どうかつ》に屈しなかったミスター・モリは敵ながらあっぱれと思われて当然です」

「冗談はともかく、和解する気はありませんけど、日華食品側は具体的な和解案を出してきたのですか」

「双方とも訴訟経費が嵩《かさ》むことに思いを致すべきだし、このことをわたしからミスター・モリに進言してもらいたいとアームストロングは強調してました。日華食品の弁護団が和解案を提示することは、東京における戸上―有本会談の内容のすべてを承知していないので難しいとも言ってましたよ。もっとも隅田弁理士は和解の条件としてマルチャンＩＮＣは、日華食品にアイサツをすべきだという意見でした」

プライスは、〝挨拶《あいさつ》〟のところは日本語で「ア・イ・サ・ツ」とことさらにゆっくりと言った。

「わたしはアイサツとはなにを意味するのかと質問しました。それに対して隅田氏はマルチャンＩＮＣのようなニューカマー（新規参入者）が当該地域、この場合アメリカ合衆国を特定してますが、合衆国における既存の同業者に与えるギフトだと説明し、マルチャンINCから日華食品に対してなんらかの挨拶があって然《しか》るべきであり、それはライセンス料を含んだものでも結構だと答えました」

「そ、その挨拶について具体的な金額の提示はあったのですか」

森は頭が熱くなり少し口ごもった。

プライスが表情をひきしめて答えた。

「その点はわたしもしつこく質問しました。非公式な考え方でいいから提示しろと迫ったのですが、首を左右に振るばかりでした。仕方がないのでわたしは言ってやりましたよ。日華食品のパテントが価値のないことを再認識すべきだとね」

森がプライスから福井へ視線を移した。

「戸上氏が有本常務に一億円のライセンス料を提示してきたことがあるが、ライセンス料を含んだものでもいいなどと言ってるところをみると要するにカネを要求しているわけだな。それで和解しようなんて虫がよすぎる。なにを考えてるのかねえ」

「わたしも理解に苦しみます。ニューカマーが既存メーカーにギフトを与えるなんて話は聞いたことがありませんよ」

福井は小首をかしげながら森に返してから、プライスに二人のやりとりを通訳した。

「アイサツとはおそらくフクイチアントウさんの発想だと思います。しかし、隅田氏の言うライセンス料を含んだものにしろなんにしろ、帰するところ金額を要求していると解釈できるが、わたしは仮にミスター・モリを説得できるとしたら名目的な形ばかりの金額だと理解してもらいたい、と言っておきました。もっとも適当なライセンス料という言い方自体ロジカルではないこともわたしは指摘しました。特許を侵害していないことは日華食品側が認めているんですから」

プライスは、ルームサービスのミルクティをすすって話をつづけた。

「アームストロング氏が和解する意思が森さんにあるかどうかを確認してもらいたいと何度も念を押してました。森さんに和解する意思があるんなら、日華食品は戸上氏をロスに派遣してくるだろうと言うんです」

森は思案顔で腕を組んだ。

日華食品側が和解を切望していることは先刻承知しているが、弁護団までが和解を求めているとは意外な気もする。時給百ドルの弁護士、弁理士たちにとって裁判の長期化はむしろ歓迎すべきことではないのだろうか。

「日華食品側の弁護団もずいぶん弱気になりましたねえ。連邦裁に再申請を否認されて、勝ちめがないことを自覚したからでしょうか」

ロサンゼルス連邦裁が、日華食品の無効訴訟却下再申請を否認したのは、この日、一九七九年二月十六日である。もちろん森はこのニュースに接していた。

「それもあるかもしれませんが、わたしが和解を示唆したんです。マルチャンＩＮＣ側が日華食品の米国特許無効確認申請を取り下げることによって、日華食品側の体面は保てるわけですから」

森は眼を剝《む》いた。なにをたわけたことを、と言いたいくらいだ。

「きょう連邦裁が日華食品の再申請を否認したことは、事実上わがほうの勝訴を意味してるんじゃないのですか。遠からず結審するとわたしは踏んでますが」

プライスは、福井の通訳を聞きながらゆっくりとかぶりを振った。

「日華食品は、きっと再々申請しますよ。米国特許、正確には第二特許ですが、この消滅はフクイチアントウさんの欺瞞《ぎまん》的行為を証拠立てるようなものですから死守しようとあらゆる策を講じてくるでしょう」

「その欺瞞的行為を白日の下に晒《さら》すのがわれわれの目的でもあるんです」

「森さんのおっしゃるとおり勝訴の自信はあります。しかし時間がかかりますよ。イタチごっこに終わる可能性もなきにしも非《あら》ずです。わたしはこの週末に森さんの気持ちを和解に向かわせるよう努力を惜しまない、とアームストロング氏に約束しました。それが弁護士としての良心を示すことにもなると思うんです」

「プライスさんからこんな話を聞くとは夢にも思いませんでした。そんな簡単に割り切れるものでも、心の整理をつけられる問題でもないでしょう」

プライスは森の気持ちをやわらげるようににこやかに言った。

「お気持ちはよくわかります。しかし、和解といってもマルチャンＩＮＣ側にとって事実上の勝訴を意味するわけですから、ここは冷静に受けるべきです」

「そんなこと言ったって、日華食品側は挨拶とかなんとかおかしな要求をしてるじゃないですか」

森はティカップを音を立てて受皿に戻した。

「その点は、撤回させなければなりませんね」

プライスは思案顔で言葉を切り、天井を見上げた。プライスの眼が森に戻ってくるまで十数秒要した。

「アイサツがいかなるものであるか、あしたの朝もう一度アームストロングに電話で質《ただ》してみます。アイサツについてエビデンス（証拠）が欲しいところですねえ。つまり日華食品側がアイサツを要求してきたことのエビデンスです」

「日華食品側はほかになにか言ってませんでしたか」

福井が訊くと、プライスは含み笑いを洩《も》らした。

「ディポジションで前歴に言及されたことをフクイチアントウさんは不当に攻撃されたと大そう気にしてるそうです。フクイチアントウさんの欺瞞的行為と言ったのはわたしプライスであり、ミスター・モリやマルチャンＩＮＣの人たちではありません。アームストロング氏はパテント弁護士としての防禦上《ぼうぎよじよう》わたしがそうした発言をしたことを認めているはずだ、と申しましたら、かれは黙ってました。もっとも、わたしもすぐに逆襲したんです。日華食品は、平野の雇用の件で不当にミスター・モリを攻撃したではないか、と。和解を望むんなら、この点について遺憾の意を表してもらいたいと主張したわけです」

森が眉間《みけん》にしわを刻んだ。

「とにかくわたしは和解について考えてませんよ」

「そう性急に結論を出さないで、ここは慎重に考えてください。今夜は遅いのでこれで失礼しますが、本日の会合で討議された諸点については今夜中にまとめておきます。あしたまたお目にかかりましょう。あしたは土曜日ですが、オフィスにいらっしゃいますか」

「ええ。工場は休みですが、われわれ日本人は出勤してます。八時には出てますよ」

福井が答え、眼で森の承諾を求めた。

森は仏頂面でうなずいた。

3

翌日九時過ぎに森はプライスからの電話を受けた。

むろん英語でのやりとりになるが、プライスはわかりやすくゆっくり話してくれるので、充分応対できる。

「昨夜は遅くまで失礼しました」

「こちらこそ遅くまでお引き留めして申し訳ありませんでした」

森は中っ腹《ちゅうっぱら》だったが、つとめて丁寧な返事をした。

「さっそくですが、十時に法律事務所のほうへ来ていただけますか」

「けっこうですが、なにか……」

「アームストロング氏から電話がかかってくることになってますが、森さんに電話の内容を聞いてもらいたいのです」

「わかりました。福井は社用がありますのでわたし一人で伺います」

一時間後、森は緊張した面持ちで、プライスの電話を聞いていた。

「いま、ミスター・モリがここにいらっしゃってますが、あなたとの電話をレコーディングさせていただいてよろしいですか」

「どうぞ」

プライスは録音機をセットしてひと言ひと言区切るようなスローテンポで話し始めた。

「まず昨日、一九七九年二月十六日午後五時から六時まで、日華USAとマルチャンINC双方の弁護士間で討議された諸点についてリポートにまとめたので聞いていただきます……」

プライスは、タイプ刷りのリポートを読み始めた。

昨夜、森が福井と一緒に聞いた会合の内容が簡潔にまとめられてある。けさ早くタイプを打ったのだろうが、その熱意には頭が下がる。

「リポートは以上ですが、このリポートが討議の内容を正確に記していることを認めていただけますか」

「同意します。きわめて正確です。ただし、ミスター・モリに配慮していただきたい点が

二、三あります」
「どうぞおっしゃってください」

「第一にアイサッとは、正しくはアイサッ料であるべきだということです。第二は、アイサッ料にしてもパテント・ライセンス料にしても特定の項目として明示せずに金額を残すことはできるはずだという点です。第三はミスター・アントゥを含めた日華食品の幹部に、州地裁訴訟でミスター・モリの個人名をあげつらって攻撃したことの責任はなく、挙げて日華食品側の弁護士のみにその責任があるという点です。以上の三点をあなたのリポートに付記していただきたい」

「わかりました」

「それとわたしの個人的見解ですが、多目的なライセンス料は概《おおむ》ね年間九万ドルが妥当と……」

「ちょっと待ってください」

プライスは声高にさえぎった。

「九万ドルなんてとんでもない話です。多目的なライセンス料はせいぜい一千ドルでしょう。この点はテークノートしといてください」

「合衆国の弁護士が具体的な金額にまで踏み込むのはよくないかもしれませんねえ。当事者間で討議されるべき性質の問題でしょう」

アームストロングは、プライスの語気に押されて、低い声で返した。

プライスが録音テープを森に聞かせたあとで訊《き》いた。

「こういう次第です。おわかりいただけますか」

「だいたいわかります。あとで邦訳させていただきますが、それにしてもミスター・プライスは和解を前提に話してるようですけれど、依頼人のわたしはまだ和解したいとは言ってませんよ」

英語でのやりとりだから冷静にならざるを得ないが、森の胸中は波立っていた。

プライスがアームストロングと電話で話しているときから胸がざわめいていた。

プライスは柔和な顔を一層やわらげた。

「昨夜も言いましたがミスター・モリのお気持ちは痛いほどよくわかります。しかし、わたしは、きょう、なんならあしたの日曜日も返上して、あなたを説得したいと思っているのです。弁護士として、あるいはあなたの友人として、わたしはあなたに和解をすすめたい。これ以上、係争をつづけることは弁護士としての良心がゆるさないとさえ思っているんです」

「プライスさんは名目的なライセンス料は一千ドルだとアームストロングに話していたが、たとえ名目にしろそんな屈辱的な条件を呑《の》めるわけがありません」

流暢《りゅうちょう》とはお世辞にも言いかねるが、森のボキャブラリイはけっこう豊富である。プライスは一瞬表情をひきしめたが、すぐに眼もとを和ませた。

「名目的なライセンス料の一千ドルが屈辱的とは思えませんがねえ。それこそ先発メーカーの顔を立てるための形式的なものです。振り上げた拳《こぶし》を降ろすための大義名分だと思いますが、どうしてもお気に召さないようなら、当事者能力で撤回させてください。なにか恰好《かっこう》をつけなければ降りるに降りられない、と日華食品側は考えているようですよ」

「だいたい挨拶料とはいったいなんですか。こんなマフィアみたいな要求をしてくるのは、安東氏がまったく反省していない証拠ですよ」

プライスは組んでいた腕と脚をほどいて、森を凝視した。

「ミスター・モリ、あなたは実にいいことをおっしゃる。その点はわたしも一〇〇パーセント同感です。アイサツ料の要求は日華食品側にとって大きな失点になると思います。しかし、合衆国の弁護士が勝手に言ってるだけのことだと言われたらそれまでですから、ミスター・アリモトの交渉相手であるミスター・トガミからエビデンスを取れるとよろしいのですが……」

「エビデンスというとメモランダムみたいなものですか」

「そのとおりですが、正式なものではなくミスター・トガミのサインがあれば充分ですよ」

「有本と連絡を取ってみます」

森が吐息まじりにつづけた。

「それにしても和解しか選択肢はないんですかねえ。裁判でびしっと決着はつけられないんですか。釈然としませんよ」

「裁判は時間がかかり過ぎます。しかも経費のほとんどは、われわれ弁護士の懐に入ってしまうんです。馬鹿馬鹿しいとは思いませんか。ミスター・モリほどの経営者がこんなことにエネルギーを費やすのは得策とは思えません。マルチャンＩＮＣの人たちはラーメンをつくって売ることにもっとエネルギーを注ぐべきです」

「二、三日考えさせてください。とりあえずエビデンスの件は有本に話してみます」

4

ロサンゼルスに滞在中の森から連絡を受けて、有本は直ちに戸上と接触した。

有本が戸上と会談したのは二月二十日午後三時で、場所は高輪プリンスホテルのラウンジである。

「森社長はだいぶ態度を軟化させてくれたようですねえ」

当然ながら戸上にもロサンゼルスから連絡が入っていたので声が弾んでいる。

「プライス弁護士が和解を進言したようです。それで森の気持ちもほぐれたんでしょうか。成田を発《た》つときは、和解なんてとんでもないと言ってましたけど」

「森社長はご立派ですよ。森さんのような方に仕える有本さんは幸せです」

戸上は心にもないことを言っている口調ではなかった。

有本が居ずまいを正して言った。

「本題に入りますが、戸上さんのほうから和解条件を提示していただけませんか。双方が連邦裁と地方裁に提訴していた訴訟を取り下げるのは当然として、挨拶料とかいう話がロスで出ているようですねえ」

「ええ」

「森が受け入れるかどうかは別として、挨拶料はどのくらいと考えてるんでしょう」

戸上は眼を伏せて言いにくそうに言った。

「一億円でいかがでしょう。その代わり、米国第二特許の名目的な実施料は年間一千ドル程度でけっこうです」

有本はきっとした顔を急いでゆるめた。

「森を説得できるといいのですけど、対案を出すことになるかもしれませんが、戸上さんの手書きでけっこうですから、和解条件をメモにしてください」

「けっこうです」

「戸上さんご自身ロスに行かれて、森と直接交渉するようなことを聞きましたが……」

「いいえ、隅田弁理士にまかせるつもりです」

「そういうことでしたら、隅田さん宛に委任状を出していただけませんか。そうしていただくと森も納得すると思うんです」

「おっしゃることはよくわかります。ほんとうはわたしがロスへ行くべきなんでしょうが、体力不足でして……」

戸上は胃弱なのか、みぞおちのあたりをさすりながらつづけた。

「安東も隅田弁理士を高く買ってます。ロスで和解交渉がまとまることを祈ってます。これが終わらないことには夜も眠れませんよ」

有本はなにかしら気が咎《とが》めた。戸上に気を持たせているが、森が一億円の挨拶料を認める道理がなかった。

翌日、午後二時に〝和解に関する確認事項〟と〝委任状〟が戸上から有本に届けられた。いずれも戸上の直筆で、ペン書きであった。

和解に関する確認事項

一、日華食品側並に東洋水産側は共に連邦裁及び州地裁の訴訟を取下げ、双方は和解契約以外に何等の請求を行わない。

二、東洋水産は日華食品に対し、いわゆる挨拶料を支払う。

三、東洋水産が米国において日華食品の米国第二特許を実施しようとするときは、名目的な年間実施料（一〇〇〇ドル程度）を支払って実施することができる。

四、和解に当って次の如き覚書の作成または確認書の交換を行う。

①これまでの米国における訴訟手続を通じて東洋水産は安東社長の米国特許庁に対する欺瞞《ぎまん》行為を指弾したことを遺憾であったと認める。

②これまでの米国における訴訟手続を通じて日華食品は森社長が日華食品の従業員引抜行為を行ったとして指弾したことを遺憾であったと認める。

③和解及びこれに伴う事項に関する対外発表は行わない。

以上

一九七九年二月二十日

日華食品株式会社

専務取締役　戸上峰雄

なお、目下の交渉において結論を得られない場合は、これ等の確認事項はすべて白紙還元とする。

一方、〝委任状〟には〝米国における東洋水産株式会社側と日華食品株式会社間の係争事件に関する和解について交渉する権限を弁理士隅田喜夫殿に委任します〟とあり、形式をふまえて戸上の署名捺印《なついん》と収入印紙が貼付《てんぷ》されてあった。

いまロスは夜十時を過ぎたところだ。

早起きの森が寝てしまったかどうか微妙な時間だが、有本は電話をかけるべきだと結論し受話器を取った。

「有本ですがおやすみでしたか」

「いや、そろそろ寝ようかと思ってたところだよ。どうだった」

「たったいま〝戸上メモ〟と〝委任状〟が届きました」

「そう、それはよかった。しかし〝委任状〟ってなんだろう」

「読みますよ……」

有本は〝委任状〟から読み上げた。

「なるほどねえ。そういうことかあ」

森は感じ入ったように引っ張った声を発した。

「ええ。館岡先生と相談しました。先生からサジェッションをいただいたのです。これによって隅田氏は無責任なことを言えなくなるわけです」

「ありがとう。いいことをしてくれたねえ。メモのほうはどう」

「はい」

読み終えたあとで、有本は注釈を加えた。

「挨拶料については金額が明記されてませんが、戸上さんは一億円でどうかと言ってました」

「以前、特許料として一億円払えと要求してきたことがあるが、特許料を挨拶料に変えただけのことじゃないの。こっちが呑むと本気で思ってるんだろうか」

森は呆《あき》れたように言った。

「わたしも二項と三項は問題にならないと思います。一項と四項は、まあこんなところかな、と思いますけど」

「それにしても、よくエビデンスが取れたねえ。難しいかなと思ってたんだけど」

「その点はわたしもちょっと気が咎《とが》めます。社長を説得するようなことを匂わせて、なんだかひっかけたようなことを言ってますからねえ」

「そんなの心配ないさ。ぜんぜん気にする必要はないな。ウチがどれだけひどい目に遭ってるか考えてみたまえ。ほんのちょっとお返ししたという程度だろう」

「それを聞いて安心しました」

「現物は誰が届けてくれるの」

「山下君が別件でマルチャンＩＮＣに出かける仕事があるようですから、あすにもロスへ向かわせたいのですが、よろしいでしょうか」

「けっこうだ。早いほうがいいねえ」

山下透は総務部の課長代理である。

森は電話が切れてから一時間ほど眠りに入れなかった。こんな身勝手で一方的な和解条件が呑めるわけがない——。そう思うと改めて怒りがこみあげてくる。

5

森は、竹中公認会計士を伴って和解交渉に臨んだ。

日華食品側は隅田弁理士と米国日華工場長の木川である。

すでに特許係争で東洋水産が要した経費は邦価換算で数千万円に及んでいた。日華食品側は一億円を超えていたろう。

　森が悩みに悩んだすえプライスの進言を容《い》れる気になったのは、係争費用もさることながら挨拶料を撤回させる自信があったからだ。

　ロサンゼルスのダウンタウンのバンカメビル内の法律事務所会議室で二十二日の午後、和解交渉が行なわれた。

　口火を切ったのは隅田である。隅田はマドロスパイプを咥《くわ》え、ライターで刻み煙草に火をつけてから、勿体《もったい》をつけた口調で切り出した。

「和解に際して正式に挨拶料を要求したいと思いますが、具体的な金額については東洋水産側でまず提示してもらいましょうかねえ」

　どこか人を見くだした態度である。森が最も苦手とするタイプだ。

　森は虫酸《むしず》が走るのを堪《こら》えるのに苦労した。

「金額を提示しろとおっしゃられても、挨拶料を支払う気がないんですから、提示のしようがありません」

「ゼロ回答っていうわけですか」

　隅田は気色ばんだ。

「そもそも挨拶料なんて日本の商慣習にあるんでしょうか。認識不足というか、わたしがものを知らなさ過ぎるのかどうか、むしろ隅田さんにお訊《たず》ねしたいと思います」

　隅田は当惑の色を隠せなかった。

木川の表情にも動揺が走る。

森は三十秒ほど待ったが、しびれを切らして言葉を押し出した。

「マフィアとかヤクザの世界ならわかりますが、大手企業の日華食品さんから挨拶料を出せなどと言われるとは夢にも思いませんでした。ほんとうにショックですよ」

竹中が森のほうへ首をねじって言った。

「日本では商法違反の恐れもあるんじゃないですか」

「日本へ帰ってから専門家の意見を聞いてみます。それと念のため所管官庁と食品業界の方々にも相談させていただきます」

隅田が苦り切った顔で言った。

「挨拶料というのは言葉のあやみたいなものですよ」

竹中が皮肉たっぷりに返した。

「しかし、代表取締役専務の戸上さんが和解条件としてメモに書いてるんですよ。プライス弁護士が電話でアームストロング弁護士に再確認を求めたところ〝ザ　ターム　アイサツ　シュッド　アクチュアリィ　ビー　アイサツリョウ〟と明言しています。アームストロング氏の了解を得てテープに収めてありますから、なんならお聞かせしましょうか」

「挨拶料が気にいらんのなら、パテント・ライセンス料に戻してもいいですよ」

隅田のうそぶくような口調に森は本気で腹を立てたが、抑えに抑えて言った。

「ここは和解交渉の場ではなかったのですか。わたしは断腸の思いで交渉のテーブルに着いたんですよ。日華食品さんが和解の条件として当社に金員の支払いを要求する限り和解はあり得ないと思います。わたしは、日華食品の米国特許なるものが裁判をつづけることによって米国特許庁から取り消されると確信してますので、実施料等の支払いには一切応じられません」

木川が初めて口をひらいた。

「平野ディポジションで新事実も出てきたので、企業秘密盗用については疑わしいと思ってます」

「第二特許の無効訴訟でも日華側は勝てる自信がありますよ」

森は、隅田を睨《にら》みつけた。

「日華食品さんの申し立てが連邦裁から二度も却下された事実をどう考えてるんですか。とにかく挨拶料については東京で問題にさせてもらいます。ディポジションは規定に従いいつでも応じます」

隅田はなにも言い返せなかった。

交渉は決裂したかに見えたが、三日目の二十四日になってわずかながら歩み寄りがみられた。

隅田から和解に応ずる意思があるか、と再確認を求められたとき、森は「和解することには原則的に同意する」と答えたのだ。さらに森は次のように提案した。

「相互に不信感が強いようなので、ロスで結論を出すことは困難です。両社が真に和解を望むのなら、舞台を東京に移してトップ同士で交渉しても結構です」

「なんとかロスで和解交渉をまとめることはできませんでしょうか。わたしは安東社長からその旨を申しつかっているんですが」

隅田の口調はもはや哀願に近かったが、森は突き放した。

「両者の主張に懸隔があり過ぎます」

結局、和解交渉の経過と双方の主張を盛り込んだ文書を取り交わして、森と隅田が署名し、ロスでの交渉は打ち切られた。

第十四章　病床通信

1

舞台をロスから東京に移して行なわれた東洋水産と日華食品の和解交渉が急進展したのは、昭和五十四年三月十五日である。同日午後第三回目の東京交渉がパシフィックホテルで行なわれたが、挨拶《あいさつ》料を要求したことが日華食品側の負債となって全面的に東洋水産側の主張を受け容れざるを得なくなったのである。

三月二十三日にパレスホテルで和解契約書に調印したのは森と戸上である。調印に先立って東洋水産側が、戸上は代表権を持っているとはいえ安東社長の委任状を提出すべきだと主張した。そこまでのダメ押しは、安東に対する不信感の表明ともとれる。

安東はこれを是認し、日華食品株式会社、米国日華カンパニーと東洋水産株式会社、マルチャンINCとの間に継続する米国連邦裁事件及び米国州裁事件に関して和解契約並びにこれに関連する一切の権限を戸上に委任する旨の委任状を提出した。

三月二十六日午後、戸上と有本がパレスホテルで記者会見に臨んだ。

二十七日付朝刊のN新聞は〝日華食品、東洋水産、米国での紛争和解〟〝カップ入り即席めん特許〟の二段抜き見出しにつづいて、次のように書いている。

日華食品と東洋水産は二十六日、米国を舞台にカップ入り即席めんの製法特許などをめぐって両社間で争われていた訴訟を両社とも取り下げ、「今後共栄をめざし協調する」ことで合意、三年目にして和解が成立したことを明らかにした。この和解に基づき両社は二十六日までに米国での訴訟取り消しの手続きをすべて完了した。両社が和解したのは、即席めんが国際商品として定着した現在、日本以外のメーカーも相次いで米国での生産に踏み切り、激戦状態になってきたため、日本企業間でこれ以上争いを続けるのは得策ではないとの判断が働いたもの。

両社の和解は、今月二十三日東京で日華食品の安東福一社長と東洋水産の森和夫社長が話し合った結果、最終的な合意に達したという。

ただ、両社の和解の具体的な中身は一切明らかにされていない。

日華食品の戸上専務は「米国ではカップ入り即席めんの特許問題で、今後両社は再び争うことはない」と説明、東洋水産の有本常務も「今後、日華食品が米国で持っているカップ入り即席めんの特許権の無効を訴えることはない」と話している。訴訟費用については両社がそれぞれ負担する。

この和解によって日華食品は米国でのカップ入り即席めんの製法特許が無効とはならなかったことになり、東洋水産との訴訟は一応ケリがついたものの、今後他のメーカーに対しては特許権を行使する権利が続くことになる。ただ日華食品が他のメーカーに特許権を主張するかどうかについて日華側は「ケース・バイ・ケースでもっとも適切な方法で対処する」（戸上専務）と、明確な態度を示していない。

二十三日に森と安東が接触した事実はないが、〝委任状〟の存在を伏せた代わりにこうした発表になったのであろう。

和解契約書の内容は①米国日華の米国特許について現在に至るまで東洋側は無効であると主張してきた。これに対し日華側は有効であるという主張をしてきた。しかし日華側及び東洋側間において本和解により結論を留保したまま争わないこととする。②米国特許について日華側は東洋側に対し米国においてその権利を主張しない。③米国州裁事件に関し、日華側弁護士が東洋側に対して平野他の引抜買収及び企業秘密盗用等に言及したことは遺憾であったことを認める。④米国連邦裁事件に関し、東洋側弁護士が安東氏の詐欺等に言及したことは遺憾であったことを認める――などである。

この結果、昭和五十一年六月十三日付N新聞に〝日華食品、米国で特許確立〟の記事が掲載されて以来二年九カ月ぶり、米国でマルチャンＩＮＣが米国日華特許の無効を提訴して以来二年三カ月ぶりに、日華―東洋の特許係争問題は終結したことになる。

事実上東洋側の勝訴に終わった。

六月下旬の某日夕刻、有本がいつになく深刻な面持ちで社長室にやってきた。

「戸上さんが代表取締役専務を解任されました」

「えっ」

森は絶句した。

「特許係争問題で責任を取らされたということでしょうか。監査役に回されるそうです。鄭重《ていちょう》な手紙をもらいました。淡々と心境を綴《つづ》ってますが、特許問題で心ならずも当社と対立したことを悔んでいるようなニュアンスが読み取れます」

「果たして責任を取らされたんだろうか。挨拶料なんていう発想は安東社長しかできないだろう。役員定年じゃないのかねえ。それに戸上氏は健康も害していたようだし……。どっちにしてもきみが気を病むことはないよ」

「ええ。わたしが気にしてもどうしようもありませんし、案外、戸上さんは肩の荷を降ろしたのかもしれませんね」

「うん。われわれは安東流のブラフに屈服せずによくぞ頑張り抜いたものだよ」

感慨深げに言ったあとで、森は眉《まゆ》をひそめた。

「安東氏は企業エゴイズムに徹したすごい経営者とは言えるんだろうねえ。僕とは、フィロソフィが違うと言いたいけど」

「安東社長はさぞ悔しがってることでしょう。もし戸上さんに責任を取らせたとしたら八つ当たりみたいなものですよ」

森は苦笑まじりに、あいまいにうなずいたが、マルチャンＩＮＣの現況を思うにつけ、こうしてはいられないという焦躁《しょうそう》感に駆られる。

2

東洋水産の米国法人マルチャンＩＮＣの経営危機は、深刻の度を加えていた。

一九七九年（昭和五十四年）三月期決算で、マルチャンＩＮＣは百五十七万六千ドルの欠損を計上、累積赤字は五百万ドルを超えていたのである。

初代ジェネラルマネージャーの人選を誤ったことのつけが、三年経ったいまも二倍、三倍になって回ってきているようなものだ。

マルチャンＩＮＣは過去に二度にわたって増資し、一九七九年三月現在で四百万ドルの資本金になっていたが債務超過となるに及んでは、さすがの森も弱気にならざるを得なかった。

「マルチャンＩＮＣは社長の道楽で始めたようなものだ。もっと早い機会に撤退すべきだった」

「本社がいくら稼いでも、マルチャンＩＮＣが存在する限りザルで水を掬《すく》うようなものだ」

面と向かって言わないまでも、役員や社員のそんな恨み節が森の耳にも聞こえてくる。

えざるを得ない。

社内に厭戦《えんせん》気分が横溢《おういつ》し、撤退論までが取り沙汰《ざた》されるようになっては、森としても考えざるを得ない。

四月上旬の役員会で、森は冗談ともなく切り出した。

「きみたちはアメリカから撤退したほうがいいと思ってるようだが、僕は現場の指揮官に問題があると思っている。ジェネラルマネージャーに人を得れば、流れを変えることは可能だと信じている。僕がマルチャンINCの社長に専念すれば、なんとでもしてみせるが、本社を放《ほ》ったらかしにするわけにもいかんからなあ。きみたちの中に誰か乃公出《だいこうい》でずんばの気概を持つ者はいないのかねえ」

森は役員一同を見回したが、見返してくる者はいなかった。

「情けないなあ。日華食品との特許係争問題に対して命がけで取り組んだのはなんのためなんだ。マルチャンINCを守るためではなかったのかね。みんなやる気がないんじゃあ撤退しかないいな」

森が撤退論を口にしたのは、このときが初めてである。いまここで海外拠点を失うことは、これまですすめてきた海外戦略のシナリオを抜本的に見直すことを意味する。マルチャンINCだけは誰がなんと言おうと守り抜く——。そう思う反面、これ以上、マルチャンINCの〝出血〟がつづくようだと東洋水産本体さえも揺らぎかねない、と厳しい現実に立ち返るのだ。経営者にとって撤退の経営決断くらい辛《つら》いことはないが、森は社内の厭戦ムードを払拭《ふっしょく》することは困難だと結論し、断腸の思いでマルチャンINC撤退の方針を示した。

だとすれば損害を必要最小限に抑える手だてを考えなければならない。

世界有数の食品メーカーである米国キャンベル・スープ社へマルチャンＩＮＣを身売りする方向で、折衝を開始したのは昭和五十四年四月下旬のことだ。

すでに東洋水産はキャンベルと合弁契約を結んでいた。

キャンベル・スープ社が自社製品（スープ、ジュース）の日本市場を拡大する目的で、製造部門を担当する日本食品メーカーを物色している、という情報を東洋水産にもたらしたのは第一物産である。五年前、昭和四十九年十月のことだ。

数次にわたる交渉を経て五十一年一月十三日に森は福井取締役（当時）を帯同して、ニュージャージー州カムデンに赴き、キャンベル・スープ社の本社でシャープ社長と合弁契約書に調印した。

そして合弁契約に基づいて同年五月十二日付でキャンベル東洋（資本金三億円）が設立された。出資比率はキャンベル・スープ五一パーセント、東洋水産四九パーセント。

当初、キャンベル側は七〇～八〇パーセントのシェアを要求、これに対し東洋水産は五〇―五〇を主張したが、マジョリティ（過半数）は譲れないとするキャンベルの要求を呑《の》み、両社が譲歩し合って、五一―四九の出資率に決まった経緯がある。

翌五十二年三月東洋水産焼津工場内にキャンベル東洋のスープ、ジュース工場が完成、四月から販売を開始、五十三年度は売上高を二十億四千万円と前年度の二倍以上に伸ばしていた。

森は、キャンベル・スープのジャクソン日本代表と会って、マルチャンINCの買収方を打診したところ食指を動かした。

さらにキャンベル・スープのナンバー2で国際部門副社長のリンドルと交渉し、マルチャンINC工場を視察させるところまですすんだが、キャンベル側の命令系統がすっきりせず、売却条件を提示するまでには至らないままに、数カ月で交渉は打ち切られた。

森は深川取締役にこぼしたものだ。

「煮えたか煮えないのかさっぱり要領を得ない。キャンベル東洋の行くすえが心配だよ」

「社長の熱意不足もあるようですねえ」

「どういう意味だ」

「マルチャンINCを手放すのが勿体《もったい》なくてならないんじゃないですか」

森は表情をやわらげた。

「それは言えるな。きみら、マルチャンINCにずるずるかかずらわってたら、本体も危ないと思ってるんだろうが、僕はそこまでの悲壮感はない。要はジェネラルマネージャーの問題なんだよ。指揮官が戦わずして厭戦気分に陥ってるようじゃ話にならんよ。きみもマルチャンINCは森の道楽なんて言ってる口だろう」

「そんなことは言ってませんが、心配で心配でなりません」

「キャンベルとの交渉が不調に終わったのは案外、よかったのかもしれないぞ」

3

昭和五十四年九月上旬に森は渡米した。

マルチャンＩＮＣの債務超過問題を解決する必要に迫られていたのである。たまたま米国出張中の佐藤達郎第一物産副社長も森の連絡でロスへ駆けつけてきた。竹中公認会計士を交じえて緊急会議がマルチャンＩＮＣ本社工場会議室で行なわれた。

「僕は、森さんにアメリカへ進出してインスタントラーメンをつくったらどうかってすすめた者として大いに責任を感じているが、もう少し頑張ってみたらどうかなあ。撤退するのはまだ早いような気がするけど」

森は深刻な面持ちの佐藤に笑いかけた。

「佐藤さんに責任を感じていただくなんてとんでもないですよ。すべてはわたしの責任です。ジョージ・デラードをジェネラルマネージャーに起用したのがそもそもの失敗でした」

竹中がひとうなずきして、口を挟んだ。

「アメリカで事業をするからには米国人に経営をまかせるべきだとする発想はわかりますけどデラードは論外です。たしかにスタート時のつまずきは大きいですよ。それと東京の本社から出向してきたマネージャー・クラスの人たちがデラードに遠慮してたような雰囲気がありましたねえ。デラードの後遺症がいまだに取れなくて、日本人とアメリカ人の間がぎくしゃくしているようにみられます」

「支配人をいろいろ代えてみたんですが、うまくいきません。適材適所になってないんですかねえ。みんなそれなりに頑張ってるつもりなんでしょうが、カラ回りで……。わたしの期待にこたえてくれません」

マルチャンＩＮＣのジェネラルマネージャーは現在の岡崎賢吉で六人目である。

森は、ジェネラルマネージャーの力量不足に苛《いら》だちを抑制しかねていた。

しかし、債務超過対策のいかんが当面の緊急課題で、過去をふり返るいとまはない――。

森は表情をひきしめた。

「佐藤さんが撤退は早過ぎると最前おっしゃいましたが、わたしもそう思ってます。本社に、マルチャンＩＮＣは社長の道楽だなどと厭戦ムードみたいなものがあるものですから、ついわたしも弱気になって、キャンベルに身売りすることも考えたんですが、それが一時の気迷いで、わたし個人で債務を保証してでも、絶対に撤退はしません。債務超過を解消するためには減増資しかないと思ってます」

佐藤から吐息が洩《も》れた。

「減資もやらなければいけませんかねえ」

竹中が森のほうへ眼を流しながら言った。

「累積赤字が五百万ドル以上もありますから、一度スリムになりませんと。問題は減増資の規模です」

当時の為替レートは一ドル二百八十円である。わずか三年ほどで十四億円の赤字を累積してしまったのだ。

マルチャンＩＮＣの資本金は四百万ドルだから、すでに百万ドル以上債務超過していることになる。

公認会計士の立場で、竹中が減増資を提案するのも当然と言えた。

「二百万ドル減資して、三百万ドル増資するということでどうでしょうか。この案はまだ私案の段階ですが本社の役員会で了承が得られなければ、わたし個人で銀行から借金します」

「そこまで思い詰めなくてもいいでしょう。森さんの気持ちが本社の役員、社員そしてマルチャンＩＮＣの従業員に通じないわけはないんです」

佐藤はティカップをテーブルに戻して、ゆったりした口調でつづけた。

「気休めに聞こえるかもしれないが、どんな商品でもマーケットで最低二社は生き残れるはずなんです。一社の独占はあり得ない。三社で競争して一社が脱落することはあるでしょうが、二社は共存できるんです。別な言い方をすれば日華食品一社にアメリカのインスタントラーメンのマーケットを独占させてはいけないんです。目下のところ日華食品が強大なシェアをキープしている」

竹中がアクセントをつけて言った。

「まったく同感です」

「森さんが戦意を喪失していない限り大丈夫ですよ」

「たしかにマルチャンＩＮＣの状況は深刻です。ですから立て直しに時間はかかるかもしれません。東洋水産の犠牲は小さくないけれど、減増資という抜本的な方策を打ち出すことによってマルチャンＩＮＣは再建できると思います」

「お二人のお話をお聞きして、わたしも元気が出てきました」

森は、佐藤と竹中に向かって頭を下げた。

佐藤が咳払《せきばら》いをして、森をまっすぐ見た。

「マーケットを拡大することと、コストを切り下げることしか対策はないと思うが、焦らずに地道に積み上げて、とにかく出血を止めることが先決です。マルチャンＩＮＣは必ず蘇生《そせい》しますよ」

マルチャンＩＮＣは九月二十六日付で二百万ドルの減資と三百万ドルの増資を実施し、資本金は五百万ドルになった。

4

唇の左側にかすかに痙攣《けいれん》を覚えた。おかしいな、と思ったとき、左手がしびれ、茶碗を足もとに落とした。指先が感覚を失っている。

「社長！」

「どうされました！」

役員たちが口々に声をかける。森は、それを遠くのほうで聞いた。

森が脳梗塞《のうこうそく》に襲われたのは、昭和五十五年三月十日の昼食時のことだ。

毎週月曜日は昼食をかねて役員懇談会が開催される。この日も社員食堂を衝立《ついたて》で仕切った窓側のテーブルを十数人の役員が四方から囲んでいた。

「た、たいした、ことはない。し、しんぱ、ぱいするな」

森自身は自覚していなかったが、舌がもつれていた。

昼食会は打ち切られ、役員たちは椅子を並べて森を横たえた。

十数分後、森は三階の食堂から担架で救急車へ運ばれた。高輪《たかなわ》の東京船員保険病院へ向かう救急車の中で、サイレンの音を聞いていると不安が募る。

このまま一巻の終わりになるかもしれない。回復しても仕事がつづけられるかどうか――。

冗談じゃない、まだ六十四歳だぞ、死んでたまるか。気力に欠けるなかりしか――。

俺は世紀の激戦、ノモンハンの戦場でたった四パーセントに過ぎない生存者の一人だったんだぞ。

中国奥地の山肌から敵に狙撃《そげき》されたときもカスリ傷で済んだ。タマのほうが俺をよけてくれた強運の持ち主なんだ。これしきのことでへこたれてたまるか。やり残したことは山ほどある――。

森は懸命に気持ちを奮いたたせた。

だが、不安感は払拭《ふっしょく》されず、胸の中でせめぎあいがつづいた。

四月の人事異動も、昇給も決めたし、俺が口出しするまでもない。国内の営業面は心配ないが、マルチャンＩＮＣだけは気がかりだ。

三月二十一日から米国に長期出張することになっていたが、出張は中止せざるを得なくなった。

森の心労、過労は極限に近づいていた。創業以来二十七年間、走りづめに走って来た。とくにこの三、四年はマルチャンＩＮＣをめぐる諸問題の解決に心血を注いできた。しかしマルチャンＩＮＣは減増資後も経営危機から脱し切れず、撤退の経営決断を下さなかった森は、四面楚歌《そか》の苦しい立場に立たされていた。

いまなお赤字をつづけ、一九八〇年（昭和五十五年）三月期決算では売上高約七百九十万ドルに対して、百万ドル強の欠損が予想されていた。

マルチャンＩＮＣは必ず成功させる。そのためにはいよいよ陣頭指揮に立たざるを得ない、とホゾを固めた途端に、病いに倒れ、救急車で病院へ連れて行かれるというていたらくである。

森はなんとも情けなかった。

諸検査の結果、病状は思ったほどシリアスなものではなかったが、それでも入院期間は五十日間に及んだ。天が与えてくれた休養と思うしかない。

入院中、森は〝近況通信〟を四信、役員、幹部社員に宛てて送付している。

第一信（三月二十一日）

企業トップとして会社の方針は勿論《もちろん》のこと、その所在、心境等を常々従業員に知らせるように努めるのは一つの大きな任務と信じて居ります。

三月十日不幸にして「左手しびれ」で入院致しましたが、幸い右手は異常なく又食欲始め其《そ》の他もろもろの欲望も異常ない様ですから、この天の与えられた試練を機会によく反省したいと思うと同様に、出来るだけ皆様の参考となる事をお知らせしてつまらぬ憶測等を排除し、新しい三十三期の飛躍の礎《いしずえ》と致し度《た》いと思って四、五回に分けて近況をお知らせ致しますので、参考として頂ければ幸いに存じます。

今回の発病については皆様に何かと御心配と手厚い御介抱を受け、誠に申訳なくお詫《わ》びと共に厚く御礼申上げます。

初めての入院で戸惑うことが多過ぎますが、皆様の御配慮で上等な病室を与えられ、充分静養が出来ますことを深く感謝致して居ります。この快適な病院の窓外には桜の古木あり、そのつぼみも日毎ふくらんでくるのが毎日観察されます。こんな事に気がつく心境も今まで無かった事です。恐らく四月初旬頃この花見の宴を終るまでは退院しないで頑張るつもりです。

さて私は常々「ころんでも只《ただ》では起きるな!」という事を失敗の報告を聞く度に申上げて居ります。つまり損しても必ずよく反省すると次にプラスになるものがある筈《はず》で、時にはその損以上の収穫があるという意味であります。

現在も色々反省する事が多過ぎます。それはこの病院に居る間少しづゝでも整理して見ます。そして何かの参考に聞いて頂ければ幸いです。

第二信(三月三十一日)

病状も大体回復しつゝある。三月二十七日は約三時間外出したが異常は無かった。毎日約二時間リハビリをやって居るが、あと十日か。

何もやる事がない、つれづれなるまゝに……。

数字に忠実となれ、そしてもっと重視すべきだ。

当社もいよいよ創立二十八年目を迎えたが、創立当時から決して数字に弱い方ではなかった。だから今日まで生き延びたのであるが、最近事業が拡大、複雑化するに従ってこの活用が不充分になった事を痛感する。

その理由もない訳ではない。それは情報過多で数字分析又はその分析したものを活用する余裕乃至《ないし》は能力が不足となったのだ。

尚《なお》幸か不幸か私を始め古い幹部は、殆《ほとん》ど各事業の生い立ち即ち当初の企画段階からの一連の推移や関係人事、環境状況等を知って居り、何がしかの点で関係して居る訳だ。だから示されたその数字を分析する前に自分がその事業にのめり込んでしまって、特に失敗の場合等自分の責任の如《ごと》く感じ（実際は責任もあるのだが……）数字及び結果の追求がついおろそかになってしまう。これはいけない！

今後は矢張り数字による結果を厳粛に受止め、冷厳な事実を謙虚に反省して、それにより信賞必罰が行なわれても致し方ないだろう。その前に幹部は数字を勉強理解し、活用に努むべきは当然だ！

参考のためマルチャンＩＮＣの例を説明する。

マルチャンＩＮＣでは米国人の管理に苦労している。私は発病前には三月二十一日に出発して現地に出張する予定であったが、その際従来の関係基礎数字を分析して一九八〇年の販売とボーナスの計画を確定し、本年度はこれに固執して押し通すよう決心して居た。このことは深川、長谷川等の責任者も同意見であった。

何しろ机の直ぐ前の女子事務員が話をして居ても何を言って居るか解らない世界で責任者に「…この数字は少し無理だと思うよ。だけどしっかりやってくれよ…困難な事はもちろん理解して居るんだが…」等と言って肩をたゝいてパールでもやるとすれば、当社員なら「よし！　やるぞ男だ！」なんて思うだろうが、そこはアメリカ人、「出来なくても仕方がない」のみならず「これはボーナス計算の基礎数字を減らしてくれたのだ」位に受取る。したがって確実な数字の上に立って押え込むことがどうしても必要である。残念ながら三年の歳月と多額の出資でやっと身をもって知った次第だ。

第三信（四月八日）

回復も極めて順調で、医師も一日二、三時間は出社も良いだろうとの事で、これは出社後に馴《な》らす為の準備だろうと思います。自分自身は左の足腰が少し弱く、左手先が少し力が入りにくい点の外何等の支障を感じない昨今です。但《ただ》し少し疲れるが、これは後で述べる食物のせいでしょう。

さて一応中旬頃退院したら最近流行の「リハビリセンター」というのが伊豆や信州にたくさん出来たので、そちらで一〜二ヶ月ゆっくり休養並に訓練したらと医師や先輩がすゝめてくれる。「長い一生のほんの一時点じゃないか。しかも心身共十歳位若返るそうだ。駆け足で走って来たようなお前の人生では、ここがゆっくり反省する絶好のチャンスじゃないか」等随分気を持たせたり、又は心からの好意に一時はその気にもなる時もある。

しかし矢張り会社の事を全部忘れることは出来ないし、時々遠くに人を呼んだり、連絡したりして迷惑をかけ、且《か》つ又却って私自身も疲れるし、この計画は中止としたい。

然《しか》らば今後どうするか。今のところ次のような考えで居るので、何分の御許しと御協力をお願い致し度い。

1、退院後は自宅通勤とする。在社時間は午前九時三十分〜午後四時頃までとし、途中リハビリ等で退社する事を了解願い度い。
家も女房の住み易いよう少し手入れする。彼女が病気になったら大変だからだ。
2、出張や夜の宴会は出来るだけ避けたいけれども事情やむを得ない場合は拒否しない。
アメリカ行きは医師同伴とし既に先方に顧問専門医を頼んだ。(但し坊主は遠慮した)
3、接客及び訪問は社長の重要業務の一つだが、これは正直少し疲れる。何とか合理的にやり度い。このあたり各役員、社長室等に色々無理を言うと思うが、不悪宜敷《あしからずよろし》くお願い致し度い。
従業員とは努めて会う。数字にも心がある筈だ。その心を従業員と会う事によりつかみ度い。又従業員の成長を見ることは経営者の役得冥利《みょうり》と申すべきだろう。但し問題は整理し、粉飾とクドいのはかんべん願い度い。特に正直な報告にしてもらい度い。
4、私の病気に一番悪いのは怒ることだそうだ。それより悪いのは内に秘めて我慢する事だとの事、しかも私は目下減量中で肉なし、ウサギ同様の飼料で、どうも我慢できず、怒りっぽくなるのは食事の為の生理的現象らしい。世の平和の為食品業者も本当に大切な仕事とうれしい反面、不愉快な言動があったら、あれは脳軟化症と思わないでスマートになる為の一過程と思って、寛大な心で許して頂き度い。七十五kg前後となれば平常となるとの事、お許しを願う。
5、心苦しいが何分半病人のような形が半年長くて一年続くかも知れない。それ以上なら、いよいよ私も決心を要するだろう。

医師や心ある先輩、いや全部の友人は今回私が軽くて済んだ事に対し、又或《ある》種の自信「矢張り俺は弾にも風にも中《あた》るものか!」と不用心となる事を一番恐れて居るらしい。

私も充分自戒して居るので御安心願い度い。しかし準備とタイミングは心して居るつもりだ。

第四信(四月十七日)

先信の通り四月中旬が退院予定であったが、伊豆や信州の「リハビリセンター」行きは御許しを願い、その代りここに月末まで置いて頂くことにした。

医師も一日四~五時間内位なら会社を主とした外出も差支《さしつか》えないとの事ですから、その御厚意に甘んじることに致して居ります。

時々会社に行って何よりうれしく且つ考えさせられることは、三~四時間出勤でも充分うまくやってもらって居ることで、別に毎日七~八時間頑張る必要もないとさえ考える次第です。こんなことも次の決心の一つの要因でもありますが、本来なら無理押しすれば直ぐにでも退院出来ると思うことを、素直に医師に従ってあと二週間延期する事は、矢張り医師には従うべきものという考え方と次の理由によるものです。

それは会社を始めてからかれこれ三十年、唯々《ただただ》我流でひた走り、色々間違いもあり、御迷惑をかけた事も多く慚愧《ざんき》に堪えぬ次第です。これは食べ物のせいで気が弱くなったのではなく、心からそう思って居ります。そして少しでも多過ぎる情報から離れられる現状が反省、勉強すべき絶好のチャンスと思ったからです。

その為にはこゝは最適の環境だし、本当は二週間では少な過ぎる位です。反省と勉強すべき事が多過ぎて、実際は一ヶ月間でも足りない位です。この際事情が許せばもっと頑張りたいと思います。

何とかして「何か摑《つか》んで起き上り度い」と思いますが、少しでも御期待に応《こた》えられればと念じて居ります。

5

昭和五十六年の正月休み明けに、森は深川取締役を社長室へ呼んで、硬い顔で切り出した。

「三年半ほどの間にマルチャンＩＮＣの支配人を七人も代えたが、誰一人期待にこたえてくれなかった。みんな一生懸命やってはくれたんだろうが、成果に結びつかない。俺に見る眼がなかったと言われれば、その批判は甘んじて受けるが、適材適所でないことがわかった以上、早いところ選手交代したほうがいいと思って、中には半年で支配人を辞めてもらった者もいる」

深川は、森がなにを言わんとしているのかとうに察しはついていたが、黙って話を聞いていた。

「長谷川もマーケティングのほうはそれなりに頑張ってるが、代えたほうがいいと思うんだ。ところが誰もなり手がないときている。こんなときにアメリカへ行かされるのはかなわんから、役員という役員はみんな逃げ回って、なかには俺がなにも言わんうちから体調が思わしくないの、女房が病気がちだのと、予防線を張ってくるやつもいる。はっきり言って、もう手詰まりだ。残っているカードは俺と深川しかない」

「まさか社長がマルチャンINCのジェネラルマネージャーに専念するわけにはいきませんでしょう」

「うん、やっぱり本社を放《ほ》っぽり投げるわけにもいかんよなあ」

「わたしは、営業のことはよくわかりませんが……」

森がむっとした顔で深川の言葉をさえぎった。

「俺だって、営業なんかわからん。それでも社長やってるよ」

声が高くなったのは逃げ口上と森の眼に映ったからだ。

「ちょっと待ってください。営業のことはよくわかりませんが、マルチャンINCのジェネラルマネージャーをやらせてもらいます。力いっぱい頑張りたい、と言いたかったんです。明日にでも行かせていただきます」

深川は背筋を伸ばして、力を込めた眼で森を見返した。

「ありがとう。恩に着るよ」

森は気の回し過ぎに気づいて、照れ臭そうに笑った。

「恩に着るなんてとんでもないですよ。マルチャンＩＮＣは、土地を手当てしたときからタッチしてきましたから、わたしにも大きな責任があります。使命感をもって頑張るつもりです」

「ありがとう」

森はもう一度頭を下げた。すべったの、ころんだのと言い訳ばかりしている役員たちに、深川のいさぎよさを見習ってもらいたいと、つくづく思った。

「きみには東京におってもらいたかったんだが、切り札を使わざるを得なくなった。敗戦処理と思ってる者もいるだろうが、絶対そうじゃない。マルチャンＩＮＣを放り出す気は毛頭ないから、そのつもりで頼むよ」

「もちろんです。片道切符で行く覚悟です。再建できないようなら日本へ帰ってきませんよ」

深川は笑顔で勇ましいせりふを吐いた。

第十五章　一陽来復

1

昭和五十六年一月十日付で米国法人マルチャンINCのジェネラルマネージャーに就任した深川清司は、直ちにロサンゼルスへ飛んだ。

赴任直後の某夜、深川は日本人の幹部社員を会議室に集めた。平野幸雄（プロダクション・マネージャー）、堤殷（プロダクション・マネージャー）、北村勝久（アカウンティング・マネージャー）、織田睦彦（セールス・マネージャー）、西森哲郎（ミリタリー・セールス・マネージャー）、友田吉生（クオリティコントロール・マネージャー）、クリフ・原田（プロダクション・アシスタント・マネージャー）、山下透（アカウンティング・アシスタント・マネージャー）、條田修（クオリティコントロール・アシスタント・マネージャー）、佐々木賢治（アカウンティング・アシスタント・マネージャー）の十人である。

平野と原田以外は東洋水産からの出向者だ。

缶ビールをひと口飲んでから、深川はさりげない口調で切り出した。

「社長からマルチャンINCをみるように命じられたとき、僕は大見得《おおみえ》を切った。万一、再建できないようなら、日本へは帰って来ませんって……。つまり片道切符でロスへやって来たわけだ。きみたちも、おそらくそんな気持ちで頑張ってると思うんだ」

深川は、ビール缶をテーブルに戻して、一同にゆっくりと首をめぐらせた。

「社長はマルチャンINCに命懸けで取り組んできた。社長が日華食品との闘いに投じたエネルギーを考えただけでも胸が熱くなるじゃないか。みんな正月も日本へ帰らずに頑張っているのに、どうして成果が上がらないんだろう。その点を考えてもらいたい。社長も指摘していることだが、一つにはアメリカ人従業員と、われわれ日本人がしっくりいっていない点があると思う。日本人がアメリカ人に対して遠慮し過ぎるという言い方もできるし、意思の疎通を欠いているとも言える。

生産部門は日本人がリーダーシップを取ってるが、販売部門は逆にアメリカ人にまかせている面がある。生産部門と販売部門に相互不信感が存在することに思いを致すべきなんじゃないのか。もっと言えば、生産部門は、販売部門が安売りするから赤字が出ると言い、販売部門はコストが高いことを非難する。つまり、責任逃れ、罪のなすりあいをやっているわけだ。この悪循環を断ち切ることがわれわれの使命だと思う。言葉の障害もあるだろうが、ブロークンでも、身ぶりでも手ぶりでもいいから、かれらともっと対話してもらいたい。コミュニケーションの不足がいちばんいかんのだ。

早い話、今夜われわれが会合を持ったことを知れば、かれらは疑心暗鬼になるかもしれない。ジャップだけでなにをコソコソやってるんだ、っていう眼でみられがちだ。だからあすにでも、今夜きみたちに何を話したかをかれらに正確に伝えるつもりだよ。まず日本人従業員とアメリカ人従業員の相互不信感を払拭《ふっしょく》することからやろう。堤、どう思う」

堤は、あわててビール缶をテーブルに戻した。

「よくわかります。言葉の問題もありますけれども、われわれはアメリカ人従業員との間のカーテンを取り除く努力が不足していたことを反省する必要があると思います」

「ほんとに、きみら頼むぜ」

深川はぐっとひきしめた顔を急いでやわらげた。

「俺はマルチャンINCが赤字を出してる限り日本へは帰れない。なんとか帰れるようにしてくれよ。社長は半年以内に目処《めど》をつけろと言ったが、俺はそんな悠長なことではダメだと思っている。一、二カ月のうちに出血を止めたいと思ってるんだ。そのためにはラーメンの製造コストを切り下げてマーケットを拡大する以外にないと思う。営業は得手ではないので、差し当たりコスト意識を徹底的に叩《たた》き込むからな。そのためには重箱のスミを突っつくようなことも敢《あ》えて言わねばならんが、勘弁してもらうぞ。資材の仕入れについても洗い直す。使命感と危機感をもって俺についてきてくれ」

実際、深川のリーダーシップぶりは眼を見張らせるものがあった。

それこそ昼休みの消灯《しょうとう》にまで口うるさく言い出す始末だから、みんな緊張するわけである。

深川は英会話も不自由しなかったので、アメリカ人従業員との対話にも心を砕いた。アーバインの隣町タスティンにある社宅の3DKへアメリカ人幹部を呼んでバーボンウイスキーを飲みながら話し込んだことも一度や二度ではなかった。

ゴルフもやらなければ車の運転もできない深川は、休日も洗濯と掃除以外にやることがないので、ひたすら仕事のことばかり考えていた。

同じ社宅住まいの日本人幹部で深川の被害に遭わなかった者は一人もいない。日曜日まで呼びつけられるのだからたまったものではないが、誰も厭《いや》な顔をせずに、深川の話し相手になった。というよりマルチャンINCの現実と行くすえを考えれば、おちおちできないのは当然である。すすんで深川の部屋へやってきたと言うべきかもしれない。

一月下旬の日曜日の午後、深川と北村がこんなやりとりをしたことがあった。

「北村はロスへ来てどのくらい経つんだ」

「赴任したのが七八年九月ですから二年四ヵ月です」

「もうそんなになるのか」

「深川さんを含めて四人のジェネラルマネージャーに仕えたことになります」

「そう言えば社長が言ってたっけなあ。ジョージ・デラードが最大の誤算だったが、ジェネラルマネージャーに人を得なかったことの責任は痛感するけれど、適材適所でないことがわかれば、直ちに交代させせた。この点は評価してもらえるんじゃないかって。俺はいまのポストが適材適所かどうかわからんが、与えられたチャンスに全力を尽くそうと思ってる」

「わたしは築地の聖路加病院の人間ドックに入院していた社長に呼ばれて、マルチャンINCの経理を見てくれないか、と言われたとき、即座にOKしました。会社の実態を正確に把握して、修飾せずに報告してもらいたい、俺は事実を知りたいんだ、って社長からくどいほど念を押されました。わたしが赴任してきた当初はひどい状態で、売り掛けが入金されていないとか、製品は出荷したのに請求書が出てないとか……」

「そんな杜撰《ずさん》なことをやってたのかねえ。それだけ士気が停滞してたってことだねえ」

深川は腕組みして、なげかわしそうに首を振ったが、ぐいと顎《あご》を突き出して訊《き》いた。

「まさか、いまもそんな馬鹿なことをやってるわけじゃないだろうな」

「もちろんです」

「数字を見る限り販売は伸びてるが……」

「西森さんが軍関係のルートを開拓しましたし、ビル・原子《ハラコ》がブローカーとして独立してから、ヤル気になって猛烈な勢いでマーケットを拡大してます。マーケットは確実にひろがってると思います。問題があるとすれば〝ワン・ウィズ・ワン〟って言うんですか、一つ売れば一つおまけを付けるような安売りをいまだにやっていることです」

「一定の期間それもやむを得ない面があるんだろう。いつかも話したが、俺は製品コストの引き下げにしゃかりきになって取り組むつもりだ」

単身赴任の深川は、週末や日曜日の夜、部下たちからしばしば夕食を馳走《ちそう》になった。

この夜は、北村夫人の手料理に舌鼓を打つことになる。

スーパーマーケットまでは徒歩二十分で行けたから散歩がてら一人で出かけたが、出勤は車で十分ちょっとかかるので、かわるがわる部下の車に便乗させてもらった。

「一宿一飯の恩義という言葉があるが、俺の場合は一宿百飯の恩義にあずかったことになるな。きみたちには頭が上がらんよ」

そんなことを言いながらも、深川はコスト切り下げのために厳しい注文を出しつづけた。

「歩留まりが悪過ぎるぞ」

「生産のスピードアップを図れ」

「小麦粉の仕入れ価格はこれでいいのか」

赤字つづきでレイオフ、撤退、敗戦処理などの言葉が頭の中を占領し、浮き足立って、仕事も投げやりだったマルチャンＩＮＣの従業員は、深川の出現で、見違えるようにヤル気を出し始めた。

マルチャンＩＮＣの一九八一年（昭和五十六年）三月期決算は売上高九百六十万二千ドル、損金十五万九千ドルとわずかに赤字を出したが、八一年下期以降出血は止まり、黒字に転換した。

八二年三月期は売上高一千三百三十二万四千ドル、利益百六万三千ドルの好決算となった。売上高はもちろん過去最高で、前年度比三八パーセントの増加である。

深川は昭和五十七年三月にマルチャンＩＮＣ出向を解かれ、本社に呼び戻された。

2

深川の後任は、第一物産食品部課長職から出向してきた橋本晃明である。

森は、橋本がまだ第一物産に入社したての頃から眼をかけていた。

第一物産の上層部に頼み込んで、原籍第一物産のまま橋本をマルチャンＩＮＣのジェネラルマネージャーにスカウトしたのである。

橋本も、森の期待に応《こた》え、深川が敷いた路線の拡充に尽力した。

シカゴを中心に全米でスーパーマーケット網を展開しているラッキー・イーグル社向けマルチャンＩＮＣ製即席ラーメンの納入で、橋本は夜討ち朝駆けまがいの奮闘ぶりをみせた。

マルチャンＩＮＣの創業当初、ラッキー・イーグルとは取引関係にあったが、デラードの不手際で、数カ月で解消されてしまったのである。

橋本は、キーマンである仕入れ部門のシュトラウス部長を搦手《からめて》から攻めた。

ユダヤ系アメリカ人のアラン・シュトラウスが古い灰皿と缶詰ラベルの蒐集家《しゅうしゅうか》であることを知るに及んで、橋本はさっそく行動を開始した。

缶詰のラベルなら、第一物産が缶詰を手びろく手がけていた関係で、東京から取り寄せることができる。

灰皿も友達が日本製の年代物を古道具屋でいくつか手に入れてくれた。

熱心にかよってくる橋本に、頑《かたくな》だったシュトラウスもいつしか胸襟をひらくようになった。当時サンディエゴの大学生だったジュニア・シュトラウスをガールフレンドと共にディナーに招待したことがダメ押しになった。

「マルチャン製品は、品質の良さでナンバーワンであることを自負しています。貴社と当社は以前お取引がありましたが、先輩の対応のまずさによって不幸な結果になってしまいました。なんとか復活していただけませんでしょうか」

ラッキー・イーグルへの納入を迫る橋本に、シュトラウスが快諾してくれるまでにひと月とはかからなかった。

橋本は二年半マルチャンINCの支配人としてロスに常駐し、昭和五十九年（一九八四年）六月に第一物産に復帰した。

その後、マルチャンINCのジェネラルマネージャーは堤段（八四年五月就任）、河合浩太郎（八六年六月就任）と受け継がれるが、マルチャン製品はアメリカ市場で快進撃をつづけ、八六年（昭和六十一年）で累積損失を一掃し、八八年（昭和六十三年）から配当するまでに経営基盤を強化することになる。

ちなみに八九年（平成元年）三月期におけるマルチャンINCの売上高は五千一万八千ドル、利益は二百八万三千ドルであった。

3

米国キャンベル・スープ社が東洋水産に対して突如、合弁契約を解消したいと提案してきたのは、昭和五十八年（一九八三年）二月末のことである。青天の霹靂《へきれき》としか言いようがなかった。

キャンベル東洋は昭和五十一年（一九七六年）五月にキャンベル・スープ五一パーセント、東洋水産四九パーセントの出資比率で設立した合弁会社で、設立時資本金は三億円。五十四年十月に三億五千万円、五十五年六月に四億五千万円に増資されたが、過去七年間で累積損失は四億四千七百万円に達していた。

キャンベル東洋の経営改善策が両親会社間で協議されていたのは当然である。

五十七年十二月に東京のホテルオークラで東洋水産社長の森和夫と、キャンベル・スープ社国際部門担当副社長のウイリアムスとの間で以下のようなやりとりがあった。

「キャンベル東洋の損失は、創業期に伴う先行投資と考えるべきです。経営改善によって充分乗り切れると思います。そのためにはいちいちアメリカの本社に指示を求めるようなあり方はやめて、東洋水産に経営をまかせていただけませんか」

「参考までに訊《き》くが、失敗したらどう責任を取るんですか」

「わたしが責任を取ります。赤字は東洋水産で負担しますよ」

「東洋水産に経営をまかせることになれば、出資比率を変更しなければならないが、五一対四九の出資比率でもわれわれは例外として譲歩したのです。世界のキャンベルの名にかけて、これ以上の譲歩はあり得ない。東洋水産に経営をまかせるわけにはいきません。それがキャンベルのポリシーです」

「わたしの経営改善策が吞《の》めないとおっしゃるんなら、具体的に対案を示してください」

「二ヵ月間の検討期間をいただきたい。二月末に、なんらかの提案を行なうことを約束します」

その回答が合弁契約の解消だったのである。

三月上旬の役員会で森はキャンベル提案を受諾する旨の方針を示した。

「アメリカで売れてるキャンベル製品が日本で売れないはずはない、というかれらの態度は傲慢《ごうまん》千万だ。消費者不在であり、マーケットのニーズをつかもうとせず、われわれの進言にも耳を傾けなかったキャンベルとは袂《たもと》を分かつしかないな。去年十月に国際部門の責任者がリンドルからウイリアムスに交代してから、両社間の対話不足が目立つようになった」

森の恨み節はさらにつづいた。

「われわれは覚束ない英語でアメリカのバイヤーやブローカーへ懸命にラーメンを売り込んで、ときにはマネキンの代用までやっている。日本駐在のアメリカ人がどれだけ努力をしたっていうんだ。アメリカは、日本の流通機構が複雑だの、不合理だの、排他的だのと言うが、アメリカでラーメンを売ってわかったことは、実質的には日本とほとんど変わらないっていうことだ。見方によっては日本のほうが合理的な点も少なくない。一部のアメリカ人に〝アキュパイド・ジャパン（日本占領）〟の影がちらついているようだが、本心から良きパートナーとして相互発展を考えなければ、日米関係はますますトゲトゲしいものになってしまう。アメリカの経営者は長期的な観点から事業をみようとせず、在任中の経営しか考えない。アメリカ人がほんとうに日米関係を大切に思うんなら、もっと真剣に相手のことを考えて、権限のある人材を日本に派遣して欲しいねえ」

三月二十八日午後、ホテルオークラで合弁契約解消の覚書に森とウイリアムスが調印、その中で六月十五日を合弁解消日とすることが決定した。キャンベル東洋の幕切れは信じ難いほど呆気《あっけ》ないものだった。

覚書に署名したあとで、ウイリアムスが森と握手を交わしながら言った。

「これで肩の荷が降りました。わたしはあと二年で定年退職です。フロリダに土地を買ってありますから、余生がたのしみですよ」

森は、手をふりほどいて、真顔で返した。

「わたしはネバー・リタイアです。余生はお世話になった会社にお返しすべきだと考えています。老害ということもありますから、このことの是非は別問題ですがね」

「ミスター・モリ、いかがでしょう。わがキャンベル・スープの顧問になっていただけませんか」

「ジョークでしょう」

「いや、本気です」

「キャンベル・スープと東洋水産は訣別《けつべつ》したのです。訣別とは、きっぱりと永久に別れることです。もっとも顧問料を百万ドルもいただけるんでしたら、わたしも考えないでもありませんけど」

森は皮肉っぽく言ったが、内心ふざけるなと思っていた。

森が知人のA新聞経済部記者を通じて、五月二十日付A新聞「論壇」に〝破談となった米社との合弁〟〝突然急転、相互理解の難しさ知る〟と題した一文を寄稿したのは、なんともやるかたないいやむにやまれぬ気持ちの発露からと思われるが、「論壇」の反響は森の予想をはるかに超えていた。


先月末のワシントンでの演説で、牛場信彦氏が日米関係の現況を深く憂慮された。私も仕事の上で米国と深いかかわりを持ち、思い当たるところが多い。米国人を敬愛し、また日米関係を大切に思う民間事業者の一人として、不幸にも破局に至った当社と米国企業との合弁事業に関連し、一言述べたい。

話はロッキード事件で揺れた一九七六年にさかのぼる。

この年の私は、米国の大手食品会社キャンベルと提携し、日本でキ社製品を販売・加工する合弁会社（キ社五一％出資）を設立した。ところがこの会社の成績が必ずしもあがっていないので、昨年末から業務内容の改善について話し合いを始めた。

私の理解では、合弁事業に損失が出ているといっても、それは創業に伴う先行投資ともいえるものであり、経営改善によって、十分乗り切れるはずのものであった。私の改善提案は、販売政策の詳細まで米国の本社から指令するような行き方はやめ、なるべく現地の事情に通じた日本側にまかすように、というものであった。先方はこれを納得しなかった。「それなら、今度はそちらから具体的な改善策の提案を」と申し入れた。先方から具体的な提案がないまま三か月ほどしたこの二月、にわかに合弁契約解消を持ちかけてきたのである。

それからしばらくは、色々なやり取りがあった。「提携相手の当社の力不足に不満があり、相手を代えようというのか」「イヤ、そういうわけではない」「それでは日本から撤退するのか」「ノー！　撤退しない」等々である。これらはまさしく私事であり、ここでくどくど述べることではない。結論としてこの六月を最後に、当社の持ち株を米側に引き渡し、契約を解消することになった。

いま、キ社との交渉の経緯を静かに考えて見ると、日本国内の通常の関係とはかなり異なる、以下のような諸点に思い当たる。

第一に、先方の海外業務の最高責任者が人事異動で代わった結果、積み重ねて来た様々な了解事項が、にわかに無視されるようになったと思えることである。

第二に、米国での行き方が、世界中どの地域でも通じるはずだ、という思い込みがあることである（キ社のブランドは、同じ米国の同業他社と比べても、まだ日本での通りが良くない点が理解できないふしがあった）。

第三に、米国流のトップダウン管理の行き過ぎで、日本の現地会社に派遣されている社長などはほとんど権限がないため、提携相手（当社）との意思疎通が十分尽くせなかったことである。ともあれこの破談によって、当方はある額の損失をこうむり、米側も日本での事業展開に、なにがしかの不満を残したことになろう。

米側には日本市場の閉鎖性に対する声高な批判がある。しかし、私の実感からすれば、米側の対外折衝のやり方には、市場のあり方をうんぬんする以前の問題があるように、思えるのである。

誤解を避けるためにいっておきたい。私があえて私企業の内輪事を、こうした公の場に持ち出したのは、長年の提携相手の非を鳴らすためでは、毛頭ない。ここで述べたいのは、ただ一点、交渉過程の驚くべき急転があったという事実、すなわち話し合いの途中のある時点で、先方が十分な検討なしに、突如として破談を提言してきたという事実である。かなり長期にわたった提携関係といえども、意外なほどあっけなく崩れ去ってしまうことがあり得る、ということである。

これが国際間の相互理解の未熟さに起因する、特殊な事例であってほしいと思う。日米関係全般に「突如」が決して起らぬように、と願うものである。

4

東洋水産が、株式会社酒悦に出資し、同社の経営を引き受けたのは、キャンベル東洋が解散したひと月後の七月中旬である。

酒悦は、福神漬など漬物を主力とする老舗《しにせ》の食品メーカーとして知られているが、早逝した二代目社長の夫人が亡夫の後を継いで社長に就任してから、放漫経営が禍《わざわい》して会社更生法の適用を申請、事実上倒産した。

更生会社の酒悦の再建は、大口債権者である丸越を中心に進められていたが、丸越自身、前社長の不祥事件で体制整備に追われていたので、酒悦の再建どころではなかった。

森に、酒悦の件を持ち込んだのは東洋水産顧問弁護士の館岡道雄である。

館岡は、丸越の顧問弁護士でもあったが、丸越前社長解任劇ではひと役買った。

「いまの丸越は他社の再建どころではありません。森さんに酒悦の面倒をみてもらえればこんなありがたいことはありません」

館岡はこんなふうに話したが、森は半分冗談だと思って聞き流した。

ところが、日を置かずに丸越社長の市野明が森を訪ねてきた。

「丸越はダウンしたイメージを挽回するために、一万三千人の従業員が火の玉となって懸命に努力しております。われわれ役員も、歯をくいしばって頑張っているつもりですが、残念ながら酒悦の再建は手に余ります。酒悦の負債総額は八億円ほどですが、どうか助けてやってください。森さんの経営手腕につきましては、館岡先生からよく承っております。森さんなら安心しておまかせできます」

「三十年間、ただ夢中で走って来ただけで、褒《ほ》められるようなことはなにもしてません。むしろ失敗のほうが多いくらいです。酒悦というブランドに関心がないと言えば嘘になりますけれど、ほかにもやることが山ほどあります。光栄とは思いますが、辞退させていただきます」

森は、固辞したが、再三、再四にわたる丸越側の要請を拒み切れず、第一物産OBで当時東洋水産取締役総務部長の山田林三を社長で派遣し、同社の再建に乗り出すことになる。

酒悦は、昭和五十八年八月に第三者割当てで六億円に倍額増資、東洋水産が五〇パーセントの株式を取得、一年後に七億五千万円に増資、二年後には丸越および酒悦の創業家からも譲渡を得て約八〇パーセントを保有、東洋水産グループ入りを果たした。

酒悦が東京地方裁判所民事八部に更生会社終結申請を受理されるのは昭和六十二年二月二十七日だから、名実共に会社再建が完了するまでに五年の年月を要したことになる。

5

「当社は魚屋です」は森の口ぐせである。それが「ラーメン屋」にもなり、「最近は漬物

「屋にもなりました」と森が初めて口にしたのは、"創立三十周年、本社社屋落成パーティ〟の挨拶《あいさつ》のときである。

旧本社事務所と品川冷蔵庫を解体撤去して建設された東洋水産の本社ビルは、二千六百八十平方メートルの敷地に、地上八階、地下一階、塔屋一階、床面積延一万一千二百三十二平方メートル。

この日の早朝、朝日を反射して銀色に輝くアルミパネル外装の本社ビルを見上げたとき、森は胸が熱くなった。

式典、披露パーティ用にモーニングの礼装姿だったので、いつもと違って電車通勤ではなかったが、六時過ぎに迎えの車が来たとき、妻のふさから訊かれた。

「モーニングなんか着て、きょうはなにかあるんですか」

「そうか、話してなかったか。きょう会社の創立三十周年と本社ビル竣工《しゅんこう》のパーティをやるんだ」

家で会社のことは話しもしないし、訊かれもしない。しゃしゃり出て人事などに口出しする創業者夫人の話を耳にするが、ふさはそうしたことは一切なかった。

森が脳梗塞《のうこうそく》で倒れたときは毎日見舞いに来てくれたが、およそ夫の仕事のことに関心を持たない女房である。

朝は早いし、夜は遅い。ずいぶん苦労をかけたが、不満も言わずに従《つ》いて来てくれたふさに、森は胸の中で〝ありがとう〟を言いながら、車に乗り込んだ。

昭和二十八年三月、森が築地魚市場の片隅の掘っ立て小屋に、東洋水産の前身である横須賀水産（資本金三百五十万円）を設立したとき、従業員は四名に過ぎなかった。それが資本金二十九億二千二百十五万円、売上高一千億円、従業員一千八百人の大企業に成長したのである。

この年三月には、来年（昭和五十九年）にロサンゼルスで開催される第二十三回オリンピック大会のオフィシャル・サプライヤーとして東洋水産が認定された。

オフィシャル・サプライヤーとは、ロサンゼルス・オリンピック組織委員会が国と製品を特定して同業者の中でただ一社のみに与える権利である。

同社が日本とアメリカにおける「麵《めん》製品部門」のオフィシャル・サプライヤーの資格認定を組織委員会に申請した結果、競合他社をしりぞけて認定されたことは、とりもなおさず〝マルチャン・ブランド〟が世界の一流ブランドとして認められたことを意味する。

オフィシャル・サプライヤーは、当該製品と一定の協賛金の提供を義務づけられるが、これによってオリンピックのシンボルマークキャラクターの人形（イーグルサム）などを広告宣伝や製品包材のデザインに利用する権利を与えられるので、PR効果は小さくないと予想された。

森は、創立三十周年を記念するに相応《ふさわ》しいビッグプレゼントをもらったような気分であった。

米国法人のマルチャンINCが存続し得たからこそ、オフィシャル・サプライヤーに選ばれたのである。森はマルチャンＩＮＣの再建問題や、日華食品との特許係争で、血尿の出る思いをした往時が思い出されてならなかった。

思えばこの三十年間、苦難と苦闘の連続だった。

創業時代に森田啓次、江口滋男、遠藤秀夫の三人に、どれだけ助けられたことか。

リーダーの森が三人の個性、力量を存分に引き出したことによって相乗効果を発揮したとも言えるが、三人の存在を抜きに今日の東洋水産を語ることはできない、と森は思う。

森田は、東洋水産では非常勤取締役に退いたが、グループの一員である豊醬油《しょうゆ》の社長としていまなお第一線で活躍している。遠藤も子会社、東洋ミートとゼンコー食品の社長で健在だが、江口は四年前に退任し、独立した。

ごく最近、病いに倒れ、入院中と聞いて、森は秘書を見舞いにやった。江口が涙を流して喜んだと聞いて、森は胸のつかえが取れたような気がした。

きょうのパーティに江口の顔がないことだけが、森にとって心残りだった。

それと佐藤達郎が緊急な海外出張で欠席したことも残念であった。

昭和五十八年八月二十五日正午過ぎに、森は新社屋七階のパーティ会場でマイクの前に立った。

前夜、推敲《すいこう》に推敲をかさねてまとめあげた挨拶の内容は、すべて頭の中にしまってある。五百人もの参会者を前に、あがるなと言うほうが無理だが、森はそのすべてを忘れずに話すことができた。

型どおり参会者に感謝し、本社新社屋建設の経緯に触れ、建設業者の協力ぶりを讃《たた》えたあとで、森はひと呼吸入れてから、参会者に語りかけるようにつづけた。

「ところで、当社は本来魚屋であり、ラーメン屋であり、また最近は漬物屋にもなりました。一般庶民の方々に直結し、その必要不可欠な食物を生産、供給しているのでございます。私共はこのような仕事に大きなプライドを持ち、またこの仕事に精進できますことに生き甲斐《がい》を感じております。

当社の一日の販売量は五百万個に上ります。地域差はありますが、国民一人あたり一年に十回以上当社製品を食べていただいていることになり、非常にありがたく思いますと共に、何としても一般大衆の方々に喜んでいただけるよう尽くさなければならないという気持ちで努力をつづけているのであります。

本社ビルが建って、過去の苦労が報いられうれしいであろうということが、大方の方々のわたくしに対するお気持ちであろうと存じます。しかしながら、わたくしのいま感じておりますことは、このような立派なビルなるが故に従業員との風通しが悪くなりはしないかという懸念であります。

取扱い商品の性質上もありますが、当社第一線の現場の労働環境は必ずしもよくありません。当社は運命共同体という経営理念で今日まで歩んで来ましたし、今後も変わることはありません。油と汗にまみれ、あるいは夏は炎熱、冬は寒冷吹雪の中を黙々として精進してくれている従業員を思うとき、このような恵まれたところにいるということについて、まことに相すまないという気持ちに駆られるのであります。

であるからこそ、わたくしは今後ここに安住することなく、創業時代従業員と一緒になって魚を運搬した当時の初心に返り、いま一度従業員と苦労を共にして次の躍進を目指して再出発しようと深く心に期しています。幸いに健康にも恵まれています。当社にはまだまだ実施すべきことが山積しております。これらの仕事に対し従業員共々チャレンジしていきます。

終わりになりましたが、皆様の従来のご厚誼《こうぎ》に厚く御礼申し上げますと共に、今後ともよろしくご指導、ご鞭撻《べんたつ》を賜りますようお願い申し上げます」

拍手をしながら近づいて来た前総理大臣の鈴木善幸が森にささやきかけた。

「素晴らしいスピーチだったねえ。いかにも誠実な森君らしくて、よかったよ」

「ありがとうございます」

来賓挨拶の皮切りは鈴木善幸だった。

「森社長とは水産講習所の同じ同窓生であり、剣道部で互いに技を競い、苦楽を共にした親友であります。

戦後間もなく冷蔵庫会社をつくり、零細企業から出発されたが、果敢な闘志を以《もっ》て逐次社業を拡大され、いまや総合食品会社として確固たる地歩を築かれました。このことは、社長の誠実で信義に篤《あつ》いお人柄と、役職員一同一致団結して困難な状況下において努力された結果と敬意を表します。

この記念すべきときを機会に新たな決意を以て一層の発展のためにご健闘をお祈り致します」

森と長年親交のある松岡清次郎（松岡美術館オーナー）の音頭で乾杯となった。

来賓挨拶の中で、森喜朗代議士が「社長室が小さいので安心しました」と話して会場の爆笑を誘ったが、実際、東証一部上場企業の創業社長らしからぬ小さな社長室であった。

その社長室で森が一人になったのは午後六時を過ぎたころである。

五年後、十年後に東洋水産はどうなっているだろう——。

窓から芝浦運河を見おろしながら森は、現状に安住してはならない、大企業病にならず果敢にチャレンジしつづけなければ、とわが胸に言いきかせた。

あとがき

『燃ゆるとき』は、昭和五十八年八月、東洋水産の本社新社屋竣工披露《しゅんこうひろう》パーティ終了後、社長の森和夫が社長室でひとりになる場面で終わっています。

〝五年後、十年後に東洋水産はどうなっているだろう——〟

作者の私ならずとも、十年後の東洋水産のゆくすえは気になるところです。

資本金は百七十二億八千八百万円（平成四年十二月末現在）ですから、昭和五十八年三月時点の二十九億二千二百万円に比べて約六倍に増加しています。

業績も好調を持続し、連続十期増収、十一期増益を続け、平成五年現在の売上高は年間二千億円に達しようとしており、経常利益も百億円に迫っています。ちなみに五十八年三月期の売上高は九百三十三億円、経常利益は二十六億円でした。

最も特筆すべき点は、海外事業の発展です。米国のロサンゼルスとバージニア州リッチモンドに建設した即席麵《めん》二工場で五百人余の米国人を雇用し、年間一億五千万ドルを生産、販売し、いまやライバル会社を凌駕《りょうが》するまでに至っています。魚類、冷蔵収入を含めると米国における売上高は二億ドルに達し、さらにロサンゼルスのアーバインで建設中の第三工場が平成六年（一九九四年）春に稼働すると、在米日系食品企業では名実共にナンバーワンになると予想されています。

ライバル会社との特許抗争や米国現地法人の創業時の経営難で、米国から撤退することも考えたほど悩み抜いた結果、森さんは断固として米国のマーケットを守り抜く経営決断を下しました。歴史に〝イフ〟は禁句ですが、もしあのとき米国から撤退していたら、今日の東洋水産はなかったでしょう。

台湾、中国にも進出し、海外事業は東洋水産の中核事業に成長しました。

もう一つ、忘れてならないことは、東洋水産が財テクブームの中で、一切財テクに手を染めなかった事実です。

この点について、森さんは「そこまで知恵が回らなかっただけのことです」と照れ臭そうに話しますが、財務の担当者に財テクを進言した者が一人もいなかったとは考えられません。森さんは「財テクなど絶対にやってはいかん」と釘《くぎ》をさしていたのです。

ある著名な評論家が、「財テクをやらない経営者は化石人間に等しい」とまで言ったほど多くのエコノミストや評論家が財テクをあおり、バブル膨張に尽力してきました。それに乗じた企業こそいいつらの皮ということになります。バブル経済の崩壊で日本経済は危機に直面していますが、それだけに財テク拒否を貫いた森さんの判断はひときわ光彩を放っています。

私はこれまでに数冊の実名小説を書きました。作中の登場人物を実名とすることに対して、いかがなものかと一部から異論を寄せられたこともあります。しかし、ケースによってはむしろ仮名にすることの白々しさのほうに抵抗を感じることも往々にしてあるのです。

『燃ゆるとき』もまた然《しか》りです。

事実の重みに抗し切れず、史実に忠実であり過ぎたきらいはあるにしても、森和夫さんの生きざまに共感したからこそ、私はあえて実名に固執しました。

私はかつて『祖国へ、熱き心を―東京にオリンピックを呼んだ男―』（講談社文庫）を書きました。

日系二世でロサンゼルス在住の和田勇さんの伝記小説です。和田勇さんの小説化を熱心にすすめてくださったのが森和夫さんです。

昭和二十四年八月のロサンゼルス全米水泳選手権で、古橋広之進、橋爪《はしづめ》四郎選手たちが数々の世界新記録を樹立した陰で、和田勇、正子夫妻がどれほど献身的に努力されたかわかりません。また、東京オリンピック（昭和三十九年、一九六四年）の成功は、和田さんご夫妻の存在を抜きには考えられません。日米貿易の発展に尽くされたことも含めて、和田さんご夫妻は日米両国の懸橋であり、日本にとって大恩人なのです。

和田さんはロスにある日系引退者ホームの生みの親でもありますが、「一人でも多くの日本人に和田さんの存在を知らしめたい」と森さんは私に熱っぽく語ってくれたものです。

しかし、森さんはまさかご自分が小説に書かれるなどとは夢にも思わなかったでしょう。「私を小説に書くなんて、とんでもない。お断りします。私はそんな立派な人間ではありません」と、固辞しつづける森さんに、

「書いてもらいたい、と自分を売り込んでくる人はたくさんいますが、創作意欲をそそら

れて、この人なら書きたいと思う人はごくごく少ないのです」

私は何度も何度も同じことを申し上げました。

私の執拗《しつよう》なアプローチに対して、シャイな森さんは一年近くも拒み続けましたが、とうとう私のしつこさに辟易《へきえき》して、小説化を承諾してくれました。

『燃ゆるとき』を読んでくださった読者の皆さんが、これによって少しでも勇気づけられ、人生捨てたものではない、と思っていただければ作家冥利《みょうり》に尽きるというものです。

平成五年三月

高杉　良

解説

中沢孝夫
（兵庫県立大学教授）

東京駅から大阪にむかって新幹線に乗り、有楽町を過ぎたあたりから品川駅の先まで、超高層ビルが林立している。多くはマンションだが、二〇〇五年の現在、とくに品川駅周辺の海側は建設ラッシュといってよい。マンションが建設される以前はなんだったのだろう。

実名モデル小説である本書の中に、東洋水産が乾坤一擲《けんこんいってき》の経営決断として取り組んだ「天王洲の冷蔵庫用地の取得と冷蔵庫の建設」のエピソードがあるが、その辺を読むと事情が見えてくる。

品川からほど近く（現在はモノレールが走る）天王洲に二千坪の売り地が出たのは昭和三十九年（一九六四）の秋のことだった。価格は坪あたりで十万円。所有者は芝浦海苔《のり》組合。「海苔の干し場になっていた土地」だった。

ここを読むだけで、羽田空港近辺の海が漁場として栄え、その後、広い敷地が工場や倉庫へと転用されたことが理解できる。日本の産業の中心が一次産業から二次産業、三次産業へと急速に転換した時代だった。

筆者（中沢）が昭和三十七年に群馬県の高校を卒業して上京し、最初のアパート暮らしを始めたのは、大田区の隅っこだった。まだ細々と海苔の乾燥作業などが続けられていたが、高度成長の始まりで、海苔の乾燥場が鈑金《ばんきん》プレスや金型屋あるいは塗装屋や各種の部品加工の工場へと転用されていったのをかすかに覚えている。三十歳にもならない若者の旋盤工や金型工が、腕一本を頼りに独立した時代である。日本経済もまた若かったのだ。

山陽特殊製鋼の倒産や、山一証券に対する日銀の特別融資などで語り伝えられる昭和四十年（一九六五）の不況のときに、二千坪の土地二億円と五千トンの冷蔵庫の建設費三億円で、合わせて五億円の投資をした東洋水産は、冷蔵庫が出来上がり、庫内が冷えるか冷えないかといった初期から満杯になるという幸運なスタートを切った。本書の主人公・森和夫の「現在の不況は、循環的なもので日本経済の高度成長の基調はなんら変わっていない」という見通しの勝利だった。

山陽特殊製鋼の場合は、当時、もともと技術力があったことに加えて、過剰といわれた設備投資が幸いし、その後の高度成長により健全さを回復させたが、山一証券の末路は読者が先刻ご承知のとおりである。

筆者は高杉良の作品を読みながら、いつも経済学の本では知ることができない事実を教えられている。本書もそうである。この昭和四十年不況の描写に限ることなく、日本経済史の現場を歩くことができるのだ。順を追って見てみよう。

第二次世界大戦の中で、生き残ったのは僅《わず》か四パーセントといわれるノモンハンの激戦をくぐり抜けてきた主人公の森和夫にとって、戦後の「苦労は苦労のうちに入らない」という気持ちがあったが、きっとそうだろう。戦前・戦中の修羅場をくぐり抜けた人間にとっての戦後は、目前の死から解放された拾い物、という面があった。

森和夫が身を投じたビジネスの世界である水産物は早い時期に統制が解除された分野だった。昭和二十五年には統制が撤廃され、自由競争・自由経済に置かれていたので、漁業は急成長した。当時、貴重だった外貨を獲得する産業だったのである。国家予算が一兆円にも満たない時代に六十億円の外貨（ドル）を稼いでいたのだから大変なことだ。ということは輸入する相手国側の同業者にとっては災難以外のなにものでもない。戦後の日米間の経済摩擦の始まりである。昭和二十九年には「日本は（対米）自主規制に踏み切らざるを得なかった」とある。

「自主規制」は日本の輸出産業にとってもっともなじみ深い言葉だ。最初はマグロの缶詰で揉《も》め、次はマグロそのもので揉めた。今や日本はエビと並んで世界中からマグロを買い求め、最大のマグロ輸入国となったが、隔世の感があるとはこのことである。

本書に即して東洋水産の成長を見てみよう。

東洋水産はマグロの次に、魚肉ハムとソーセージの生産を開始。そしてアラスカに工場進出してスジコの輸入。インスタントラーメンへの進出と続いた。

昭和三十七年度の「売上高は三十億二千四百六十四万四千円と前年度対比で五三パーセ

ント も増加」。四十二年度の売上高は九十八億円。一部上場の四十八年は三百十億円の売り上げ（四十八年三月期）だった。倍々ゲームそのものであり、日本がもっとも輝いていた時代といってもよかったかもしれない。

最初に東証の二部に上場したのが昭和四十五年。一部上場に指定替えになったのがその三年後の四十八年である。昭和四十八年の前年は東洋水産がカリフォルニアに全額出資の「マルチャンＩＮＣ」を設立した年である。

さて、読者はお気づきのように、本書は「闘いの歴史」でもある。みんなが逃げだして責任を取らない中で、森和夫は最初に勤め先である水産会社の「会社整理」を担った。

次に長期の闘いとなったのは、大手取引先である商社の第一通商、その後の第一物産（現在の三井物産）だ。この商社の汚さには反吐《へど》が出るが、詳しくは本書を読んでもらう以外にない。起業家の苦労を知らないサラリーマン根性の悪さ丸出しである。さんざん東洋水産に儲《もう》けさせてもらいながら、下請け扱いどころか、泥棒のような社員を「経営監督者」に押し込んだり、巨額な負債を隠して、ゴミ会社と合併させたり、トンあたり六万円から七万円が普通の建設コストの冷蔵庫を十二万円でつくらせたり、不良品の冷蔵設備を買わせたりと、とにかくめちゃくちゃなのである。

東洋水産が第一物産の桎梏《しっこく》から抜け出せたのは昭和三十八年だった。

しかし茨《いばら》の道は続いた。無法者はどこにでもいる。第一物産の次は日清食品（の安藤百《もも》福《ふく》）との闘いだ。本書の中では日華食品（の安東福一）となっているので、日華食品とするが、とにかくこれもめちゃくちゃだ。

「N新聞（日本経済新聞のこと）に〝日華食品、米国で特許確立。輸入差止め権も。東洋水産など大打撃〟」の記事が掲載されたのは昭和五十一年六月のことだった。「森はこの記事を読んだとき顔色が変わるのを覚えた。日華食品が意図的にリークしたことは見え見えだが、米国で日華食品の特許が成立している事実はなく、明らかに誤報である」。

N新聞は裏付けもなく書き、ライバル会社の日華食品（日清食品）のお先棒をかついだ。事実関係は本書の中にあるとおりで、日華食品（日清食品）が特許を取得した事実はなく、全ての行動が東洋水産への妨害活動でしかなかった。裁判で危うくなったら、今度は和解工作に来た。相手側に森和夫はこういう。「安東社長は臆面《おくめん》がなさ過ぎます。わたしは恥を知らない人間だけにはなりたくないと思ってます」。

こんなことまで森にいわれる相手側（日華）の担当者もたまったものではないが、まったくの嘘をリークするばかりか、嘘の広告まで新聞に掲載したのだから、安東福一（安藤百福）の神経の凄《すさ》まじさに驚くのである。

しかし見方を変えると、安東もまた経営者の一つのタイプである。最初にアメリカに進出して、カップ麺《めん》のマーケットを広げ、市民権を得たのは日華食品だった。「アメリカのマーケットを開拓するのにどれほど苦労したか……」と日華の側がいうのもまた当然である。だからといって嘘八百を並べて妨害するというのはめちゃくちゃだが、彼らの側に「三分の理」はやはりある。

またどんな人生にもいえることだが、失敗や困難なくして人間は磨かれない。場合によってはスポイルされたり敗れたりするが、それが人間の資質というものであろう。大きくのびる人間に敵はつきものである。

筆者（中沢）は、人生というのは、どんな思い出をつくるかにあると考えているが、築地の事務所で、「鮮度のいい白身の魚をぶんだんにぶち込んだ味噌汁《みそしる》」と「朝っぱらから尾頭付が食卓に並ぶ」朝食を仲間と囲む、という思い出をもつ主人公をうらやましいと思う。

築地の魚市場の片隅で興された会社が世界的な企業に育ったのは主人公の森和夫の経営者としての才覚が大きかったが、なかでもすばらしいのは社員の能力の引き出し方と、社長という肩書きを恥じるような飾らない人柄だ。会社が一部上場されても電車で通ったというのがすごい。付け焼き刃ではできないのだ。

本書は実名小説だが、事実関係があまりにもはっきりしている場合は、この作品のように実名であることのほうが面白い。

筆者（中沢）は森和夫を直接知らない。今は東洋水産の相談役だが、もらった退職金はたった三億円とのことである。本人の申し出だそうだが、中小企業の経営者でもこのくらいはもらう。駅前の一等地の商店主などは自分では何の苦労もせずに、これ以上もらったりする。大企業の場合ならば赤字をつくっても、五億十億といった退職金を平気で受け取るのである。しかも創業者でもないのにだ。創業者の森が三億円では、次の社長やその次の社長も三億円は超えられないだろう。普通の社員にとっては実にすばらしい先例だ。

さて、サイドストーリーだが、森は五十五歳の誕生日を機に英会話に挑戦した。その後の展開を見るとわかるとおり、見事にそれをものにしている。これも事実だと思う。外国語は習得するのに二千時間の勉強が必要といわれるが、大切なのは年齢ではなく集中力である。この主人公の努力と頑張りは本当にすばらしい。

本書は、一九九〇年十二月実業之日本社より刊行され、一九九三年四月新潮文庫に、一九九九年十一月講談社文庫に収録されました。

燃《も》ゆるとき

高《たか》杉《すぎ》 良《りょう》

平成17年 9月25日　初版発行
令和6年 12月10日　27版発行

発行者●山下直久

発行●株式会社KADOKAWA
〒102-8177　東京都千代田区富士見2-13-3
電話　0570-002-301（ナビダイヤル）

角川文庫 13937

印刷所●株式会社KADOKAWA
製本所●株式会社KADOKAWA

表紙画●和田三造

●お問い合わせ
https://www.kadokawa.co.jp/（「お問い合わせ」へお進みください）
※内容によっては、お答えできない場合があります。
※サポートは日本国内のみとさせていただきます。
※Japanese text only

ISBN978-4-04-164319-8　C0193

角川文庫発刊に際して

角　川　源　義

第二次世界大戦の敗北は、軍事力の敗北であった以上に、私たちの若い文化力の敗退であった。私たちの文化が戦争に対して如何に無力であり、単なるあだ花に過ぎなかったかを、私たちは身を以て体験し痛感した。西洋近代文化の摂取にとって、明治以後八十年の歳月は決して短かすぎたとは言えない。にもかかわらず、近代文化の伝統を確立し、自由な批判と柔軟な良識に富む文化層として自らを形成することに私たちは失敗して来た。そしてこれは、各層への文化の普及滲透を任務とする出版人の責任でもあった。

一九四五年以来、私たちは再び振出しに戻り、第一歩から踏み出すことを余儀なくされた。これは大きな不幸ではあるが、反面、これまでの混沌・未熟・歪曲の中にあった我が国の文化に秩序と確たる基礎を齎らすためには絶好の機会でもある。角川書店は、このような祖国の文化的危機にあたり、微力をも顧みず再建の礎石たるべき抱負と決意とをもって出発したが、ここに創立以来の念願を果すべく角川文庫を発刊する。これまで刊行されたあらゆる全集叢書文庫類の長所と短所とを検討し、古今東西の不朽の典籍を、良心的編集のもとに、廉価に、そして書架にふさわしい美本として、多くのひとびとに提供しようとする。しかし私たちは徒らに百科全書的な知識のジレッタントを作ることを目的とせず、あくまで祖国の文化に秩序と再建への道を示し、この文庫を角川書店の栄ある事業として、今後永久に継続発展せしめ、学芸と教養との殿堂として大成せんことを期したい。多くの読書子の愛情ある忠言と支持とによって、この希望と抱負とを完遂せしめられんことを願う。

一九四九年五月三日